《百懷詩集》

清　陳龍慶　撰

小蓬萊叢書之第十一種

民國三年甲寅（一九一四）潮城林文在樓刊刷

原書版面高二六二毫米　寬一五八毫米

《龍泉巖遊集》

清　陳龍慶　編

小蓬萊叢書之第十二種

民國七年戊午（一九一八）春月印行

原書版面高二六二毫米　寬一五八毫米

據汕頭市圖書館藏本影印

《潮汕文庫》大型叢書組委會

《潮汕文庫》大型叢書編委會

潮汕文庫·文獻系列

百懷詩集　龍泉巖遊集

（清）陳龍慶　撰

陳琳藩　整理

暨南大學出版社
JINAN UNIVERSITY PRESS

中國·廣州

圖書在版編目（CIP）數據

百懷詩集　龍泉巖遊集/（清）陳龍慶撰；陳琳藩整理．—廣州：暨南大學出版社，2016.11
（潮汕文庫．文獻系列）
ISBN 978－7－5668－1695－5

Ⅰ．①百…　Ⅱ．①陳…②陳…　Ⅲ．①古典詩歌—詩集—中國—明清時代
Ⅳ．①I222.74

中國版本圖書館 CIP 數據核字（2015）第 289368 號

百懷詩集　龍泉巖遊集
BAIHUAI SHIJI　LONGQUANYAN YOUJI
（清）陳龍慶　**撰**　陳琳藩　**整理**

出 版 人： 徐義雄
項目統籌： 黄聖英
責任編輯： 何鎮喜　華文傑
責任校對： 黄　穎
責任印製： 湯慧君　王雅琪

出版發行： 暨南大學出版社（510630）
電　　話： 總編室（8620）85221601
營銷部（8620）85225284　85228291　85228292（郵購）
傳　　真：（8620）85221583（辦公室）　85223774（營銷部）
網　　址： http://www.jnupress.com　http://press.jnu.edu.cn
排　　版： 廣州市天河星辰文化發展部照排中心
印　　刷： 廣州市新怡印務有限公司
開　　本： 787mm×1092mm　1/16
印　　張： 28.5
字　　數： 558 千
版　　次： 2016 年 11 月第 1 版
印　　次： 2016 年 11 月第 1 次
定　　價： 80.00 圓

陳龍慶肖像

題家庭歡聚圖攝影有序　陳龍慶

余老矣回思少時角逐名場恍如春夢比年兒
輩輪蹄況痒遊學重洋勞燕往來末由聚首于
一室今則長男少雲將畢業于日本早稻田大
學政治科鼎革時遄歸祖國服官數月解組歸
田次男道徇修業于廣東法政本科適值暑假
旋里三男宗鑑畢業于廣東法政別科婿劉選
精畢業于香港拔萃書室向苦于天各一方者
今則晤對一堂序天倫之樂事四男宗錫五男
宗錦將畢業于瀹智高小學校六男宗鍔長孫
衍洙方修業于惇德初小學校兩校在本鄉固
晨夕相依者也鄉有女校曰毓秀其編制為師
範兼高小兩級固余之所創辦長斯校者為荆
妻余雲友董其事者為蓮室林秋史亦聚羣英
而長媳余學詩副媳鄭學箋次媳林學書三媳
莊學易長女宗銳與馬現均將辦畢業七男宗
鈺與女孫采苓采蘭采蕭等同隸幼稚園人無
論男女年無論長幼質無論賢愚務求各受相
當之教育以明體達用為前提以福國利民為
歸宿兒輩勉乎哉由家族觀念進而為社會之
觀念再進而為國家之觀念綠水青山讓老夫
逍遥歲月是則余之所厚望者也圖成系之以
詩曰

東去伯勞西去燕頻年負笈嘆飄蓬于今聚首家園裏
吹出塤篪樂乃翁
男女平權教育施不將巾幗讓鬚眉頌椒詠絮尋常事
鼇足原堪補地維
金風蕭瑟近重陽西望龍巖進一觴即景成詩休擱筆

陳龍慶手跡（一）

君是蓬萊謫降仙一丘一壑自
年年虛心師竹能醫俗信手
栽花當養賢泉石高風行樂地
蒓鱸秋日故鄉天兒童亦有蕭閒意
俯瞰魚籃喜欲顛　民國二年敬題

若澄先生玉照　陳龍慶

陳龍慶手跡（二）

總序

潮汕文化歷千年久遠，底蘊淵深，泱泱廣袤，又伴隨着潮人的遷播而兼收并蓄，獨樹一幟，是中華文明中的重要一脉。

秦漢之前，潮汕囿於海角一隅，與中原殆少來往；自韓愈治潮，興學重教，風氣日開，人文漸著。宋朝文教興盛，前七賢垂範鄉邦；明朝人才輩出，后八賢稱顯於時。明清以來，粵東地區藉毗鄰大海的地理優勢，與域外商貿頻仍，以陶朱端木之業，成中西交匯之勢，造就多元開放的文化格局。饒宗頤等學界巨匠引領風騷，李嘉誠等商海翹楚造福民生，俊采星馳，鬱鬱稱盛。

而今國家穩步發展，蓬勃興盛，潮汕地區憑藉深厚的歷史積澱，務實進取，努力發展傳統文化及其産業，如潮劇、潮樂、潮菜、工夫茶、陶瓷、木雕、刺綉等，保持并革新精巧特色，在世界各地廣泛傳播，備受青睞。更有海外潮人遍布全球，爲經濟文化交流引橋導路，探索共贏模式，拓寬發展空間。

爲促進潮汕文化的傳承與創新，進一步推動潮汕文化『走出去』，在廣東省委宣傳部的大力支持下，海内外學者編寫《潮汕文庫》大型叢書。本叢書包括文獻系列和研究系列，涉及歷史、文學、方言、民俗、曲藝、建築、工藝美術等多方面，囊括影印、箋註、點校、碑銘、圖文集、口述史等多種形式，始終秉承整理、搶救傳統文化的原則，尊重潮汕地區的家學淵源和治學傳統。以一腔丹心，在歷史沿襲中爲文化存證，修舊如舊，求新而不媚俗於新；以一筆質樸，在字斟句酌中爲品質立言，就事論事，求全而不迷失於全；以一紙懇切，在紛擾喧囂中爲細節加冕，群策群力，求深而不盲目於深。惟願以此叢書，提升潮汕文化品位，凝聚海内外潮人，齊心發展，助力騰飛。

在成書過程中，廣東省委宣傳部高度重視，協調汕頭、潮州、揭陽、汕尾市委宣傳部，委託潮汕歷史文化研究中心、韓山師範學院、暨南大學出版社組織編寫與出版。海内外潮學研究專家傾注筆墨，潮汕歷史文獻收藏機構及熱心人士鼎力襄助，更蒙粵東籍一批著名藝術家慷慨捐贈寶貴書畫作品助力出版，在此一并致謝！

《潮汕文庫》大型叢書編委會

二〇一六年七月

心懷兼濟　寄諸詩筆

——陳龍慶《百懷詩集》《龍泉巖遊集》合刊前言

陳琳藩

一

許偉余在《（龍泉巖）遊集編成贈芷雲先生序》中謂：『晚近十年來，潮州人士肆力於詩歌者……其主盟壇坫著書最多者，則首推二陳。二陳者，繡詩樓主人子丹先生、小蓬萊主人芷雲先生。』文中所謂的芷雲先生，即清末民初潮汕名士陳龍慶。陳龍慶所刊『小蓬萊叢書』出版書籍三十餘種，至今存目者若《潛園老人詩稿》《傷春集》《奪錦篇》《畫中詩》《濠江鴻雪集》《閩南遊記》（其三子陳宗鑑所著）；而能見全帙者，則只有《龍泉巖遊集》《百懷詩集》兩種而已，而恰好就是這兩本書獲得最高的評價。饒鍔在《挽陳芷雲》中云：『平生千萬章，了茲文字債。調高世見疑，句淡人翻怪。著述久等身，垂老愈礪淬。懷人龍巖集，尤爲眾口掛。』

關於陳龍慶生平，其好友王慕韓給予其很中肯的概括：『爲人和藹忠肅，上席先業，下多賢子，實人世福人。』陳龍慶（一八六八—一九二九），字芷雲，其初署所居爲『餐英書屋』，後易『護廬』，晚年築『潛園』，並自號『潛園老人』。原籍海陽（今潮安），父親陳承名年輕時供職鮀浦巡檢司，遂遷入澄海蓬洲所城（即今汕頭市區）；時逢吳忠恕之亂，祖父母乃帶兩叔避難至蓬洲；至此，其家族即定居於蓬洲，因而陳龍慶一直兼署潮安、澄海兩籍。在《百懷詩集》中自題爲『海陽陳龍慶芷雲著』，《自序》則署『蓬洲芷雲陳龍慶』；《龍泉巖遊集》中自題爲『潮安陳龍慶芷雲氏編』，在《自序》中則寫明『自前甲寅（一八五四）先考全德公由郡城遷居蓬洲』。

陳龍慶的父、叔三人，崛起於微末，共同撐持，成就了『潮汕第一富户』的陳源盛家族市第，全家族資産在清末時達到數千萬兩。主持家族經營的二叔陳雨亭曾捐資創辦汕頭一中前身的鮀江華英學堂，擴建汕頭市第二人民醫院前身的福音醫院，以及在各地進行建亭造路等一系列的慈善項目。即使幾經析産，陳龍慶仍然擁有很大的一份産業。二〇一四年元旦，筆者在其曾孫陳慶樹兄的引領下，參觀陳龍慶遺留的房産，雖然他生前主要居住的美稱爲『蓬洲高樓』的潛園已不復存在（日寇進城擬佔用，爲其遺孀佘雲友所悉，遂自焚潛園，以銘抗日之志），但依然留下近百間的房屋。

在整個家族中，陳龍慶的分工就是讀書、科舉和結交社會名流，以壯大陳源盛家族的聲譽。然而，他的科舉之路卻走得格外艱辛。其三子陳宗鑑在《先府君潛園老人事略》中寫道：『先府君幼聰穎，讀書數行俱下，年十七，補潮州府學博士弟子員。弱冠，進上舍生，給庠餼。負笈曾城呂香譜廣文門，文譽日噪。握管爲應制文，深淺入時，書賈數刊入文壇幟中，爲招徠助。徐花農學使琪蒞潮，命舉文行兼優士備歲薦。呂廣文適司鐸海陽，光緒壬寅（一九〇二）以先府君爲名上，獲貢成均。』少年展志，可謂春風得意。此時，他也表現出傳統士大夫的『兼濟』情懷，究心鄉邦利病，『數上書當道言事』，並得到惠潮嘉兵道丁寶銓的激賞。可惜的是，命與願違，由秀才向舉人的這一步，陳龍慶始終沒能邁過。前後七度赴考，頻得復失。直至人到中年，不得已以貢生的身份，謀得府經歷之職，分發福建。到任後，『見時局蜩螗，非末秩所能爲力也』，官場的黑暗遠過於他的想象，他便以一個最無可奈何的理由，『以母老乞終養』，辭職還鄉。

回到汕頭之後，依然抱着『兼濟』之心的陳龍慶主要從事文教工作：其一，參加丘逢甲、楊季岳、何士果等創辦的《嶺東日報》，擔任主筆，口誅筆伐，振聾發聵。馬天行謂：『嶺東風氣之開，先生有力焉！』其二，抱『爲國儲才，與民開智』的宏願，開辦教育，在其夫人佘雲友的支持下，自一九〇四年起便在自家大門掛上對聯『家庭辦學校，世界進文明』，廣招鄉中子弟入學。其時，清廷知非育才無以救國，屢詔天下興學，潮人溺見科舉，遲遲未應，陳龍慶奮起言當道，廢蓬洲所城南寶蓮庵爲校舍，斥家產創辦瀹智兩等小學堂、毓秀女子小學堂兼師範講習所、女子師範講習所等一系列新式學校，自任校長兼司講席。學堂第一屆畢業，全省統考即獲僅次於南海官辦小學的第二名。先後近二十年，陳龍慶舍家業以辦學，直至垂暮之年。可喜的是，瀹智辦學之脈一直延續至今，這也使鮀浦中學擁有一百一十多年的辦學歷史。其三，即投入到詩文創作之中，並經營《小蓬萊叢書》。

在陳龍慶的村居生活中，辛亥革命曾短暫打破了他的平静。辛亥年間，他還在淪智學堂校長任上。是年秋，潮州各縣光復後，潮州府置軍政長、民政長、財政長，正副各一員。陳龍慶被推爲副民政長，但義師內訌，這個政權無法開展工作，同列均辭不就職，民國初年的潮州府制制度名存實亡。民國肇始，各地軍閥均割據一方，潮汕地區也如此。是時，蒼頭特起，自擅名號，不相統攝，有十三司令之稱，日肆誅求，其中有司令某頗爲重視陳龍慶，常顧問時事。陳龍慶亦從容敷陳大義，兼及民生疾苦。但是其時四方繹騷，干戈載道，累年不息，哀鴻遍野，自知言不足改變現狀，他也只能緘口不言世務，而用自己的詩筆記錄所見種種。在《哀潮州柬陳子丹》（詩見本書附録）中，極盡描寫之能事，其先寫受贈者陳子丹在香港生活的『異鄉之樂樂如此』，而反問『故鄉現象知未知』；接着用很長的篇幅敍説辛亥之後，軍閥混戰中潮汕地區的亂象，從而闡明人民生活的痛苦；而得出『共和！共和！未受其福先受禍，刑亂用重反輪專政時』的感受，當然，他又深刻地認識到『政體原非有流弊』，故而寄希望於『火烈水懦此理定深思』，而盼望着人民生活的『自由幸福』。此後，他築潛園爲休養計，示無復出之意，如溫丹銘在《清分發福建府經歷陳君墓表》中所説：『未幾，清社屋，以遺民終。』但依然在他的筆端流露出一腔熱血，劉侯武曾題其詩集後曰：『少年意氣掣長鯨，嘗作報人鳴不平。本謂先生具熱血，區區微物亦關情。』

二

數年前，筆者參加潮汕歷史文化研究中心立項項目『近現代潮汕文學·國内篇』的寫作，主筆詩詞部分。在對近現代潮汕詩家稍加分析之後，提出了清末民國期間有一批致力於詩詞本土化創作的寫手，陳龍慶就是這批人中的佼佼者。之所以這樣認爲，是因爲他致力於《小蓬萊叢書》的經營，又頗能團結同好、獎掖後起，在一定的圈子中形成詩詞的風氣；更爲重要的是，他的詩詞創作均取材於本土的事物。這在同輩的潮汕詩人中，顯得比較突出。

促成陳龍慶詩詞創作的重要原因，來自於家族中對他的分工與定位。在重視風雅的時代，他所結交的社會名流中，能詩之人頗多，而唱酬無疑是與名流深入交流的好手段。陳龍慶少年即有詩名，其在《龍泉巖遊集·自序》中寫道：『慶自甲申歲始學詩』，甲申歲即一八八四年，其時他十七歲。當發現世非用世時，他便絕意仕途，就更加陶醉於吟詠，裁箋選韻，酬唱無虚日。自學士、大夫、女史、商客以至於山僧、遁叟凡能詩者，雖遠千里無不引爲文字交。其子陳宗鑑回憶其唱酬情況：『流輩唱和，遊覽之作，日且五六至，必一一依韻以酬，迄丙夜畢，而復寢。』從這則材料來看，陳龍慶作詩頗爲迅速，這在其他材料中也得到證實。鄭國藩所作《故福建府經歷歲貢生陳芷雲先生傳》中寫道：『君才素捷，每有作援筆立就，時人比之斗酒百篇，然亦往往傷率。』而陳龍慶在《百懷詩集·自序》中也寫道：『癸丑之秋月，日則講學授徒，宵分始能握管，七宵凡得七十首。脫稿後，就正於慕韓王子：「胸中尚存有多數懷思之人，惟惴惴然以辭費是懼。」王子曰：「詩以道性情而已，情之所至，文則生焉。無所寄，雖數首已覺其多；有所寄，雖百篇尚嫌其少。子既成七十首矣，何不踵成滿數。」』

由於陳龍慶積極投入，在師友圈中形成唱和的風氣，這無意中推動了詩詞本土化，他做出頗爲卓越的貢獻。就現在可以見到他的詩作，《龍泉巖遊集》一書收錄二百三十二首、《百懷詩集》一書收錄一百首，筆者另輯得五十七首，計近四百首，基本上都是唱酬之什。按說，有如此數量的詩作可以傳世，已可以稱爲幸事，然而以溫丹銘所作《墓表》所說：『與友朋酬唱多至萬首』，則不過百分之四而已。陳龍慶未刊的詩稿爲其後人帶至臺灣，蔡義軔在《〈潛園詩集〉小識》中云：『先生所遺詩稿盈筐，竟於戰禍□□之中，而能完整無恙，其裔孫仰周兄保護祖先手澤之功大矣！……徐圖再作專集之印行。』可惜的是，引文中所謂的仰周者，即陳衍彤，雖編輯了《祖父龍慶公事跡》稿本，其中只收錄陳龍慶其他唱和之什不過三四十首而已。陳衍彤已經物化，卻未見其『徐圖』的陳龍慶詩作專集的刊印，更未悉這些手稿的下落。因而，《百懷詩集》和《龍泉巖遊集》便是陳龍慶僅見的詩學成果了。

《百懷詩集》，列爲『小蓬萊叢書之第十一種』，甲寅（一九一四）春月由潮州城林文在樓刊刷，潮州名士陳景仁題簽。全書一卷，卷首置自序，蕭遯愚、柯孟丞、李寶森、林仔肩、李世鐸、馮嘉鑄、黃龍章、蔡鍔鋒、黃太初、李仰蓮、杜國瑋等人的序文，及陳慕川、楊文銳、吳之英、吳之藻、柯仲攀、柯叔奮、柯季鶚、彭署臣、王慕韓、陳書翼、邱煥樞、張梓楠、陳道華、王定元、王道正、黃龍章、陳宗堯、謝龍煥、陳無那、林家驊、溫廷敬、阮禪興、劉昌治、周之相等人題詩，題詩諸人均爲集中所懷之人，而題詩則泰半是所懷詩作的和詩；卷末有張衡皋、楊文銳兩人的跋文。集中錄詩所懷百友，多爲其詩壇、報界和辦學的同仁，絕大多數爲潮汕人，或者外地遊歷潮汕的名士。故此，該書爲潮汕的清末民初史，特別是爲研究當時的潮汕知識人提供極爲豐富的資料。

《龍泉巖遊集》是陳龍慶經營數十年的一部詩文總彙。鄭國藩在《傳》云：『（陳龍慶）所居近龍泉巖，鄉先賢翁襄毅讀書處也。遊屐往還，日事題詠。久之裒成巨帙。』該書列爲『小蓬萊叢書之第十二種』，『戊午（一九一八）春月印行』，『南海于廷琛題簽』，全書計十五卷，卷一爲雜文、卷二至十二爲古今體詩，卷十三爲詞，卷十四、十五爲補遺；卷首置編者自序，王慕韓、溫丹銘、王道正、楊季岳、林彥卿、蕭遯愚、蔡鍔鋒、黃龍章等序文；編輯例言；鮑恢、李寶森、于廷琛、鄭道深、李鈞鼇、吳之藻、曾清河、陳賓、雷其藻、王百桐、余鴻儒、戴仙儔、侯節、林家驊、陳宗堯、黃序鏞、楊敬師、楊尚炯、蔡松茂、王道正題詞及作者自題。全書共收入文十五篇、作者十四人，詩六百七十三首、作者一百一十五人，詞四十三闋、作者六人，詩、文、詞作者各有互見，實一百二十一人。收録作品最早的是明朝嘉靖甲辰（一五四四），最晚的是刊行之年戊午（一九一八）。該書作者涉及面廣，既有粵海名家，也有當時遊宦於潮州的名士，其中還有滿族的官宦，有女士，也有一些和陳龍慶神交的當世名人。作品不單只寫山光水色，更多的還是涉及時局（如清末時與列強的頻繁戰事）、風俗人情（如當時的瀹智、林南、自強、華國諸校組織學生到龍泉巖活動），還有對一些具體的文史課題的討論（如曾在龍泉上舉辦『韓公治潮第二次紀念會』，又如考證龍船山與龍舟巖的異同）。並附錄與龍泉巖比鄰的蓬洲所城的作品。書中錄陳龍慶的詩作，既有追和古賢、詩友唱酬之什，也有山水人文、聚會紀勝之章，大多作品是詩人推動時賢唱和的原唱，由此可見詩人對於龍泉巖的推介不遺余力。

林彥卿曾云，陳龍慶於新進後生慕道請業，有疑難者，未嘗不告之以誠，一句之佳，必揚之不絕口。在編輯出版《龍泉巖遊集》的過程中，即收錄不少後生的作品，其中包括瀹智學堂的學子和詩界新進的作品，如後來爲詩壇泰斗陳石遺譽爲『嶺東三傑』之一的劉仲英、南社名宿陳無那。五十多年之後，陳無那在臺灣讀到陳龍慶的遺作，感慨頗多，即題詩三首，其二曰：『往事依稀五二秋，遺篇勾夢到蓬洲。師門慚負殷期意，歷盡艱虞到白頭。』殷殷之意，溢於言表。

三

陳龍慶詩學成就，在其師友中，就頗獲認可。鄭國藩《傳》中謂：『聲韻格律雅近晚唐。尤服膺元白，謂其天趣勝也，晚境愈趨平易，幾於竈婦都解。』而王慕韓的《墓表》則頗爲詳盡地列出其詩學門徑：『耽爲詩，其爲詩學唐白香山，清袁隨園而爲也。故無事不可入詩，無時不在吟詩，模山範水，追香課艷，其身世所歷，朋從之好，一於詩焉，發而所作，至多偶落凡近，而廣大融麗，語博情深，蓋幾無媿於古。』

《百懷詩集》中所錄作品多能從不同側面豐富人物的形象，讓讀者認識到全新的歷史人物。如《林君偉侯》：

三訪蕭樓兩晤君，他鄉話舊意殷勤。才名藉甚騰西貢，憂世愀然出北門。
此日蒼生望霖雨，何時紫塞靖風雲。美人香草離騷意，秋感詩成思不群。

林偉侯，名國英，今澄海人，清末任汕頭《雙日畫報》編輯，參與黃岡起義的領導工作，孫中山有手書『博愛』贈之，現藏澄海博物館。此詩從交誼入手，着重書寫林氏的革命業績，而收結處以林氏曾和《秋感》詩及用原韻至七疊的實例，來概說林氏卓立不群，意趣天成，回味無窮。

再如《杜君珊儔》一章曰：

家住蓮陽東復東，漁舟唱晚夕陽紅。會開教育推雄長，地近湖山作主翁。
劍氣珠光歸筆底，仙心俠骨播寰中。秋宵寫出秋聲賦，獨立閒階萬象空。

杜珊儔，名國瑋，字英三，澄海人，南社詩人，澄海中學創辦時的首批教員之一，光復後到越南華文學校任教員，後在越南去世。此詩從杜氏居住地入手，展開寫杜氏在教育與詩學方面的成就及其人格魅力，全詩融化情景，完整展現杜氏形象。

而《龍泉巖遊集》中所錄的陳龍慶作品，可見詩人『兼濟』情懷與詩人本色。如所作《追和王山長明府遊巖原韻》：

連天烽火陣雲浮，砥柱憑誰障急流。懷古怕經籌筆驛，登高同上望仙樓。
心驚馬尾成孤注，耳洗龍泉作枕頭。願借王喬雙履舄，鳧飛戰地發瞋眸。

王山長，是清初澄海知縣王岱。王岱在康熙甲子年（一六八四）曾題龍泉巖石壁詩，此後追和者頗眾，竟達數十章之多。詩人此作從當時中法戰事入手，轉入紀勝，兼憂時事，夾敘夾議，涵景涵情，收結處以欲至戰地盡力之情。情景渾成處，正是詩人一顆赤誠的愛國之心。

詩人經常在龍泉巖舉辦聚會，既是詩人之會，也是討論時局之會，在他的招會詩作中，就非常明確地表明聚會的目的。如《再招報界學界諸君重九遊巖》（二首選一）：

時局艱難不可支，偷閒且賦旅行詩。潢池兵弄楚氛惡，黨錮書成漢室危。
歲月無情催我老，江山有意助人悲。登高試向神州望，大陸沈沈尚睡獅。

此詩作於一九〇七年（光緒丁未）。此年重九，詩人邀報界同仁楊洪簡、曾紀維、楊季岳、蘇大山、徐昌國、陳慕川、黃龍章、蔡忠誠、黃太初、丘鳳麟、鄭之棟、陳書翼等遊龍泉巖，且多有和詩，見《龍泉巖遊集》。此詩闡明聚會是在『時局艱難不可支』情況下，所舉行的『偷閒』之會，希望喚醒沈睡的神州巨獅。家國抱負，寄託於山水，山水頓然增色矣。

龍泉巖是明先賢翁萬達少年讀書處，其人文底蘊深厚，故陳龍慶所寫龍泉巖的詩作，必然涉及翁萬達的功績。如其所作《次和仙根工部弔翁公墓詩》：

三河渡口將星沈，虎嘯空山古柏陰。塋域未詳澄海志，洪流如寫濟川心。
人欽偉略懷思切，帝葬賢臣震悼深。一家長埋家國恨，寒鴉陣陣噪霜林。

『仙根工部』，即丘逢甲。同年（光緒甲辰，一九〇四）丘氏有《芷公招遊不果以弔翁公墓詩索和》：『落日青山虎氣沈，河流還嚙故城陰。地埋一代名臣骨，天鑒三邊守將心。人物嶺東前史在，關山直北戰塵深。英靈異代應相感，一片寒雲繞墓林。』詩人乃作上引唱和，題中所謂翁公墓，即翁萬達墓。此詩借翁公墓論翁公史跡，闡明翁公精神，收結處以『一家長埋家國恨』，而鴉噪不斷，實有警示時人關心時局，憂時之心，躍然可見。

借陳龍慶的《百懷詩集》《龍泉巖遊集》影印合刊的機會，將陳衍彤《祖父龍慶公事跡》，散見於其他詩集中的陳龍慶詩什、相關唱和，陳氏傳記、墓表、墓誌、事略等相關資料附錄成爲一冊。

在整理編輯過程中，李楷瀚兄惠借《百懷詩集》全帙、陳慶樹兄惠贈《祖父龍慶公事跡》等資料，黃贊發夫子、陳荊淮先生、陳景熙兄等多方垂意指導，陳灼、郭思恩、孫杜平諸兄提供多方幫助，謹此一並鳴謝。

乙未年人日，完稿於嶺東知不知之室燈下

總目錄

《百懷詩集》目錄

百懷詩集
陳景仁題籤

甲寅春月開雕

百懷詩集

陳景仁題

潮城林文在楼刊刷

小蓬萊叢書
之弟十一種

自序

交游止于百乎曰否慶自束髮受書弱冠游學良師益友隨地有之壯而珥筆于報界旋致力于學界閩嶠宦遊復濫竽于政界所至通都大邑與其間之賢士大夫遊伐木嚶鳴又隨地有之時變日亟宦途不可久居于是息馬懸車還我書生面目今則行年四十有六矣海內外人士不以慶爲不屑教誨凡文牘與詩筒之往來無虛日間且有數載神交未謀一面若比來息影蓬廬索處離羣不勝風雨雞鳴之感然交游既不啻以千數計懷人自不能以百數限此卷又烏得以百懷名乃不

多不少標曰百懷詩何也曰百者數之滿貞下起元固將以有餘不盡者留一賡續地步也考古今詩集懷人詩少有若是之辭費者是作成于癸丑之秋月日則講學授徒宵分始能握管七宵凡得七十首脱稿後就正于慕韓王子胸中尚存有多數懷思之人惟惴惴然以辭費是懼王子曰詩以道性情而已情之所至文句生焉無所寄雖數首已覺其多有所寄雖百篇尚嫌其少子既成七十首矣何不踵成滿數慶于是悄然而思躍然而起將胸中懷思之人攄舉焉又成三十首而胸中懷思之人終不能以百止也適本校將辦表册以鉤稽

核算之勞奪我吟詠推敲之興于是借爲一小結束其有餘不盡胸中尙存有多數懷思之人請以俟諸異日詩成本不敢問世因友人索抄全稿筆爲之禿手爲之胝乃付諸棗梨分贈同志藉以表思慕道性情而已詩之工拙不暇計也是爲序

癸丑孟冬之月蓬洲立雲陳龍慶序

百懷詩集

二

序

原夫山川靈秀代產人文水石雄奇世多魁彥古人往矣來者方興則有澄海高門太邱華胄禀韓山之杞梓潤潮海之波瀾生當東夏之紛拏隱蓬洲而避世家近巖巒之幽邃建鄉校以樹人望三益於神皐慣裴王而結佩游四時之勝概過江海而題襟恒多縞紵之歡詎乏苔岑之契是以西園雅集李龍眠留淡墨之圖南浦送行江醴陵著綠波之賦寸衷耿耿遠道綿綿種紅豆以成莊惟青燈之在壁至若優游珂里脫略華簪蔡中郎之倒屣迎賓座惟王粲孔文舉之攜樽好客獨薦禰

衡是豈物有不齊品原多異耶又或文王之子百男壞社稷者三叔齊王之竽百口中濫廁者幾人是古之論交百鹿亦有難言而今之結社百朋談何容易必晏子久而能敬致王陽隙不於末也若夫市朝陵谷曷既紅羊人事恒沙難通白雁推襟送抱已隔雲泥結綬彈冠渺同河漢於時秋也況雨夜乎能無搦斑管以攄懷向閉窗而寄恨杜陵落月見顏色之依稀張緒當年入夢魂而恍惚都爲一集訂以百城誦羅虬之比紅百首活現巫雲聽花蕊之宮詞百篇如游禁苑然彼祗一人一事雕鏤成章豈若此感世感時激昂在抱者乎即使埋

輪縶馬息影空山鑿井耕田塊若疣贅未成槁木我正鍾情尚有勾萌達則兼善際紅塵之多事可青簡而無辭君則草帽駝裘馳烝於三秋舊雨僕亦隱囊熊席難忘在百尺高樓秋情如絲惓余懷於何處秋光如水欲攬贈於天涯卽此五千六百字之珠璣穿成瓌彩使我三萬六千場之興廢别抱襟靈又何必聽龍泉巖之疎鍾塵緣萬種望鮀浦市之雲樹佳氣千重也哉癸丑長至嶺海遺民遯愚蕭頲常序

百懷詩集

序

古無以懷人集獨行者或且以詩家不登酬應詩爲高蓋卽指贈答而言也余謂不然詩所以言志也三百篇興觀羣怨無非寫性情之作而贈答半焉蓋朋友爲五倫之一古人於交遊之際輒有至性流露其間凡所贈答皆可以興者也自世之衰而朋友之道廢以義相感者寡耳莊子曰朋而不心面朋也歐陽子曰小人無朋其暫爲朋者僞也夫朋友而以面交焉以僞交焉又烏有性情流露於其間哉宜其薄贈答爲酬應之作而不樂存之也陳子薄仕宦而不爲輕利祿而不慕而獨於

親戚故舊惓惓焉寘諸懷則其於交遊之際不以面合僞與可知也我聞邑中詩家陳子有捷才其積稿堪以示世者多也而獨於懷人詩切切然欲刋而佈之則其於贈答之作皆一本於性情異乎世之視爲酬應而出者可知也陳子其庶幾哉然則是集之必刋而佈之也又奚疑孟丞柯翹序

序

有眞性情而後有眞風雅輓近士風壞於學説往往有平居恂恂矩步之儒一旦軼蕩自喜非聖背倫視骨肉如路人變石交爲豺虎甚至黨爭私利不惜芻狗羣生鴻毛性命者比比邪説之能轉移人性情一至此耶豈無寄懷酬唱而血痕疹氣劌目怵心令人不堪卒讀其去風雅益遠矣吾友陳君芷雲生世衰道微之際獨能全眞保性不爲流俗所移嗚乎可不謂賢乎芷雲生平好讀書耽吟咏主持言論敎育鄉里以及宦遊入閩所交賢士大夫莫不稱其温柔敦厚有風人之旨因見天

下將亂歸隱蓬洲左圖右史享兒女江山之福望之若神仙中人芷雲何修而得此也癸丑冬道出鮀江北行未果旅館無聊忽芷雲以秋懷詩郵寄讀之芬芳悱惻情見乎詞爲之喜慰草草和成登報報命翌日又以百懷詩及序相示並囑余跋廻環諷誦齒頰生香風雨懷人獨存古道所謂眞性情眞風雅者芷雲殆其人歟嗟夫世變滄桑人情澆薄士君子愼擇出處非以利濟生民卽當獨善守眞表率一世而存人道之幾希予愧之風雅不足以序我芷雲之詩然於性情之眞有深契焉泚筆序此芷雲其以余爲知言乎谷生李寶森序

序

人好羣動物情合羣粘質向嘗謂欲纂古今不仁人之歷史可以兩字括之曰無情修中外大聖人之歷史可以兩字蔽之曰多情故聖人爲人倫之至情摯也朋友列五倫之中情聯也情之用大矣哉然世情冷煖瞬轉易変人情善忘境遷卽逝問誰一談心一傾蓋卽纏綿繾綣而不忘且畧短取長播詩歌垂紀念如我芷雲陳君者君摯情人也懔寡過而未能恐修名之不立今年秋予被誣爲第二次革命綏靖處奉　大總統命令逮予朋友相驚慰問者日以百計衞兵每格不得達君憂

予被虐徬徨中夜擬託衛兵送鋪陳餽食品以視乎平居則瀝膽披肝臨難則捫舌袖手厚與薄爲何如耶語云文人無實人心鑒而愈漓君之懷人君即以至性至情實之僅以詩視淺視也但爲君之所懷者須懋勉以實君所譽之言毋使後之讀是詩者竟以所譽失實誚吾君則未免負君之至情

仔肩林樑任序

序

詞人結習裙屐風流才士雅遊文酒高會或忘形而賞
冥契或覿面而訂神交披伐木之章誦如蘭之句氣類
之相投由來尚矣然而蘭亭宴集樂事難常南皮壯遊
歡場易歇或仕或隱則勢判雲泥或北或南則地殊秦
越徵之遠去慈恩有計程之詩東野不來中州有化烏
之願緬彼前哲既曰若斯方之吾人詎能有異是則望
蒹葭而神溯詠采葛而感生合必有離離必有念者抑
亦情勢之所不能已者歟芷雲先生太邱名裔南州高
賢詞麗淵雲經精鄭馬弱齡射策辨鼫鼠而座驚壯歲

服官耻爛羊而冠掛憂時著論同樊川之罪言立教樹人仿安定而設學門前桃李千樹陰成洛下文章三都紙貴久已公才公望馳譽儒林經師人師蜚聲文苑矣然而長卿傲慢哲士所譏趙壹疏狂通人不取才高者識未必高學廣者量或未廣而先生則虛懷若谷不耻下人束身如圭曾無少類高朋滿座知孟公之好賢小友來前識九齡之主善猶復篤念故舊一往情深振觸分離百端交集粤以建丑之歲季秋之辰爰本風雨之章而思君子法四愁之什以懷美人焉於時木葉黃落商風横飛籬菊未開候雁已到漫漫長夜獨對一盞之

燈渺渺情懷遂成百篇之賦蓋以爲四夔三隱雖鴻爪之徒留而千里一心尚魚書之可寄陸凱之憶范曄曾寓詞於梅花與可之念東坡亦託情於修竹惟詩可以寫性情亦惟詩可以通謦欬先生之意固若此也懷人之作豈徒然哉於是　瑔王充之稾車馬爲勞鈔公謹之詞楮墨將罄蓋老宿者擬擷其芬馨而童蒙者將拾其香草是以爭先恐後在先生幾於應接之不遑而散錦橫珠在同人且以流傳之未廣計非付之剞劂無以省其糾紛抑不壽之棗梨亦難以傳諸永久此先生所以有版行之謀而特詔賤子以一言爲弁也余也鄉曲鄙

入海濱下士才非玄晏學謝徐陵讀玉臺之詩莫贊一字對左思之賦但有三歎祗以人外寂寥竟邀青睞敢以文心蹇拙不進狂言聊效獺祭之文此日對雪窗命筆竊希驥尾之附他年在騷坫掛名澄海李世鐸笏庭氏謹序

序

余嘗謂秦風蒹葭三章神味雋永千古懷人詩舉不能越其範圍蓋羌無故實而窈窕其思婉孌其辭能使讀者至今黯然猶有離別之感則本乎情之至也故凡文字之出於雕飾者初似可喜不二三讀而厭棄生焉惟纏綿悱惻之辭情文相生朝吟而暮誦之令人神怡魄懌斯爲可貴耳陳君芷雲今士之長於詩者君於詩冲融寬暇栩栩然有自得之樂世之人亦多愛其詩故流傳至廣或見於僧窗驛壁或遠播於海內外報章亦旣能以詩名矣歲秋八月君作秋夜懷人詩百首旣成將

付剞劂舉以示余余知此老之胸中常有詩也讀其所作皆温厚纏綿不以雕琢爲工誠有得乎風人之旨至其人各一篇機杼區別位置妥帖稽程合度雖重規疊矩而無拘攣之態則又能人之所難雖然君固非誇多而鬬靡也于時秋也今雨不來一燈如豆掩卷之餘四顧寥寂言而聽之者亡有也唱而和之者亡有也故賡蒹葭之章藉以抒其離羣索居之感隨意揮灑落筆如風有不期然而然者蓋亦本乎情之至者歟余之獲交於君也僅一年亦僅二三其覿面各以事牽無因緣常親謦欬居恒以爲惘惘然每誦君之詩則其精神意趣

恍若相接幾忘其爲別遠會稀也者余於是信夫文字之於友生之爲密切然則君之於此詩也又烏可少哉此君詩之所以百懷名也君天性寬閒樂易人如其詩蓋君自解組歸田以來徜徉乎龍泉之巖者有年矣衡門之下可以棲遲花石傞傞流水泚泚仰先哲（謂翁襄敏）之高蹤以著述爲暇豫余謂君篇什之所懷百人而止耳世之慕君風流者奚止百其人耶而余心尤溯洄從之也故樂爲之序焉癸丑冬月印月馮嘉鑄序

序

陳君芷雲富於詩者也感時賦物以及交遊酬應隨手拈來皆成妙諦前清科舉時代余耳其名心竊慕之自丁未君以四十自壽詩卅首索和余愈悉君底蘊君之境遇富貴多男近今以來天福詩人未有如斯之厚者七年來精神結契唱和往還詩筒不絕然常以未親見顏色爲憾癸丑秋君有懷人詩百首之作先成七十二首脫稿後即蒙見寄余亦爲君百懷中之一然兩地相思秋水蒹葭溯洄殊切幸君應梧溪先生賞菊之請率其令嗣四郎五郎來遊相見恨晚把臂言歡杯酒流連

論詩竟夕聆其緒論始歎光風霽月周茂叔去人未遠繼而百首詩成將付梨棗郵書索余言以弁其首余竊維交道日衰嚶鳴徒賦或雲泥遠隔車笠寒盟或轅轍背馳雁魚絕跡交遊幾徧天下求一晦明風雨時念舊八千里有如一室者幾歎爲不數數覯君有懷人之詩至以百數則凡有交情者未嘗不心焉繫之君之交遊不止百數而詩名百懷則後日繼續而懷之定不止以百懷而遂已可知也昔唐棣之詩曰豈不爾思室是遠而子曰未之思也夫何遠之有蓋逸詩借遠而諱思孔子恐讀詩者廢思而忘遠夫思者懷也君之懷人如此

可以正逸詩之失並得孔子言外之意善用其思之旨也懷人百首之詩直爲末俗交友者挽其頹風關繫原非淺鮮豈僅區區篇什流傳廣聯聲氣哉後之讀是詩者其亦悟君作詩之用意也夫澄海式予黃龍章序

百懷詩集　八　十一

序

詩以言情情之所鍾託於詩以達之自古騷人逸士感舊懷人往往覩春樹暮雲輒觸景物以寫其愛慕迄今讀其詩猶想見情懷之懇摯焉若杜少陵之於李青蓮其卓著者也陳君芷雲以能詩名其清詞麗句鏤金錯采輝煌於報章者久已膾炙人口回憶甲午歲赴鄉試與陳君同寓共晨夕者月餘因得以時挹清芬藉消鄙吝自時厥後相遇者稀每於報章見其詩恍然如見其人焉予素於詩罕措意客歲讀秋感佳章偶動吟興步韻成數首予固不敢言詩也而陳君不我遐棄輒心許

之於此見陳君之樂成人美而余亦由是時相唱和蓋以詩言情偶爾抒懷固不徒尚乎詞藻之華也今陳君復於素所交遊所唱和者當風雨之夕胸有所懷即揮毫以寄退思積成卷帙名其詩曰百懷舉成數也如詩所謂凡百君子即此例也夫自來瑰奇卓犖之士其憂時感事鬱鬱不得志者大率皆以詩鳴陳君性耽風雅於士之能詩者近或數十里遠或數百里數千里靡不引爲同調詩筒往來殆無虛日是不啻萃四方學士文人於一室相與詠歌而酬唱亦韻事也曾子曰君子以文會友陳君之作意在斯乎集既成將付剞劂爰綴數

言以誌景慕癸丑冬月澄海蔡鍔鋒劍秋氏序

百懷詩集
十三

序

余別陳君有年矣日者忽以見懷詩郵示且媵以書讀其詞殷殷拳拳所以獎借之者甚至當日高情厚誼固根結於予心今復加以灌漑直欲甲坼而出如種逢春擬以見羹見牆情乃不翅因步韻奉和以寄遐思惟詞有盡而意無盡詩曰中心藏之何日忘之余之懷陳君也亦若是焉已矣未幾君復以書來言彙集懷人之作已得百首將有百懷詩之刻囑余爲序且以自序一篇見示乃益服君情之多而才之富也古之作者以詩懷人夥矣然考一人所作類不過數首多或二三十首而

止而君獨以百懷著裒然成編直令古人讓步顧窺君用心若於詩則以百嫌其多於人又以百嫌其少者何也蓋君心抑然自下非欲爭勝於古人而太丘道廣所交遊多賢士大夫實不止於百數懷人而有所遺於心殆有歉焉推其意之所至直欲舉天下奇傑雅士結納而羅致之而後充其用情之量假令得展其才出而執國之政柄必能網羅俊彥甄陶萬彙無疑也豈獨風雨懷人倡予和汝已乎抑余更有感焉君自序中言宦途不可久居在清末固有然矣今已由專制而改爲共和試觀宦途狀態曾與清季宦途中人相去幾何耶嗚呼

此志士所以灰心而情多才富如君者乃徒寄託於百懷詩編之所由來也然而君自此遠矣甲寅春月大埔

黄太初謹序

百懷詩集
八
十五

序

余昔讀韓江聞見錄見鄭昌時先生所爲百懷詩竊怪先生得友之多無乃濫歟不然又何能致多且篤如是耶迨讀吾友陳君芷雲所爲秋夜懷人律句百首其結交也富其取友也精則又爽然若失焉嗟乎狷介之士抱咫尺之義家園株守遂謂天下之遭逢亦如是是何異眢𪓟指所見之天以爲天當如是不已傎乎今夫天下之物衆矣其足以致余心之愛戀思慕而不能去者皆足以動余情者也是故爲奇花爲怪石爲電光爲石火有終日見而不厭者有目一擊而遂違者其依留久

暫之情足令我歎賞而吟詠者何限而必沾沾焉指案頭之菊檻外之梅日摩挲之拳拳焉以矜爲已有是何見之狹也即交友亦何獨不然陳君吾邑名下士自清季變政以來首創學校於蓬洲繼設報館於汕島晚年復宦遊閩省足跡所經其見人也多矣而人亦樂其樂易敦厚日相趨而集於門凡君所到遊地又能取其間瑰奇卓犖之士以爲友至於余其頹廢也久矣而君猶日般般以箋札相往來則其交遊之廣又豈鄭昌時氏之所可擬歟民國建立君歸而益治學務以誘掖後輩暇則以吟詠自娛爲問回首海內交遊得無有今昔離

別之感歟否則此秋夜懷人詩胡爲乎作也嗚呼廣矣

甲寅花朝後三日仰蓮李青序於有德學校

序

歌也有懷人情乎歲三月瑋道經沙汕島適芷雲先生
郵其百懷詩來徵序瑋旣伏而讀則以爲文章有神交
有道將入希夷遊混漠或非寥寥焉此數可盡如僅此數
亦當視爲吟詠經過之陳迹可賡續而無待輟響也矧
遥遥海宇落落人材論道講德之暇結想所及稍攄於
詩積累雜數之而偶然得百而裒然成集然則百懷也
者例如雅歌之一什樂舞之一成由是而再續焉而三
續焉無妨俟諸異日舉凡方同志合神交千里者皆好
在已世人客情嗇恩唐棣偏反一詩已多矯託况其下

歟若先生之寄百郡於一室寓百年於一帙流以真性情助以真學問蓋純乎風人之旨雖溢乎百且不厭其多未滿乎百或反慮其少也瑋既伸斯義因類記之以呈先生先生或許我乎杜國瑋珊儔氏序於沙汕島

題詞一　　陳卓棻慕川

昔讀三百篇得窺詩藩籬離騷嗣遺韻漢唐少能之出入風雅中逸響誰探驪惟得温柔旨始稱絕妙詞芷雲今才子浮名非所期詞賦懸日月宦途羞奔馳生平廣結契腹笥浩無涯故人期不來幽懷長相思友誼一何厚興會殊淋漓唾風生珠玉詞氣騰蛟螭雞鳴雨瀟瀟深夜撚吟髭百首壽梨棗編成寄心知落月照顏色寸心傷別離真情俱流露讀罷破愁眉

題詞二　　楊文鋭羞勃

環誦百懷詩感喟不能眠君不見天才橫溢李謫仙飲

酒一斗詩百篇醉餘吟草無量數胡爲遺集未盈千歌詩彙作廿三卷懷思九首而已焉星移物換雖殘斷豈無潦草删莫傳君不見長吉鬼才患太多寸鱗片羽盡搜羅遊目騁懷獲佳句奇警斑駁脫白窠投之錦囊囊爲滿朝朝壓壞奴肩窩經營慘淡良工苦心血嘔盡當奈何芷公交遊徧蛤宇風雨雞鳴頻起舞悱惻纏綿軼今古百章詩贈百良朋葭露深情傳阿堵才儲一石血七升詩仙詩鬼首俱俯一時紙價貴洛陽便便大腹曲曲腸秋燈如豆雙肩聳字刋梨棗發幽香可泣可歌空前後立言不朽貌不瘦情中神聖詩中豪樗散如予牛

一毛尙邀青盼動遐想綺注況是當時髦墨乾筆禿思無限環球民物總與胞百懷詩寄所思咳唾生珠玉肝膽照來茲西窗剪燭羣賢集與高采烈神不疲硯池化作桃潭水千尺情波無竭時

題詞三　　吳之英夢秋

丈夫慷慨多舊遊同聲相應氣相求風雨雞鳴勞寤歎美人香草託離憂憶昔文通三十首論世知人稱作手只憾懷古不懷今此心將毋負良友湖海元龍意氣豪夜燒紅燭讀風騷斗酒百篇攄蓄念興酣落筆鬼神號我愧爨琴與柯笛凡材竟忝長相憶天涯知已轉思君

一水盈盈隔蘆荻

題詞四　吳之藻夢蘭

儒者由來重知己，吾友懷人無乃是。懷人竟成詩百篇，懷至於百猶未已。昔賢晏子廣交游，愧不能詩懷之子。鉅製今將付棗梨，折柬索余題其旨。我來草草擬裁箋，有人竟作客難耳。謂若同氣宜相求，古今宇宙皆兄弟。上起唐虞下同光，中有諸子百家繼。今人與居古與稽，是尚友也此其例。況乎天地之間本無物，氤氳沆瀣渾一氣。菩提無樹鏡非臺，空其聲色觸法味（聲色觸法香味此六者佛家謂之六塵）。託根淨土人我忘，何必區區人間世。大千世界

迢其遥百萬蟲沙勞憶記蟄蟄然黑者渥然丹凡百君子
坐其弊余曰否否先生休人各有懷志所志吾友乃爲
仲尼徒懷人自昔詠棠棣矧人既落形氣中高談元妙
奚所濟客乃嗒然從此辭余復題詞吟箇字懷哉懷哉
河之滸舊雨今雨客中過適楚適齊又適蔡入漢入海
復入河秋水江湖鴻雁多涼風天末意如何秦樹燕雲
楚山水屋粱落月每吟哦願儆華堂列明燭賓朋咸至
肩相摩北海傾樽平原揖珠履三千座上羅酒友詩友
山水友桃李園中長相和何必文通賦别後天各一方
徒竊歌

題詞五　　柯　翽仲攀

我讀陳子百懷詩才思溢溢驚神奇手執生花筆一枝興酣落紙墨淋漓如向山陰道上窺應接不暇眼爲怡至性流露情生詞平生風義見於兹怪哉世人各爲私懷慕利勢如鶩馳公薄仕宦而不爲乃於文章意孳孳翻雲覆雨友道虧公於交遊夢想隨桐雨挑燈夜坐時公之所思異人思文字有神寸心知相知反恨識面遲龍巖仰止道嶷嶷會當探訪商山芝地靈人傑復奚疑

題詞六　　柯　翔叔奮

下筆走風雷心花爛熳開知交搜海內於此見人才

古人不可作天地自悠悠名士渡江少空餘百尺樓
詞客悲秋易登樓有所思斜陽飛去雁正是獨吟時
感慨詩歌盛良朋離亂親多情秋夜月偏照意中人

題詞七　　　　　　　　柯　翊季鶚

懷遠登高放眼寬干戈天地歎才難詞流百輩春萍聚
文字千年古柏寒也借詩篇存姓氏卻看親友半衣冠
秋光容易成今昔護壁紗籠墨未乾

題詞八　　　　　　　　彭　鑫署臣

五鳳才華久擅名鸞箋百幅寫初成幾多風雨懷人什
總是屋梁落月情老去更憐交誼重思深轉悔别時輕

珠璣字字皆天籟，讀罷猶聞金玉聲。

題詞九　王師愈慕韓

梧桐初葉下，騷客感離憂。靜夜琴三疊，高歌月一樓。詞源連碧漢，蘭臭譜神州。最是漁樵侶，慙君伐木求。

題詞十　陳書翼燕如

平階詩集百懷人，韻事逢君又一新。舊雨難忘留紀念，初交覿面便相親。情深老少聯知己，誼篤關山似比鄰。愧我著書猶未學，蕭蕭白髮附龍鱗。

題詞十一　用寄懷原韻　邱煥樞星五

投名入社記蘇詩，遞到郵箋豁笑眉。落月屋梁人意美，

暮雲春樹我心儀白沙有集行潮海米芾工書寫墨池
咫尺蓬萊人未遠梅花憑驛好傳枝

題詞十二　　　　　　　　　　　　張書璧梓楠

帶月翻蘭譜因風想玉珂流連吟詩侶贈我百懷歌
之子懷不寐裁箋寄遠時瀟瀟風雨夜詩成喜轉悲
悲極魂夢結幻化百其身一身晤一友俱是意中人
意境虛無著看詩始郎眞恍如散花佛瓣瓣落紅塵

題詞十三　　　　　　　　　　　　陳道華董堂

遠水萍花聚跡遲韓江消息已深知家庭訓子多才輩
宦路歸人未老時明月眼光桑海感暮雲心事草堂詩

新成百詠豪懷在　勝我蒼茫唱竹枝

題詞十四　王定元擢南

一代淩雲筆懷人　妙寫眞新詩看簇簇　佳句去陳陳嶺

表文章麗天涯　笑語親雄才誇五鳳　羣美倚樓人

題詞十五　王道正少斌

纏綿百感寄深秋　讀罷詩箋暗點頭　十八峯巒靈秀氣

扶持風韻到蓬洲

滿紙雲煙一筆揮　秋宵燈火會心微　天南地北多知已

片片情懷逐雁飛

新學紛更舊學亡　眼看世事變滄桑　笑君性癖耽佳句

猶把吟情盡日忙

廿載騷壇舊主持頻來同調結心知嶺東人士增聲價盡在先生七字詩

題詞十六　　黃龍章式予

百首新詩道誼留性情肝膽此中收知人論世空千古品月評花動九秋最是銷魂秦樹色那堪惜別楚江頭鴻篇製就同心印笑煞鶯聲林外求

牛耳騷壇賴主持中州豪傑早神馳拋殘經卷名千佛消受情緣筆一枝月旦評來聲價重霓裳詠處曙光遲桃花潭水深深意儘在珠璣百串詞

延攬英才徧九州琳瑯卷軸費雕搜書翻蘭譜奇香襲
契訂苔岑臭味投市道論交輕管鮑臯雄結納笑曹劉
瀟瀟風雨故人夢每上春宵百尺樓
石上三生念未灰仍於海內築吟臺相思異地風騷客
不朽名山著作才半世交遊詩一卷中年意氣酒千杯
天涯咫尺同晨夕樹樹放翁身幻梅
百戰成功霍驃姚離愁此後付煙消頻年紀績超三界（君嘗置身報界政界學界）閉戶吟詩計十宵（懷人詩君每夜成十首經十夜共成百首）喜
報傳來梅信早柔情續到柳絲搖玉人多少留藍本合
唱旗亭幾次描

端莊不與巧纖俱一串珠喉嚴老呼欲藉謳歌親笑語
奚須足跡徧江湖巖中樂部催蛙鼓（謂龍泉巖）膝下鈔胥羡
鳳雛（君詩脫稿後委任三令郎四令郎鈔寫）三百葩經誰繼起懷人似此
古今無

題詞十七　陳宗堯　愚溪

銅琶鐵板大江東誰似當年玉局翁宦海歸來風味淡
吟壇猶見老英雄
百首懷人絶妙辭雞鳴風雨寄栢思揮毫獨對秋宵月
此意嫦娥知未知
壯志騰驤萬里遊蒓鱸忽戀故園秋風霜歷鍊精神健

依舊書生面目留

久羨清才迥出羣翛然野鶴伴閒雲好山好水供遊釣地上行仙總屬君

題詞十八　　謝龍煥炎廷

太丘門第本來高况復元龍意氣豪風雨懷人詩百首好將雅韻續離騷

題詞十九　　陳愼我无那

宦海乃如殘宋後吟情猶是盛唐時海天風雨懷新好霜露蒹葭憶故知南浦綠波成别賦東園紅豆寄相思嗟哉盈掬伊人淚滲作百懷一卷詩

題詞二十

林家驊一穆

謫罷琳琅句芬香　滿齒牙胸中羅錦繡　筆下走龍蛇論
世心千古　賦詩手八义　幾回頻展玩　珍重爲籠紗
絶代拏雲手　風騷賴主持　閒吟消永晝　高卧待清時　汲
古推先進　憐才啟後知　感公吹煦意　千里寄新詞
當代騷壇盛　如公更絶倫　斯文尋墜緒　大雅獨扶輪　下
筆驚風雨　高歌泣鬼神　美人香草意　騷韻續靈均
迢遞蓬山遠　何時訪綺寮　文壇談舊夢　詩界湧新潮　風
月吟懷淡　琴尊逸興饒　邊陲正多事　未可老班超

題詞二十一

温廷敬丹銘

太丘道廣交遊感長慶詩工贈答多最是少陵懷舊意

百篇天末人秋歌

蓬島仙人具綺思友朋夢寐人新詞若從風雅探源古

第一懷人卷耳詩

題詞二十二有序

阮禪興募緣

稚安詞丈以同年芷雲陳君所著百懷詩集見示誦讀之餘覺其古道照人情見乎辭慨自友道淪胥翻雲覆雨無怪絶交論廣白眼相加百懷之詠正所以挽斯世之狂瀾效嚶鳴之求友足愧末俗之黃金結交者其意微其詞婉其用

心也深誠得詩人忠厚和平之本旨喚起世界交遊道義之古風矣因稚老囑余題詞余與陳君雖未謀面而磁鐵之契有不能已於言者率成二律呈政

交情詩思見毫端手盥薔薇露一盤百代盛名推李杜十年舊誼洽芝蘭碧雲紅豆彌增感明月清風不盡歡我愧天涯頻作客何堪附驥到雞壇

生平恨未識荆州細讀新詩韻欲流分隔雲泥情萬里感深風雨思三秋閒稽蘭簿添吟興寄贈梅花解旅愁信是蓬瀛天上客錦囊佳句不勝收

題詞二十三　　劉昌治稚安

英詞金石拜詩筒交道吟情並古風八表雲思粱月夢
一齊填入錦囊中

矯矯超羣復愛羣多情山水蔚蓬瀛嚶嚶求友遷喬木
此聽黃鸝第一聲

題詞二十四 用見懷原韻　　周之相元達

元龍老去筆花鮮管領騷壇已卅年嶺海論交無俗調
湖山隨意着吟鞭詩情風雨懷人夜世事煙雲過我前
千里歌成春欲暮盈階草色綠芊芊

百懷詩集全卷

海陽　陳龍慶　芷雲　著

秋夜懷人

張君梅生

龍巖夙有登臨約，彈指光陰忽數年。毓秀參觀虛宿願，練江訪舊續前緣。吹簫吳市眞豪士，大隱金門是謫仙。借李政治餘閒文學，富蓮花幕下聳詩肩。

林君偉侯

三訪蕭樓兩晤君，他鄉話舊意殷勤。才名藉甚騰西貢，憂世愀然出北門。此日蒼生望霖雨，何時紫塞靖風雲。

美人香草離騷意秋感詩成思不羣君和秋感詩及用原韻至七疊

晏君雲根

騷壇馳騁發高吟叱咤風雲萬馬瘖平等早持齊物論覺民原具濟時心六朝金粉無顏色君工于駢儷不獨散行文之雄邁也一部春秋有嗣音從古沅湘多偉傑鳳凰飛出碧梧陰君爲湖南之鳳凰廳人

蕭叟竹朋

衣錦還鄉兩鬢皤故人情狀近如何珠江夜月吟懷壯讀南園詩選得珠江夜月大作汕島秋風別緒多白日堂堂催我老青山寂寂爲君歌會當鼓棹羊城去朝漢臺高弔尉佗

蕭叟遯愚

巍巍魯殿訪靈光兩袖濃薰班馬香有子克家承黼黻
古人報國重文章蕭齋餘事詩千卷老圃秋容酒百觴
蓬島盈盈衣帶水那堪阻我未登堂

附奉酬秋夜懷人原韻　蕭瓊常　遯愚

寒烟病橘老秋光酸澀何堪發古香王覇蓬頭徒有
子赫連禿髮已無章歌從禾黍悲千里酒到風塵強
一觴叨荷揄揚增愧感摳衣何日再躋堂

陳君子丹

繡詩樓外墨初磨曾與伊人共嘯歌從此雲山千里隔

底今風雨二陵多師恩友誼傳梨棗逸興豪情寄笠蓑謖謖松聲秋色老榆園景物奈愁何

吳君夢秋

曾從入洛識機雲難弟難兄迥出羣橘井流香般救世杏壇講學又逢君民生彫敝回天手藝苑流傳擲地文方伎儒林應合傳史家不必太區分

附奉酬秋夜見懷即次元韻　吳之英夢秋

蓬山遥隔暮天雲尺素飛來付雁羣倒屣迎王應愧我兄近偕三少君枉顧不遇留刺乘舟訪戴擬尋君庭蘭數溢三珠樹峽水詞傾百斛文爲問龍泉高卧地幾時花竹可

平分

吳君夢蘭

袖海襟江復帶湖君雖一號袖海非縮將天地作穹廬某報時評之袖海

吟秋佳句餘三疊君曾首唱秋感詩八律四疊韻和者甚衆濟世般懷隱一

壺詩史何緣陪李杜君言曾於子丹君座上見四朝詩史中有余名姓文壇當

日仰韓蘇仙人原有樓居癖卻怪秋宵客夢孤

柯君孟丞

陶令辭官歲序賒閒從野老問桑麻一塤吹出羣篪和

孤鶴飛來衆鳥譁塞北秋風催落葉江南春訊寄梅花

愚園先享神仙福月滿樓臺書滿家

柯君仲攀

斑衣舞綵集餘慶晝錦堂前化日長視膳原堪隨劇孟懷才未肯傲元方座多佳士來今雨家有賜書發古香

伯仲之間見伊呂借古句躬耕樂道卧南陽

柯君叔奮

三郎沈醉百篇詩猶憶興酣下筆時楓落吳江秋瑟瑟君居楓溪花生斑管漏遲遲滄桑愁看風雲變卉木還欣雨露滋轉瞬重陽佳節近白衣送酒到東籬

柯君季鶚

韓山疊疊水迢迢中有騷人令聞昭葱隴良緣逢玉局

花阡妙句弔金嬌孤舟四顧南溟濶一別三年北斗遥
且喜詩筒頻往復河魚消息去來潮

林君彦卿

騷壇牛耳推盟主裙屐爭趨翰墨場久仰才名壓元白
還欣妙術擅岐黃藏山事業詩千首醫國君臣藥一囊
判袂匆匆愁濶別伊人何處溯葭蒼

李君仰蓮

新詞題向龍巖壁到處相尋幸識荆黑水陰山誰地主
青衫紅袖半門生（君曾教女校）峩峩髦士登雲去莽莽硯田
帶月耕白也詩才本無敵羨君繼起負時名

林君秀巖

一雨留君三日住，唱予和汝樂無涯。蒼茫水國搖孤棹，寥落山城聽暮笳。警鐸宏宣化人國（君前主民權報，繼復創大東報），詩鐘敲破梵王家（君于瀹智校中以詩鐘賞雨椽，爲寶蓮菴故址）。南行返斾知何日，故里朋交望眼賒。

楊君季岳

汕島同袍憶昔年，雞鳴風雨五更天。南州冠冕推前輩，東壁圖書啟後賢。詩酒合依金谷例，樓臺常集玉堂仙。潮梅報界稱先導，衹惜蟾光不再圓。

楊君盍勃

與子論交廿載逕于今兩鬢各飄蕭才華喜共年華長

養志休教壯志消葉尹好龍悲宿草謂葉春圃杜家燈虎戲

題蕉比年辜負談詩户無復聯牀話一宵

附和見懷原韻並追悼葉春圃同年

楊尙炯羞勃

好龍八昔騎龍去七載空悲墓木蕭舊劍摩挲和淚

掛新詩振觸最魂消讀大作第五句爲之傷感不置回思影語鴻留

雪自愧浮生鹿覆蕉海内知音能幾輩樓高百尺悵

涼宵

陳君銘圃

當年文戰仰才華我亦漁陽鼓屢撾回首前塵渾似夢
傷心時事亂如麻漢家宮闕秋風厲魏國山河夕照斜
嶺上新梅開也未和羹須待歲寒花

郭君餐雪

汾陽華胄隔天涯紅豆春深雨滴階數載神交難覿面
千年刼運共傷懷飄零湖海鵑聲惡汗漫羅浮蝶夢佳
且喜閨中操教育掃眉才子列裙釵

許君偉予

閒來彈出伯牙琴流水高山有賞音憐我吟身巢燕幕
賴君詩價重雞林（君去歲主暹羅天漢報時常遠徵詩稿）頻揮大筆開民

智爲製征衣急夜砧（君回里纔數月應星洲報館之聘不日成行）送别秋江

無物贈褒譏袞鉞聖人心

附　奉和秋夜見懷之作錯用元韻　許挹芬偉予

珍重故人千里心憐他少婦急寒砧潛夫著論初無策（君來詩以余將應星洲報館之聘故有爲製征衣急夜砧之句惟余自以迂疏且以事牽繫卒不果往）摩詰遺懷祗有琴（近頗寄情絲竹）彈到相思難命操傳來佳句許知音青雲吾亦喜攀附姓字居然廁藝林

劉君稚安

劉安雞犬昇天去間有華宗最出羣書法縱横摇五嶽詩情豪邁掃千軍治兵常挾風霜氣草檄先删月露文

數載睽違人事變令儂望斷楚江雲

林君仔肩

華國堂開瀹智先奠坤毓秀亦齊年多君苦口興文教君到處提倡興學手創學校多所華國奠坤兩校則與本校同年興辦者笑我灰心嘆逝川

說法能敎頑石點君爲國民演說會正會長疾呼不許睡獅眠牖民

覺世功無限開出炎荒黑闇天

馮君印月

四章秋柳幾莖髭從此新交結舊知臘鼓聲喧人送歲

銅壺漏靜客談詩君于壬子殘臘過訪無題仿古吟情豔有約尋

君轍跡遲遲想湖山圖畫裏菊花插鬢帽簷欹

黄君蔚柏

秉鐸蓬洲教育深栽培桃李漸成陰服官與我憐同病
愛國知君具熱心歲月蹉跎駒隙逝雲山迢遞雁書沈
回思樽酒論文事惆悵余懷感不禁

附和秋夜見懷即步元韻　黄太初蔚柏

世態年來閱歷深炎涼倏忽幻晴陰廻思帳下論文
日頓觸風前感舊心道味飽嘗酣寢饋狂瀾莫挽悵
浮沈伊人秋水方洄溯忽接魚書喜不禁

黄君眉仙

兩粤奔馳夜度關艱危險阻路漫漫傳來消息心滋感

問到平安意漸寬察吏無端辭職去成功有日勒銘還竹窗夜話聽涼雨洗盡征塵四座歡

黄君式予

文字因緣信有之借將楮墨寄相思登高未着謝公屐閉户常褰董子帷詩草叢殘堆北牖菊花絢爛滿東籬郵筒纔啟心先喜中有琅琅大雅辭

附 奉答秋夜寄懷原韻　　黄龍章式予

琴夢羹牆古有之精神結契切遐思君因大海寒車笠貴處到汕須渡海我以秋雲作幕帷有志登高攜謝屐無才避世隱陶籬光風霽月空懷望玉照未蒙見寄詩筆難書

繾綣辭

邱君少白

曾偕何遜遊蓬島，夜雨傾盆行路難。池底蛟龍應變化，天邊鴻雁慨凋殘。謂令弟少青名山增重才人筆，盛世交彈處士冠。攜手河梁分手別，故人珍重勸加餐。

陳君慕川

那堪坡老哭朝雲，孤枕寒衾夜不溫。紅葉詩成御溝涸，君詠紅葉十六首，爲世傳誦。黄花酒飲楚江昏。烟霞痼癖消除盡，筆墨生涯道義存。最是令人愁絕處，深宵巫峽一聲猿。

邱君拔生

聽濤别築挹光儀别後思君有鶴知寂寞詩城尋故壘
糢糊字跡剔殘碑龍泉巖裏吟節健鮀浦溪中畫舫移
風景依稀渾似昔憐儂添卻鬢邊絲

温君丹銘

韓水滔滔教澤長三州師範出門牆養生妙術添醫學
醒世高文重報章白石才華詞筆麗紅泥爐火酒痕香
公言出版爭先覩紙墨騰爲日月光

侯君乙符

爲訪侯嘉扣寓廬清談娓娓撚吟鬚道高不作夫妻别
喜極嘶將姓字呼某年觀榜羊城見君名姓狂喜呼曰某某入選回頭則君在焉不禁莞然

海外喧闐迎主筆客中岑寂勸提壺秋來蓴菜偏甘美憶否家鄉一尺鱸

杜君珊儔

家住蓮陽東復東漁舟唱晚夕陽紅會開教育推雄長地近湖山作主翁劍氣珠光歸筆底仙心俠骨播寰中秋宵寫出秋聲賦獨立閒階萬象空

瑞公鳳綸

廿年宦海此浮槎循吏儒林共一家鹽鐵官閒吟橐富鶯花春满酒旗斜文章知已逢青眼風雨懷人悵碧紗

先生工詩復工書

敝處多唱和墨跡百二河山勞跋涉藍關愁望使君車

蔡君俊卿

海天萬里賦長征紀事編年筆不停出走倉皇家國難和詩珍重笠車盟關河徧歷風波險褒貶如觀月旦評爲問飄香丹桂樹團圞可似故鄉明

蔡君漢閣

羨君學識足三餘應詔金門釋褐初才等仇香偏主簿官傳周禮重司書座中半是能詩客戶外常停問字車紅樹斜陽天欲雪行吟勞卻灞橋驢

陳君鑑吾

韓江耆舊半凋零太史封章奏德星蛇蝎一窩悲故里

鳳凰千仞發新聲春回妙手療兒病三兒旅省有疾蒙君診治秋入
禪心問客程愁聽驪歌門外唱故人無限別離情

附

奉和秋夜見懷三疊原韻　陳瓊坡鑑吾

吟箋歷亂久飄零憔悴勞人鬢欲星座有黃花原不
俗琴彈白雪自成聲拚將文字酬知己懶檢行裝話
客程野鶴無糧天地迥秋風鱸菜總關情

中興人物半凋零漫向羊裘問客星絕塞烽烟思將
畧孤山琴筑寫秋聲盤空鵰鶚三千界搏海鵾鵬九
萬程偏是驚鴻多逸網高飛無復稻粱情

露重秋高木葉零盱衡時局鬢毛星九州錯鑄天難

補一劍光寒夜有聲宦海波濤遲客思世途荆棘阻
行程不堪回首中原事落日西風萬里情

吳君柳隅

濯足扶桑萬里遊才名赫奕滿神州筆花燦燦庸言報
岸荻蕭蕭故壘秋文字有靈通造化家山無夢到羅浮
遥知月白風清夜長笛一聲人倚樓借古句

黄君任初

令兄同硯復同年凄絶墓門聽杜鵑得志君爲天下雨
埋名儂效洞中仙送行南浦愁分手傳道洪崖笑拍肩
次兒曾在津門受業算學已偕梨棗壽疇人傳裏世稱賢

李君笏廷

聯翩曾向竹林遊學務殷勤借箸籌闔邑師儒歸管領
中原文獻感遷流論交氣誼金蘭契取士珊瑚鐵網收
貝闕瓊樓渺何處前身明月廣寒秋

彭君畧臣

河魚天雁久浮沈一別三年契濶深兒輩銘恩感知已
世途履險歎僉壬文章春氣兼秋氣詩酒仙心雜佛心
我欲開尊澆磈磊重陽菊醑帶愁斟

何君士果

雙鬠山人態欲仙朝衫猶帶御爐煙嶺南感慨滄桑變

冀北操持教育權愛國偶然羅黨禍離家宛爾卻髙緣
傲霜黄菊東籬下三徑飄香晚節堅

侯君陳村

美君伉儷盡能詩唱和居然樂不疲泣鬼驚神才子筆
紆青拖青越人緌侯宣門下多高足君曾長同仁學校爲澄江學堂先導
張敞閨中懶畫眉負笈羊城同就傅大家齊奪錦標歸

蔡君雪帆

論交已在廿年前勞燕分飛各一天見面相驚鬚鬢改
承家定有子孫賢鶯鶯花零落揚州夢鮭菜鮮肥負郭田
何日與君共文讌陶然一醉伴雲眠

蔡君幹廷

汕島聯牀夜説詩琴書繞榻酒盈巵碧紗籠住才人句黄絹裁成幼婦辭夜雨連綿欹枕候西風憔悴卷簾時此情此景今難再何日來遊慰所思

附奉答見懷大作　蔡忠誠幹廷

飛觴往事過如烟今日花前接錦箋笑我酒痕餘兩袖羨君詩調唱羣仙奇才偏樂桑麻隱高誼難辭車馬喧後約重陽應再會白雲紅樹華峯巔

丁未年重陽日偕遊龍泉巖訪翁襄毅公讀書臺故址

湖海曾遨宦跡經歸途車爲故人停相知自外三生

石歷數黄花兩歲星戊子歲與君同學市隱最窮距今二十有六載似潟杯談翻使醉皆醒榮身更有千秋業遥接河汾舊典型

蔡君劍秋

蔡襄文筆久縱横詩筆又如玉宇清訪舊憐儂眠病榻揮毫羡汝動吟旌白駒難縶場苗足去年過訪適余病瘧留君小住不果黄鳥欣聞伐木聲子美髑髏奇句在功能止瘧鬼神驚病中誦君詩精神一爽

附奉和秋夜寄懷卽步元韻　蔡鍔鋒劍秋

倚馬雄才筆陣横高吟又得氣之清詩章追琢成珠

玉志氣飛揚似旆旌知已如君頻入夢别後時嘗夢與君遇新詩貺我喜同聲焚香讀罷襟懷爽奇句動人滿座驚

邱丈果園

蓬萊仙子駕雲軿俯看韓潮一抹青海內才人尊泰斗勝朝遺老待碑銘近來鉅公碑傳多出大手筆凌雲健筆鵬舒翼落日空山鶴歛翎與君未謀面蒙和秋感四章約同林秀巖君行相見禮適本校試畢業不果時局泯棼陵谷變天留此老應文星

林君一菴

一肩行李入長安徧地干戈不忍看鐵劵酬庸同幻泡金陵名勝半凋殘男兒漫說從軍樂近來軍人無資格慨乎言之旅

客方知行路難探取宦途新政見電傳消息付離別自

議院成立郞入京爲訪員

李君挺生

龍巖曾伴劍南遊小阮才高大阮優在昔文章通氣誼
於今歲月慨遷流尋空冀北逢青眼鶴化遼東易白頭
自笑年來精力減羅衣單薄不勝秋

李君毓珊

天降才人李謫仙琴書瀟灑樂華年沈香亭畔詞初就
豆蔻梢頭月正圓萬里雲山鳩杖健一堂詩禮鯉庭賢
知君別有消閒處手倦拋書枕石眠

何君旭初

報界同遊兩載餘明窗淨几樂相於鋤奸不惜鸇驅雀
問世非同獺祭魚上巳鶯花良友別重陽風雨故人疏
何時枉顧陶彭澤酌酒談詩五柳居

莊君傑峰

君居東室我西房月夕花晨話正長角石尋幽風力阻
蓬瀛興學祝辭香獨扛健筆嚴褒貶且把無冠作帝王
珂里旋歸經數載何無尺素寄河魴

邱君星五

兩闋清歌數首詩堂開毓秀贈蛾眉九州何處尋邱絕

四德由來重母儀入選名登龍虎榜參觀客滿鳳凰池
得君獎借情何厚拜領春風筆一枝

梁君千仞

衣錦坊邊日影斜機聲軋軋筆生花君爲中華報總理鳳凰奮
翮翔千仞鬼魅潛形載一車萍水欣成文字契松筠歷
受雪霜加清吏查封報館暮雲春樹相思意何處重尋鮑叔牙

李君道閑

桃李芳園許共分春風時雨又逢君兩洲歐美傳新學
四壁圖書發古芬體育精神期尚武公餘吟詠仿迴文
關河跋涉星洲去吾道南行樂我員

王君慕韓

纘槐堂外月輪高中有王曾著作豪汲古幾人得修綆成書已足震時髦起衰揮出韓公筆憂世吟來屈子騷留得文章存國粹潮聲常漲廣陵濤

蔡君潤卿

中原逐鹿爲誰忙大好河山作戰場帝國病夫悲老大醫家神術起膏肓鍼砭痼俗詞鋒利扶植民權筆仗剛造出共和新世界康强逢吉萬年觴

林君芷蓀

練江兩度訪吟窩又向羊城樂嘯歌馳騁詞壇支遁馬

縱橫書法右軍鵝孝廉方正資模範經濟文章共切磋
爲國棟樑終有用此材未可老巖阿

林君蓮生

七級浮圖帶夕曛我來踏破暮天雲蒼黄行李關山遠
黑白棋枰勝負分從此尖叉頻鬭韻底今風雨悵離羣
龍津渡口桃花水猶帶當年別淚痕

林君賓秋

座中有客共吟秋花木扶疏枕簟幽遺墨同尋文信國
潦書不讓管城侯新亭涕淚風中燭故國河山水上漚
幾度傷時兼惜別蟬琴蚓笛兩悠悠

蔡君鶴田

女校初開對月邀霓裳佳句奏咸韶願將梨棗傳千載陡覺音容隔兩朝滄海明珠長照眼崑山美玉正垂髫學成未執量才尺好待元春試頌椒

鍾君少峯

輕移畫舫入蓬萊嶺海爭傳屈宋才攝影長留詞客貌攜杯同上杜康臺薔薇奪錦尊前詠苜蓿登盤別後栽料得天涯同咫尺一緘珍重對花開

吳君修亭

關河渺渺露光晞書劍飄零何所依捧檄纔傳毛義去

掛冠又見陸游歸蒼鷹殿上留殘影黃鶴樓前弔落暉爲問故園秋色好蒓羹鱸膾壯心違

蔡君月秋

當年講藝筆花居雨晦風瀟樂有餘春滿天桃巢翡翠秋高折桂問蟾蜍多情綠水朝垂釣有味青燈夜讀書一自淞江分袂後軒齋愁對錦屏虛

宗丈董堂

三島遨遊百首詩先生遊東成竹枝詞百首爲世傳誦又題小照贈珠璣神恬虛室能生白福厚中年已賜緋梓舍雲籠蘇季印萱堂日暖老萊衣知君慈孝立人極解釋平權用意徽

林君聘珊

鷄窗螢案夜三更立雪程門並轡行同學得君推領袖異書假我當簪纓頭顱對鏡鬚眉古肝膽論交意氣平松竹梅花三友在後彫不負歲寒盟

附答芷雲芸兄寄懷　林士珍聘珊

當年交誼訂苔岑剪燭西窗話夙因亂後君猶勤問訊別來我亦感風塵半生事業浮雲似廿載韶光鬢雪侵一事思量差自慰故人天末惠書頻

依稀尚記同遊處回首滄桑不計年衣上酒痕懷剩跡雪中鴻爪感前緣別來舊雨情猶摯寫出新詩意

共傳何日蓬山閬過訪一樽重與話纏綿

陳君愚溪

一泓秋水靜芙蕖領畧秋光樂有餘天爲龍田鍾秀氣人從馬帳讀奇書歐風美雨西來急（君首先以新學課徒）淡月疏星北望虛籬菊半開詩思潔儼然身入浣花居

附 依韻奉答見懷七律 陳宗堯（愚溪）

青蓮詞健壓芙蕖文字心裁棄唾餘蓬島人才歸淪智名山著作有藏書身經鼎革頭銜改詩異空疏腹笥虛猶憶鮀江分手後故人松菊賦閒居

張君梓楠

六年前已仰詩名何日躋堂酌兕觥訂得神交通寤寐贈來佳句勝瓊英司天白帝行春令邑中姚氏書室及式予愚溪二君處菊數百本皆君管領捲地金風送夏聲三徑未荒陶令老花城管領待先生

湯公蟄仙

汕江何幸迓輶軒太史觀風耀蓽門謫宦遷流傷白傅諫臣氣節重朱雲陽春一曲巴人和在汕曾和詩章肆夏三章使者尊回憶烏臺秋令肅老成尚有典型存

王君少斌

未會騷人意若何仙溪秋水綠生波庭槐廣被三公蔭

詩草將成兩叟歌（君詩載于漢潮報號曰逸叟而王君皡亦號逸叟訥公疑而以詩問纂韓君將作兩叟歌以紀其事）蓬島煙霞容嘯傲（約彥卿君邀君爲龍泉巖之遊）輞川詩畫儘包羅何時共入耆英會弄月吟風墨共磨

附

和寄懷原韻　王道正 少斌

蓬島風光近若何遥遥情思感秋波敢將下里巴人曲屬和陽春白雪歌十載英才蒙教育一方名士盡搜羅自憐抱璞無雕琢願借他山片石磨

謝公雲巢

城南門巷靜簾櫳投刺未由謁謝公（前年訪公不值）舊雨當歸今雨別在山遠志出山同哦詩寫出莊嚴氣醫國潛收

指臂功記得當年文戰日授餐適館意何隆

附奉答見懷元韻　謝龍翔雲巢

塵壤何堪媲玉櫳笑君養鶴學羊公抱殘誰矢魯鄒志悲感由來燕趙同豆剖河山空抱癖槐安螻蟻競爭功域中海外君知否聊共曬書伴郝隆

李君少平

甘棠萬樹徧南平又聽安溪起頌聲治譜龔黄君媲美歸舟琴鶴我先行親喪愧爽衡文約安溪官校高小學生百數十名畢業考時君延余往掌文衡適家慈有疾躬侍湯藥未能遠離旋丁內艱不果于行世亂難貪偃武名光復後君仍被舉爲安溪縣長奸民乘機起事君剿撫之乃復秩序林下優游期尚早

再看萬里展鵬程

賴公墨樵

一麾出守政優優，阜蓋朱幡福祿遒。五百年前桑梓地，二千石裏稻粱秋。清例服官須過省，先生守興化府，我潮人之祖鄉也。珠還合浦風生袖，鶴放華亭月滿樓。聞道汕江權警察，商民引領盼君侯。

葉君楚傖

記曾同醉菊花天，雄辯高談驚四筵。文陣擐來忠信甲，名場恥入孝廉船。離離禾黍悲亡國，歷歷松楸汲醴泉。君嘗與林一庵諸君來遊龍泉巖。遥想秋窗風雨夜，揮毫落紙似雲煙。

君前主新中華報筆政

宗丈燕如

髫齡早喜誦公詩佳句傳抄右手胝誰料陶朱陳肆日居然李白醉吟時江山文藻騷人筆壁壘森嚴上將旗一點秋燈光四座推敲祇許夜猿知

田君錦亭

宦遊滋味我粗諳聽鼓榕城月色含倦鳥思還辭講席君聘主講席因將歸田卻之驪龍善睡卧寒潭良朋可惜難常聚美酒由來喜半酣客路重逢欣把盞滿江燈火望河南已酉秋月晤君于粵城君于月夜宴余艇中今又數年矣

附秋夜見懷依韻奉答　　田捷榮錦亭

先生道藝久深諳同歷宦途萬象含鮑照蕪城榮客
思汪倫桃水溢清潭相逢恨晚緣何淺久別于茲興
未酣寄語梅花春信早願君洞溯舊江南

周丈鶴琴

蔦蘿何幸施松枝作客他鄉玉漏遲路遠欣逢東道主
文成愁看北山移雄心鬱勃千秋想老眼摩挲五色迷
自閩歸後一別數年客歲晤先生于羅旭甫君座上記憶不眞談敘後抱歉萬分　卻喜兒曹還
故里傳來玉照仰光儀先生去年在省與次兒遒徇等合拍一照

莊君若鴻

孤館寒燈伴寂寥此間未可老班超中年絲竹閒情賦
大塊文章錦字挑風日晴和鴻遇順關河跋涉鶴歸遼
東皇去後春無主誰把涼颸拂栁條

高公仰雲

文章經濟兩深沈鳳噦高岡衆鳥瘖皁蓋臨民甘雨降
白華養志曉霜侵憐才早握周公髮濟困常分鮑叔金
惜我閲行太遲暮遥瞻山斗寄遐心

蕭君秋南

手擘花箋有所思推敲不覺漏聲遲宦情澹似陶彭澤
商戰雄于託辣斯十畒名園娛老境君所居寄園有花木亭臺之勝五

句自壽寫新詞嬌兒坦腹東牀日南澗蘋蘩問孰司四兒

宗錫爲君婿

惜賢媛先故

鄭公植卿

一别京華路八千仁風吹到雪峯巔文翁治蜀頑民化

汲黯居官善政傳通德門高容下榻宦遊情淡促歸鞭

書生自愧疏慵慣手版年來久棄捐

張君仲南

古來孝友推張仲才德兼全復見君詞賦知名歌赤壁

祖孫媲美步青雲贈詩愧乏瓊琚報聯句方慚玉石分

落月屋梁思慕切何時重與細論文

附謹依原韻奉和　張衡皐仲南

元龍豈必樓高卧七八年前早識君學校推崇稱泰斗吟壇揮灑走風雲交情不爲蓬山隔世局應嗟黨派分遥指海南最深處圭璋追琢自温文

楊君守愚

不逢楊意已多年賦罷淩雲思悄然老圃秋容韓相國殖民政策柳屯田一官小試名心淡兩地相思望眼穿塞外草衰風獵獵誰敲碪杵製吳棉

丁公衡甫

觀察三州惠澤施又看旌節過山西丹心待入名臣傳

青眼慚邀國士知鶯粟澆風懸厲禁驛梅傲雪逞高枝公以嚴禁栽鶯粟去官昌黎去後謳思切豈特攀轅卧轍時

宋君支山

家有元方作弟難借袁樹句居然軾轍並登壇省親共識天倫樂作吏咸歌善政寛鮀浦溪中舟共濟鳳山樓上印初刓君嗜金石學以鳳山樓印存數卷惠贈三年不見子京面遥望羊城路杳漫

馬君儁卿

絳帳宏開仰馬融韓潮蘇海盡朝宗聯成博得慈顔笑與君未謀面之先蒙惠萱堂壽言銘感靡既學懋應知師範隆佇月停琴煙

繞緣（君辭同濟校長後家居之地日留月簃）催詩刻燭影搖紅伊人宛在
殷洄溯秋水蒹葭兩岸風

李君谷笙

秋風蕭瑟雁南征尊酒言歡笑語傾獻策曾敲金闕戶
吟詩合擬玉溪生蠶頭小字通芳訊馬尾遊蹤送遠行
（閩嶠宦遊蒙公詩餞）惆悵年來岑寂甚一燈如豆對寒檠

附奉答陳芷雲君見懷元韻　李寶森谷笙

海上飛鴻滯北征瑤箋傳誦客心傾寄懷風雨詩篇
（近成懷人富詩百首）彈指滄桑感慨生世亂君歸蓬島住暮
年我賦燕歌行盈盈一水縈魂夢旅館孤吟對短檠

周丈元達

鳳山堂畔草芊芊桃李花開次第鮮三百英才趨絳帳

五千道德曷青年推敲笑我逃詩債先生以大作屬和愧未應命教

育隨公着祖鞭慚愧雷門撾布鼓小巫怕立大巫前

謝君炎廷

數畝芳塘萬頃秋百城南面小諸侯序文媲美滕王閣

家慈壽言及遊山詩序出君大手筆吟興同登謝朓樓兵燹餘灰增感喟

嫏嬛福地任勾留雪鴻踪跡今何處黄卷青燈似舊不

附

答芷雲先生秋夜見懷元韻　謝龍煥炎廷

過我論文閱幾秋荆州一識勝封侯筆扛烏獲十鈞

鼎人在元龍百尺樓擊檝有心深寄託請纓無路暫
勾留壺中日月舒長甚巖石登臨似昔不

蔡君柏青

昌黎敎澤廣無垠鄒魯醇風起海濱有客登堂深景仰
何人管學善陶甄藕花香裏菁莪茂棫木叢中棫樸新
北斗泰山猶在望豈徒天水化潮民

附　敬步芷雲先生見懷原韻　蔡鵬雲柏青

佳章惠我意無垠滄海明珠問水濱馬帳有才羅國
士龍巖懷古弔天民君家近龍泉巖巖有翁襄敎讀書臺故址筆參造化
詞源湧公前嘗主嶺東筆政學貫中西意匠新汕島秋風蓬島

月鴻釣一氣待陶甄

陳君雲秋

二十年前同筆硯八千里外苦輪蹄浮沈郎署京華夢飄泊遊踪異國棲獮豸觸邪冠嶽嶽豺狼當道草萋萋

君前為法部主事光緒三十四年奉旨落職海南行何內外壯其直聲旋創辦總滙報以臧否人物

處尋芳躅落月停雲望眼迷

鄭君義卿

曾經濯足渡扶桑又向金門賦上楊德盛宜居方正縣才高早入孝廉堂訟庭花落絃歌起官閣梅開踯蕚香白草黄沙天欲暮一聲羌笛唱伊涼

蔡君竹銘

三生石幻非非想幾卷書成寄寄林惆悵樹雲違客路

繽紛花雨滌煩襟裁詩時有驚人句聽鼓同灰作吏心

（君亦分發福建）商會於今推巨擘振興實業重南金

楊君春崖

文星一路畫樓東勝地端宜住晦翁時雨化人濡地脈

凌雲運筆奪天工（君工于書法書女校石刻）篆煙開學海千尋黑春

滿韓城十字紅（君爲紅十字會會長年間全活者萬餘人）前日登堂瞻道範

不堪話別太匆匆

李公幼臣

前年濶别邈山河遺愛流傳五袴歌曾爲蓬萊蘇涸鮒（蓬洲崙智學校經費困難公賁力變賣署地助學）那堪荆棘卧銅駝世途巇險賢八隱宦橐蕭條廉吏多且喜出山新歲月龔黃政績近如何

沈君純蓀

鬒齡曾乞坡仙字（君少工書法余寶藏之幾三十年）壯歲同登選佛場如此高才偏市隱笑他世界捉迷藏與民開智囊无咎爲國鋤奸劍有鋩（君現爲漢潮報總理）不藉金猊爇烟篆西園翰墨自飄香

羅君仙儔

北窗曾共擘吟箋祖逖聞雞復着鞭勘破神權金在冶
畫來鬼趣玉成煙山間茅徑疑無路海外桃源別有天
殘月曉風縈別緒隋隄縷縷柳絲牽

鄭君松生

汕江判袂兩三年悵望伊人思悄然度世一瓶兼一鉢
浮生如夢復如煙（君以先覺覺後覺如佛家之上乘禪）談經座上春風暖
通德門前夜月圓我亦如來新弟子苦吟入定五更天

王君擢南

陽明講學英才聚摩詰豪吟字句工嶺表何人施化雨
瀛洲有客邑宗風千秋韻事蘭亭集半畝方塘竹徑通

多少青年佳子弟心香一瓣祝南豐

蘇君蓀浦

髯翁去後有傳人浩瀚詞源起海濱筆意明于秦嶺雪潮聲流出漢宮春（君前主潮報筆政）琴書瀟灑家千里歲序遷流月一輪遥想仙鄉風景好珠宮貝闕浪翻銀

日本熊澤純之助君

同文同種復同袍握管談心海月高臺北報章供譯稿嶺東士子賴甄陶（君任嶺東報譯稿及同文教員）遞書難覓衡陽雁酌酒曾持畢卓螯祖國旋歸經幾載故人悵望首頻搔

百懷詩集全卷終

跋

嘗讀谷風詩序曰天下俗薄朋友道絶竊歎自來風俗之厚薄覘其友道之厚薄而昭然若揭末有交際失道而風俗尚得謂之純厚者三代以降風俗日偷附勢趨炎翻雲覆雨此憤時嫉俗者所以作絶交之論也士君子不幸而生當末世既不能遁迹荒山囚聲窮谷目擊人心汩沒世道沈淪思作砥柱於中流因矯激而廣聯朋輩此非不死生與共肝膽相孚而好名之念中之竟矯枉失中反以意氣用事卒致黨同伐異水火日深大禍横飛誅夷放逐若漢唐宋明之末造其黨禍至足悲

也友道不持其正又足以促變釀禍豈朋友之累人哉亦人之累朋友耳方今江河日下古道淪亡爾詐我虞機械百出詩人所謂天下俗薄朋友道絕者其真於今日見之矣而歐風西漸東施效顰派别支分高張黨幟一變而爲黨派之世論者謂立憲國必當有此吾誠不知其結果何如而蘭艾不分良莠並進廣招徠以聯聲勢是黨也非朋也較之漢唐宋明之朋黨又大别也至是而會友輔仁之道愈晦而不彰矣孔子不云乎君子羣而不黨友道正鵠端在乎是按之今日所謂合羣所謂共和亦必當以此爲宗旨然求其人於當今之世殆

如鳳毛麟角不可多覯芷雲陳子敦品勵學宜古宜今固具新智識而守舊道德者生平結交甚廣而悉有眞意貫注其間往往風雨懷人形諸歌咏羣而不黨陳子有焉著百懷詩將付梨棗鄙人忝叨愛末寄其詩序見示雖未獲窺全豹而其懃懃懇懇之眞意可於詩序中見之善哉陳子可以風矣癸丑冬至日嶺嶠遺民道平張衡臯謹跋

百懷詩集

二

跋

天地一情府也古今一情系也人類一情種也茫茫宙合芸芸衆生大而民胞物與小而蜎動蠕飛無非情之所爲相維繫相貫注以並生並育於其間上失其情則親戚叛臣民離是之謂獨夫下失其情則三綱淪五常泯是之謂敗類大矣哉俯仰五千年縱横億萬里無中無外無長無少無賢無愚無貴無賤皆情之與爲終始而不能以須臾離者也夫已發之謂情未發之謂性性以情爲影也情之所至而文即生文乃情之聲也吾友陳子芷雲秋夜懷人詩成百首根其至性發爲文章風

雨一鐙情絲縷縷恍覺學界報界政界諸君子情形曲繪而聲情激越倘所謂情中神聖詩中豪者非耶然豈惟篤於交情而一往情深已也蓋傷乎晚近之世人情澆薄種族之情渙而如視秦越家室之情漓而輒操干戈甚至上下情隔彼此情違因而相猜相忌相馬牛相魚肉相碧血相白刃四萬萬人卽四萬萬國羣情不投故也更何解於一盤散沙之誚乎嗟乎設有情以膠黏之團結之將世際共和亦共此情和此情而已天下豈有無情之國哉若陳子者洵可謂當世多情人矣百懷詩工於言情特先施朋友之情耳而情誼敦厚情詞纏

綿由此推之孔子之忠恕之道一以貫原情以貫之也曾子之好惡之矩無不絜準情以絜之也子思之致中和孟子之同憂樂罔不致以此情同以此情也所最不情者佛氏無色聲香味觸法出家厭世放棄天倫而教世以滅情老氏去仁義禮智爲德民至老死不相往來而導世以忘情夫人孰無情業既滅之忘之矣其異於鳥獸草木也幾希不見夫鳩猶喚婦鷺知求友荆能勸弟笋解感孝動植之物且每推其愛情善用其感情況人生斯世靈於萬物正靈於情耳若竟自絕其情不通其情而相與戕情種斬情系何貴乎子處於情府哉此

百懷詩之所以抒寫深情流露眞情陽以慨慕有情八陰以刺激無情漢誠有足以移我情者不禁爲之逸情雲上豪情風生泚筆而書其後願讀是詩者之感發性情胥斯世而相聯以情則不負予情而陳子之情亦稍慰焉甲寅元春楊文鋭羞勃氏跋

《龍泉巖遊集》目錄

龍泉巖遊集卷之一（雜文）

龍泉巖遊集卷之二（古今體詩六十四首）

伯子先生惠存

弟陳宗鍔敬贈

卅七、五、二十日

戊午春月印行

龍泉巖遊集

南海于廷琛題

小蓬萊叢書

之夷十弟種

龍泉巖遊集目錄

龍泉巖遊集　卷首

目録

◎◎第三卷古今體詩七十一首

◉◉第七卷古今體詩七十首

龍泉巖遊集　卷首　目録

●第九卷古今體詩四十九首

目録

◉◉第十一卷古今體詩二十七首

龍泉巖遊集　卷首　目録

龍泉巖遊集　卷首　目録　八

疊次原韻和芷叟　龍廓
遊龍泉巖有感　陳步鑾
謁鄭曉屏先生賦贈並邀遊轍　陳龍慶
芷雲先生以詩招遊賦此代簡　鄭國藩
遊蓬洲龍泉巖即呈芷雲老伯　葛啓昌
喜晤黃東銘先生特邀遊屐　陳龍慶
兩疊招遊原韻先後答詩六首　黃序鏞
遊龍泉巖雜詠　陳龍翔
柬李谷僧先生　陳龍慶
遊巖偶成　陳瑤
二月廿四日遊巖感賦　陳龍慶

雜文十五篇

正集及補遺統共詩六百七十三首　詞四十三闋

今依四朝詩選例將作者姓名別字籍貫篇數首數闋數表明於後

○文姓名	○別字	○籍貫	○篇數
陳之英	島嵐	潮安	二
陳龍慶	芷雲	潮安	一
林士珍	聘珊	澄海	一
謝龍煥	炎廷	澄海	一
凌鴻年	去愚	番禺	一
蔡鍔鋒	劍秋	澄海	一
楊敬師	雪立	潮安	一
陳寶珩	蘭洲	潮安	一
方剛	道任	揭陽	一
吳兆麟	未詳	饒平	一
林士英	芸閣	海陽	一
蔡鵬雲	柏青	澄海	一
許挹芬	偉予	澄海	一
翁輝東	梓關	潮安	一

正集及補遺共十四家

詩姓名	○別字	○籍貫	○首數
翁萬達	仁夫	澄海	四
翁如麟	萊山	澄海	一
王岱	山長	湘潭	二
楊鍾嶽	大山	澄海	一
陳衍虞	園公	海陽	一
李昔吉	小雲	常熟	一
王景仁	壽巖	澄海	一
楊淞	鏡川	海陽	一
陳龍慶	芷雲	潮安	一三二
楊友梅	杏園	嘉應	六
陳書翼	燕如	澄海	一四
蕭復常	伯瑶	南海	一八
謝錫勳	安臣	海陽	一
楊沅	季岳	梅縣	一四
林樑任	仔肩	澄海	二
溫廷敬	丹銘	大埔	一二
李青	仰蓮	潮安	三
黃太初	偉姿	大埔	五
丘光漢	小白	大埔	一
莊伯夔	諧譜	海陽	一
陳卓棻	慕川	澄海	六
馬義方	俊卿	潮陽	一
謝龍煥	炎廷	澄海	八
黃龍章	式予	澄海	七
楊洪簡	小山	海陽	五
曾紀維	幸存	潮安	一
張衡皐	仲南	梅縣	四
蘇大山	蒓浦	廈門	一
徐昌國	敬亭	海陽	一
蔡忠誠	幹廷	澄海	二
丘鳳麟	拔生	澄海	六

鄭之棟	松生	潮陽	一
蔡秉炎	淵卿	澄海	一
蕭漢傑	竹朋	番禺	一
黃和恥	眉仙	大埔	一
吳之英	夢秋	澄海	三
劉昌治	稚安	長沙	一〇
謝英	卓羣	澄海	一
陳雲	名軒	海陽	一
王師愈	慕韓	潮安	六
林焯鎔	彥卿	潮安	二
王睟	逸叟	紹興	一四
王道正	少斌	潮安	二九
蕭鴻逵	秋南	澄海	五
池鈞鼇	士湖	潮安	一三
陳紹杜	菊農	梅縣	九
金天民	雨耕	紹興	一
馮嘉鑄	印月	仁和	三
陳予齡	旡邪	潮安	五
王廷臣	蘭甫	潮安	四
林純儒	小迂	潮安	一三
湯解網	君仁	澄海	一
盧卓民	悔塵	新會	三
陳之英	島嵐	潮安	一
崔景元	伯越	南海	五
凌鴻年	去愚	番禺	一
凌桂年	念喬	番禺	一
鄧爾愼	籍香	大埔	三
黎祖健	硯貽	番禺	二
林國英	偉侯	饒平	六
翁麟	其仁	澄海	一
阮禪興	募緣	紹興	一
蔡鍔鋒	劍秋	澄海	九

姓名	字號	籍貫	家數
蔡甲龍	劍孫	澄海	二
藩贊成	子勸	澄海	七
陳鴻逵	遇初	潮安	二
蔡科倬	智潛	澄海	一
楊敬師	雪立	潮安	八
柯心堯	夢仙	澄海	一
方　剛	道任	揭陽	四
黃日升	照峰	潮安	一
蔡松茂	岱雲	澄海	二
謝瑞英		澄海	三
吳英銳	恒偉	潮安	二
郭心堯	餐雪	揭陽	七
王血痕	滄洲	衡陽	六
李寶森	谷僧	大埔	二
周　易	芷沅	揭陽	一
陳煇嵘	鏡吾	澄海	一

姓名	字號	籍貫	家數
陳樹桐	蠌巖	潮安	一
陳寶珩	蘭洲	潮安	一
顏　謙	澤民	南海	二
葉菊生	餐英	梅縣	六
許雲濤	以字行	梅縣	一
陳任楨	笑僑	梅縣	一
余鴻儒	少銘	饒平	一
王祖蘭	伯文	潮安	二
吳之藻	夢蘭	澄海	一
溫廷炯	季文	大埔	四
楊尚炯	雈勃	潮安	二
饒關常	簡師	大埔	三
丘煥樞	星五	大埔	二
張應暘	仲琪	大埔	一
曾傳經	籍雅	大埔	二
林廷玉	醉仙	惠來	一

張倫	少游	普寧	一
張之衡	守仁	大埔	二
吳謐疇	稼生	豐順	一
柯楙	希士	潮安	一
丘逢甲	仙根	鎮平	六
未詳	德庵	未詳	三
陳步墀	子丹	饒平	二
瑞誥	鳳綸	滿洲	八
陳纘英	偉才	潮安	六
林家驊	一穆	澄海	一
劉選雄	仲英	潮安	八
侯節	乙符	澄海	二
謝國藩	屏珊	揭陽	四
龍廓	思鶴	南海	二
陳步鑾	玉坡	潮安	四
鄭國藩	曉屏	普寧	一
葛啓昌	景周	如皋	四
黃序鏞	東銘	澄海	六
陳龍翔	雲帆	揭陽	八
陳瑤	瓊之	澄海	一

正集及補遺共一百一十五家連文合計之凡一百廿九家除詩文互見八家外實一百廿一家

○詞姓名	○別字	○籍貫	○闋數
陳龍慶	芷雲	潮安	二四
李菁	仰蓮	潮安	一
陳步墀	子丹	饒平	一
楊尙炯	羞勃	潮安	八
葉菊生	餐英	梅縣	八
王道正	少斌	潮安	一

全卷六家與詩文互見者

龍泉巖遊集目錄終

龍泉巖遊集自序

陳龍慶　芷雲　廣東潮安

謝太傅任高百辟情惟一丘慶何人斯奚敢上方前哲顧自前甲寅先考全德公由郡城遷居蓬洲至今年恰周花甲蓬洲西郭外有山曰龍泉巖前明翁襄毅讀書處亦卽余小子由少而壯由壯而老遊釣之處也雖無東山絲竹之情而憑弔流連亦足騁懷娛目故當春秋佳日結伴遊遨每有良朋儘多高詠洵足壯山川之色通聲氣之緣慶自甲申歲始學爲詩迄今三十年其關於斯巖之詩文積稿亦夥今歲重陽日及重陽後五日遠近吟侶惠然肯來借從公之餘閒開登高之勝會一觴一詠一唱一和莫不鉤心鬭角盡態極妍視從前什襲珍藏之詩篇約得十之四亦云盛矣汕島同人題名勒石李君耀宇又撮影以贈同人更足爲斯巖別開生面慶前懼詩篇之散失也業經編成三卷抄錄成帙同人見而韙之慫恿付梓於是重加編次廣爲搜羅自明嘉靖甲辰起迄今年甲寅止相距三百七十一年得詩若干首以年代先後爲次序古作僅百分之一二而近作特多在前賢吉光片羽固自可珍在時賢鉅製鴻篇尤堪共賞慶不敏得以碔砆錯陳於美玉間亦幸事也昔隨園不信佛學而獨於因緣二字契之最深慶亦以爲然有緣則胡越一家無緣則尹邢避面今蓬洲何緣而有斯巖斯巖何緣而多遊人遊人何緣而多佳作巾箱藏之梨棗壽之雖他時聚散無常而日手是編千里有如一室形骸雖隔心志相孚此中自有香火緣在全是編首以翁襄毅遺著次以王湘潭石刻風徽人往與

余固無一面緣然誦詩論世於數百年而後是尙友之緣也楊鏡川王壽巖楊杏園謝安臣家名軒楊小山諸君子先後歸道山悲宿草於墓門揚餘芬於詩册是沒齒之緣也北窗一枕俗緣皆空淸磬一聲萬緣俱寂獨此文人結習雖懺悔而不能除雖痞瘵亦不能舍所謂文字因緣者意在斯乎意在斯乎書將成擬名爲春屐緣旋以其近於纖巧也擬改爲名山緣復以其近於寬泛也乃商諸遊侶以龍泉巖遊集名編並誌其緣起如此甲寅初冬陳龍慶序

序文一

王師愈　慕韓　廣東潮安

縱遊四方周覽宙內名山水古之人之所爲好事者也余嘗有興焉垂老而未嘗忘也然而以其才之疏遇之縶則雖以至近之名跡有不能徧及者焉龍泉巖在澄海蓬洲所鄉先達翁東涯嘗讀書於此吾之所謂至近之名跡者也龍泉巖山水奇縱得東涯又益與人慨慕故人多喜遊龍泉巖師愈嘗以癸丑九日遊此賦詩而去師愈之遊龍泉巖也主吾友陳君芷雲家久之而不能忘本年重九又賦詩寄芷雲而芷雲報吾書曰今年之遊龍泉巖者又益盛惜乎子之不與斯遊也然吾集古今人之遊龍泉巖爲詩者可三百首將壽之梓民以廣其傳子其可無言余曰然龍泉巖故山水奇縱得東涯又益與人慨慕吾潮名跡之卓者也然吾潮之名跡多矣寧止一龍泉巖龍泉巖自東涯後爲吾潮名跡舊矣而遊詩獨近日爲多則豈非芷雲之故耶龍泉巖得東涯而名顯龍泉巖得芷雲而遊多然則謂龍泉巖之遊爲芷雲而遊龍泉巖

之詩爲芷雲之詩可也芷雲家蓬洲去龍泉巖不百武客之遊龍泉巖者必主芷雲芷雲工爲詩喜客而尤拳拳於龍泉巖也其非古之所爲好事者邪此余之所不能無言也王師愈序

序文二

溫廷敬　丹銘　廣東大埔

山川名勝之地不得其人則不彰得其人矣而無以賡續之亦不傳龍泉巖之聞於潮也固由翁東涯舊日讀書之處而亦由陳子芷雲之居近其間致賓客作歌詩以張之故其名益著也不然自東涯去後滄桑變易荒臺零落野僧俗客混跡其中近且寺圮僧散寄居無人溪風之所悲歌山月之所憑弔荒煙蔓草落葉哀蟬之所相與徘徊而不置志乘佚而不傳故老傳而不信騷人過客至有作詩以著其譌者非得陳子表彰之辨正之且蒐前人石刻而剔之而東涯讀書之址幾成疑似龍泉之名亦不見重於世矣余於此而悟一學術之成一功業之就前人引其端矣苟不得後人竟其緒則其事且等於若滅若沒之間甚且譏其誣罔者一旦得有識者之旁搜遠紹發揚光大之而古人之苦心盡出疑案盡雪龍泉之得陳子豈不類於是歟此太史公之所以致慨於伯夷叔齊得孔子而名益彰也陳子裒數年來遊客所作及己之爲龍泉巖而作者與夫前人題詠都爲一集名曰名山緣已自弁其首矣而復以書徵余及王子慕韓爲序王子易其名爲龍泉巖遊集爲序以示余余無以易其說乃推陳子爲功於龍泉巖之意以塞陳子請陳子其以爲何如也民國三年舊曆十月茶陽溫廷敬丹銘甫序

序文三

王道正　少斌　廣東潮安

龍泉巖踞蓬洲山腰面大海怪石盤鬱狀若虬龍又有清流映帶出於巖右故以龍泉名或又以泉水清洌得地之靈呼爲靈泉相傳翁東涯先生舊讀書處也余少時偕吾家蘭甫曾一至之臨流汲水穿穴尋幽見壁上王湘潭詩苔跡斑斑字模糊强半不可辨相與慨然曰春秋佳日遊斯巖者不知凡幾遊斯巖發爲吟詠者又不知凡幾惜未得其人焉博采而搜集之雖有奇文傑作湮沒不彰僅僅湘潭首詩亦剝蝕無完句良可慨也忽忽二十餘年於茲矣陳子芷雲吾潮詩伯也家蓬洲距巖最近本年重九邀衆詩友遊斯巖宴於其家余忝附末席酒半陳子手一卷示客蓋彙集前賢近人之爲龍泉巖詠者首卷載湘潭詩補闕正誤考訂尤詳余見之驚喜曰某廿年前所慨慕而未得其人者乃今見之矣陳子誠先得吾心哉於是盡醉樂甚相率於巖上爲竟日遊遊罷競唱迭和陳子詩尤多乃連前所集者編次成册名龍泉巖遊集將付梓貽書告余余思古人有言俯仰之間已爲陳迹後之視今亦猶今之視昔昔賢已矣他年遊斯巖者稽遺文談舊事交相語曰某年月日某某人集於此爲數百年來未有之勝曾流風餘韻猶於斯集中如或見之豈不快哉微陳子其誰與歸甲寅榖旦龍溪佚叟王道正序

序文四

楊沅　季岳　廣東梅縣

今歲共和三載友人崔伯越約余於重九遊龍泉巖余曰非星期遊伴蓋寡乃訂於重陽後五日時同遊者西人皮儷黎君硯詒淩君去愚李君耀宇鄧君籍香林君偉侯崔君伯越及余未遊時止陳君芷雲家酒肴豐且美乃扶醉同遊遊畢復還潛園小憩芷雲乃出其所輯數百年來遊龍泉巖詩文出質意欲引遊翟之詩思者然月將東上矣乃告歸各述所遊以贈芷雲一一答和復函告余曰龍泉巖詩文今得數百首矣多且佳巖之幸也日久散失山靈將咎予子其爲我叙而刻之余曰斯巖之傳以翁東涯以陳芷雲王君慕韓具言之余何間然獨念余居斯巖東西計二十年而遊僅三其間或風雨或疾病或心緒憂悶或無佳伴而其甚又或如庚子之拳匪辛亥之鼎革去年之二次革命杌且不安焉能言遊則今日之得晏然與諸君攜屐者雖由賢主人蓋亦時爲之也然則君之此集遊云乎哉共和前途且於斯集卜之矣質之芷雲以爲何如爰濡筆而爲之序梅縣楊沅芷之氏撰時甲寅冬月也

序文五

林焯鎔　彥卿　廣東潮安

龍泉巖於桑浦山爲支脈吾潮山水之有名於世者也然而桑浦之大緜亙數十里界海澄揭三邑其勝地甯獨一龍泉巖而龍泉巖之名特著都人士之遊蹤不絕者以翁東涯之嘗讀書於此也陳子芷雲工詩而好遊家蓬洲與龍泉巖近春秋佳日必乘興遊遊則必挾文人詞客以俱縱酒賦詩恣其樂而後返今秋九日貽書召余遊至則設醴饌先欵於其家遊客充庭相

與飲酣而醉醉而遊日入而歸乃出其所彙龍泉巖遊集以相示且謂曰君去年爽約不與斯會然君和慕韓龍泉巖紀遊詩已編入是集矣余謝之復以詩紀是日之遊既而陳子遺余書曰龍泉巖遊集行將梓矣願乞一言以弁其首余故拙於文者也況丹銘慕韓兩君之名作在前詳且盡矣余復何能爲繼雖然君之志固有待於余言者夫君固生長望族達而雄於貲者也使出其所有以博世俗之樂亦何求不遂乃獨性耽吟諷屏一切而不爲居恒無事坐一室左右圖書嗜而樂焉視其外若無能者然於奇山異水前賢勝跡之區朋輩偕遊未嘗辭以事而不往自學士大夫女史商客至山僧隱叟之能詩者雖遠千里無不引爲文字交流連唱和遊覽之作日且五六至至必一一依體韻以酬迄丙夜畢而後寢其於新進後生慕道請業有疑難者未嘗不告以誠一句之佳必揚之不絶口以故遊龍泉巖者多樂與偕而尤喜出其詩以獻由是龍泉巖之詩日彙而益多而斯集之成固其宜也吾於是知龍泉巖之名因東涯而著於今而遊龍泉巖者之詩必因陳子而傳於後無疑矣雖然陳子是集之刻非好名也將以維古而張之也若第以好名也而爲之則龍泉巖之遊固尋常而遊龍泉巖之詩文集可以無刻矣然而揣陳子之志豈其然哉豈其然哉甲寅冬至前六日同邑林焯鎔序

序文六

蕭覲常 遯愚 廣東南海

峰連碧海蓮花之墜瓣浮空浪嚙金隄揭石之殘山委地何磊砢而石立亦瀠灑而泉流是媧

皇之煉來補天遺石豈貳師之刺去破壁飛泉此龍泉巖之拔地爲蓬洲所之鎭山也夫龍泉巖者開闢雲山洪荒洞壑磨千劫而豁爾歷萬祀而谺然海溢山陬人文成聚朝霞暮靄葱鬱如蒸瀉上古之龍涎潺湲出海積太清之龍蛻犖确爲山況復三河北下既從來蜃市之鄉四澳東浮亦自古海防之地望韓山之巀嶭疑聞湘子之簫送沙汕之徜徉定下波斯之舶於是南北探奇之士薈萃而來古今遊學之徒歌吟沓至莫不擒靈運之屐嘯孫登之崖撫事興思感時致嘆或慷慨以悲歌或流連而俯唱大風置酒或起舞而哀來涼月停琴或更絃而改操或登高作賦便爲大夫或落帽騰嘲依然從事風騷不少詞賦偏多然而輶軒不至無人採掇以消亡石壁留題有客摩挲而漫漶吾友陳君芷雲世家蓬洲時當草昧作名山之小隱爲靈巖之主人恐百家心血盡爲秦氏之灰惜三寫烏焉亦斫梁元之柱尚幸未沈三篋亟思留見一斑爰搜諸志乘之殘編復剔諸碑銘之斷石以及時賢觴詠之奚囊里嫗覆醬之破瓿裒數百年墨客之精華導十八盤山遊之泥雪共得古近體詩文若干首輯而刊之以爲山靈生色而垂悠久也書成以余禮先一飯命弁鮀浦之雅音而僕懷切五朝愧挾兎園之廢册云爾甲寅長至日嶺東贅人遯愚蕭頊常序時年八十有一

序文七

蔡鍔鋒　劍秋　廣東澄海

自來江山勝概每以奇士之一居一游而其名益著羊叔子之峴山謝安石之東山迄今千數

百年矣而墨客騷人過其地者猶相與慨慕流連而不忍去非重其地蓋思其人也我潮名勝其可恣人士之遊觀者不一而蓬洲之龍泉巖獨嘖嘖人口士之遊者踵相接往往喜爲詩歌以紀之非以當年之讀書於此者有鄉先達翁襄毅其人哉予性耽泉石生平好爲名山遊是歲主講龍溪耳龍泉巖之名雖不能至心嚮往之適吾友陳君芷雲招予於茲山作重九予喜其與素志有合也將乘興往限於功課不果行越月餘乃偕陳子游登斯巖也仰觀俯察襄毅讀書遺址猶有存者然人去臺荒空餘落葉憑弔徘徊有前不見古人之慨少焉陟岕巒穿曲徑忽見天然石室迥非凡境乃席地坐酌茗評詩相與搜剔碑碣陳子謂予曰人生逆旅耳富貴浮雲耳其可與空山片石並留天壤者祗此一卷詩予將集古今人之遊於斯者所爲詩付之梓人以不朽此山可乎予曰善哉問予有以知子之志矣夫龍泉巖之名非得翁襄毅之讀書則不顯龍泉巖之遊非有詩歌以傳播之亦與夫牧童樵叟之往來上下同歸寂寞不亦虛此一遊耶陳子之喜刊龍泉巖遊集也其志蓋不在一日而在千秋焉予於陳子之志深有契因不揣固陋序其緣起以附卷末後之游於茲者其亦讀是詩而賡續之以延襄毅與龍泉巖之名於勿替乎甲寅季冬澄海蔡鍔鋒序

序文八

黃龍章 式予 廣東澄海

昔亡友陳君珮仙遊羅浮囘余嘗往叩其形勝壯之曰十遊羅浮九不成君既遊矣斯眞有山

水緣也厥後讀東坡寓惠集羅浮紀勝一卷歷陳其形勝及古迹並前人題詠甚夥寢饋月餘日想神遊如親歷其境比珮仙所告者更詳且盡始恍然於有山水緣者不必親歷其境也邑有蓬洲龍泉巖少嘗於縣志中識其崖畧如前明翁襄毅讀書處前清王湘潭勒石詩景仰久之自有陳君芷雲出每當秋高氣爽凡騷人逸士素以能詩名者無不折柬相邀飲酒賦詩作着屐遊而蓬山龍泉巖之名益藉甚余因脚力不健自分無山水緣從未嘗與其勝會題詠付諸闕如久矣甲寅冬芷雲彙諸人詩文名曰龍泉巖遊集上溯前明下及近今共若干首都爲若干卷間嘗披閱其稿覺佳章傑構詭雲譎采離奇萬狀而此山之形勝靡不活現於是集中余遂欣然喜曰讀是集者即如親遊其山與余前讀羅浮紀勝一卷將毋同何必裙屐追陪躬歷險阻始謂之有山水緣哉雖然余竊有感焉山川秀氣每孕育爲人才人才奮興山川因而生色昔范文正題嚴子陵祠曰雲山蒼蒼江水泱泱先生之風山高水長海忠介跋其後曰山高則高矣惜其不能興雲雨水長則長矣惜其不能起波瀾蓋譏其有氣節而無事業與文章也今蓬山前則有翁襄毅之事業歷數百年後復有陳子之氣節與文章設忠介復生庶幾哉躊躇其滿志乎蓬山雖小代產偉人誠有如劉禹錫氏所謂山不在高有仙則名水不在深有龍則靈者斯山斯泉並與所產之偉人同垂不朽而余與題詠諸君子不可謂非有山水緣也是爲序乙卯春月澄海黃龍章式予氏撰

龍泉巖遊集例言

一蕭樓文選先文而後詩斯集爰倣其例

一古今人詩文題目低二格寫間亦有頂格者斯集標題既以大字醒人眉目復不欲以多字占其行簡提高使短容積斯多故從頂格之例

一是書既以年代爲次序諸友投贈佳篇及首卷序文自以先後爲次序不分齒德爵也間有次韻疊韻各作則雖畧有先後然時日不甚懸殊故彙成一小部分以見用韻者鈎心鬬角之巧

一篇中於姓名下書明別字籍貫其有采諸報章僅得其署號者暫付闕如惟縣名有今昔之分若潮安前作海陽梅縣前作嘉應州紹興前作山陰長沙前作善化是也生存者書以今縣名亡故者則書前縣名以别之

一已故者蓋棺論定書其爵秩生存者否來日方長前途未可限量也

一此書本欲於甲寅發刊故自序成於是冬友序所言集中篇數亦於是冬截結旋因遷延未果至今始付手民於是乙卯後詩詞亦接編焉而篇數加夥矣

一山川如故遊屐日增賢哲挺生筆花競吐後有佳作當以續編歡迎之

丁巳中秋後五日芷雲陳龍慶識

龍泉巖遊集題

題詞一 甲寅

鮑恢 悔侪 直隸大興

噫吁嚱悲哉今非崇禎甲申年又非順治歲乙酉我生不幸逢此無聊之歲月何幸來湖又逢詩人無已叟勝日命侶龍泉遊折簡相邀作重九上巳昔爲逸少專重陽亦爲元亮有我輩生於千載後事事皆落人窠臼豈知陳子一身兼彭澤山陰皆我友有酒且醉莫離口有筆如椽不離手太阿不必懸諸腰金印不必繫諸肘茱萸插頭菊滿山鱸魚正肥腮貫柳彈冠任汝稱沐猴振衣任汝呼作狗我病不果追勝遊二豎無端與纏糾後山好詩復好事飲此天寶之詩人貞元之朝士更溯有明迄今三百七十年斷簡殘編搜輯龍泉史書來索我爲之詩予固呻吟獻醜耳昔人云不爲無益之事何以遣有生之涯又云以後種種譬如今日生從前種種譬如昨日死此曲久成廣陵散年來更似衛侯燬（晚近來詩學幾不絕如縷）褒揚芬烈惟吾徒褒殺龍泉賴有子東山寄情惟一邱傷心莫歌宮變徵集成大業垂千秋幸勿盲詞作嚆矢

題詞二

李寶森 谷僧 廣大東埔

蓬洲之山何蒼蒼蓬洲之水何洋洋自有此山有此水不知人世幾滄桑世間豈少好岩壑無

人題詠空寂寞莫爲之前美弗彰莫爲之後美弗揚君不見朱子講學白鹿洞又不見諸葛高隱臥龍岡前賢遺蹟後賢詠一邱一壑生輝光龍泉巖上石磊砢龍泉巖下古塚多已無莊嚴琳宮與梵宇又無珊瑚碧樹交枝柯寺破僧貧古佛龕道傍橫臥千年樹澗泉幽咽石磴欹云是翁公讀書處翁公本是明代賢威名功烈震三邊風微人往五百載遺碑斷碣蔓荒煙何幸後來得陳子家住蓬洲近尺咫春秋佳日逸興多廣集詞人成詩史翩然載酒近巖阿訪古攬勝發嘯歌雖無絲竹管絃盛一觴一詠樂如何年來詩篇成卷帙清詞麗句霏玉屑囊敏事績炳人寰山川亦覺增顏色吁嗟莊雲吾鄉亦有帽山峯一筆高凌霄漢中日夕書空天作紙揮寫造化奪神工可惜深藏萬山裏東坡遊屐不到此有如廣成住崆峒孤高不與人世通惟有老僧喜登覽憑高四顧樂融融今君命題遊巖詞敢將帽峯告君知自慚流水高山曲得遇賞音鍾子期

題詞 三

于瑮廷 獻芝 廣東南海

君在蓬萊卜幽築一生儲有看山福寄我琳琅序數篇如披古畫三千幅龍泉巖上即仙都快哉此遊豁心目每到重陽裙屐偕共斟白酒簪黃菊名山名士兩欽奇要八七賢四三竺明清以來迄共和幾多英髦與耆宿裒然成集皆大家詩古文詞盡可讀人傑地靈信有徵萬古溪山此興復潛園先生才不羈孝先本是便便腹從事搜輯費苦心硯池屢枯筆幾禿發微闡幽

古所難唯有雅人總不俗我今遙隔萬里餘未遇壺公將地縮山靈有知應笑人胡部其目藺其足東坡赤壁前後遊眇乎滄海等一粟觸我鄉思不勝情況有幽人在空谷何時買棹下韓江到此高瞻更遠矚

題詞四

鄭道深　厚之　廣西桂林

天地靈秀鍾山川天地奇氣毓名賢人與山川相締結芳徽高躅後同前粵龍泉巖好山水翁襄毅公讀書址斯人既往盛名垂勝跡登臨咸仰止徽惜主者後乏人寂寂名山數百春縱有遊人偶題詠煙雲過眼半成塵陳子芷雲吾詩友八千里外神交久元龍豪氣邁庸流志在千秋薄五斗潮安移住近名山十畝之間桑者閒獨與山靈有夙契尋邱覓壑快登攀東山絲竹阮家屐北海酒樽平原客不放春秋佳日去覽勝探幽適其適但逢異境必有詩更唱迭和鬥新思更復別蘚徧高下尋搜壁上舊題詞兩朝之作集甚夥佳句不問人與我集成旋付梨棗鐫署檢標名裝潢妥預盛已是多名流聲氣況復通九州每一讀詩如讀畫神往直不異身遊不殊閭公宴重九轉勝龍山會僚友名山名士與名編絕古横今三不朽

題詞五

李鈞鼇　雲屏　廣東潮安

天下山水本無數地以人傳名始著周子濂溪臥龍岡借地留名古人去蓬洲之西龍泉巖前

明襄毅讀書處當年此地勝仙寰讀書靜得林泉趣物換星移年復年荒凉誰識碩人窩潛園先生嗜古癖尋幽考舊得其跡家距龍巖咫尺間酒酣登臨恣游屐嗜古精誠若通神中有山靈護瑤册六如之畫西涯詩四百餘年猶完璧先生十世家珍藏不脛而走深惋惜一朝得之喜欲狂合浦珠還擬鍋石先生詩才羅八斗徵集名流會重九大開文讌龍泉巖拈題分韻詩百首有如季倫賓家珍瑙玉珠璣靡不有唐李元唱在上頭笑與古人作詩友甲乙牙籤次第編追論廬前與王後集成寄我琳琅篇囑我弁言垂不朽予固才疏可奈何追陪當罰金谷酒

題詞　六

吳之藻　夢蘭　廣東澄海

萬雲作氣群靈集鬱此龍巖古已傳洞口嵯峨撐峭壁石根奇詭噴寒泉風高桓景避災日人似永和修禊年爲愛煙霞供嘯傲盡收山色入詩篇

題詞　七

曾清河　嘯秋　廣東潮安

龍巖山勢兀嵯峨中有幽人自嘯歌抱膝長吟多歲月開懷暢飲入煙蘿門盈桃李花爭放（集中有令徒之作）韻鬬尖叉墨共磨博得奇書壽梨棗古今名士儘搜羅

題詞　八

陳賓　梅閣　廣東潮安

鸞凰選勝角新聲夢裏游巖耳久傾過院逢僧雲半衲聯吟倚樹月三更天教名世留遺蹟人爲斯文重古瀛妙絕傳君一枝筆塔山借去立崢嶸

題詞九

雷其藻 粲如 江西鉛山

惜予懶製遊山屐未共詩人作勝遊百丈龍巖思古蹟攤書髣髴入林邱（其一）

昔日英雄安在哉名山憑弔讀書臺群賢畢集龍泉寺爲問游人孰姓雷（溫庭筠詩白蓮社裏如相問爲說游人是姓雷）（其二）

題詞十

王百桐 筱葉 廣東豐順

生平未着龍巖屐喜讀先生唱和詩姓氏郤教山共壽林泉偏與性相宜黃牛峽裏尋靈液白鹿洞前爲教師大好淑身兼淑世百年無限德音垂

結廬偏愛綠巖前嘯傲名山繼昔賢廿卷鴻篇留爪印數船漁笛助吟鞭黃冠旋里高唐尉丹竈談玄葛稚川梅子成林嘗薇蕨尋君合上首陽巔

題詞十一

余鴻儒 少銘 廣東饒平

建安七子溯清流六藝兼通四庫儇學足三餘資萬選芳留廿卷自千秋文章司馬雙鵰貫意

氣元龍五鳳修十二樓高空八表時維九月訂觥籌（其一）

文章身世兩風流獨占名山好唱酬曠代才華趨洛社一時聲價重荆州圖中樓閣詩中畫卷底烟霞筆底收竹帛幸垂褒敏後龍巖不朽集長留（其二）

題詞十二

戴祺孫　仙儔　廣東潮安

未向靈山紀勝游驚殘地軸叫鵂鶹好將畫卷添詩史忍把清名付濁流舊雨三春悲斷梗斜陽一角想危樓封侯合遂男兒願萬里烽煙立馬收

題詞十三

侯節　乙符　廣東澄海

翁公昔伏巖今有讀書處林壑靜中過閒雲自來去（其一）

陳侯緬古風力索風流迹一個龍泉巖誰爲秋水宅（其二）

時覩絡繹來吟情動爽籟大笑謝山靈愧予未與會（其三）

無詩不性情無景不描寫秋噫滿林巒萬籟趨筆下（其四）

地因人以傳須待百年後欲起問翁公題詩公識否（其五）

題詞十三

林家驊　一穆　廣東澄海

嶺南風雅賴扶輪，爭識靈光殿最尊。人羨所居爲樂地，天留此老振斯文。藏山事業千秋在，蓋世才華四海聞。悵望蓬洲雲水隔，未能立雪向程門。

題詞十四

陳宗堯　愚溪　廣東澄海

山川靈秀炳寰區，吐納風雲變態殊。今古才人吟眺處，一齊染翰復操觚。（其一）

收將佳句入奚囊，紙價從今貴洛陽。文字因緣鴻爪雪，蕭樓選政費平章。（其二）

蘭亭序句作鬮拈，風滿龍山月滿簾。徧插茱萸人盡醉，爭將險韻鬥叉尖。（其三）

歲歲黃花照酒巵，阮孚蠟屐莫嫌遲。他年續集重編輯，容我登高賦一詩。（其四）

題詞十五

黃序鏞　東銘　廣東澄海

李杜光芒萬丈長，名流佳會大文章。讀書遺址懷寢敏，擊節高歌學楚狂。山水有靈皆笑傲，林泉無韻不宮商。伊余未遂登龍願，稽首留題拜手忙。（其一）

着屐爭留文字緣，大羅天上會羣仙。蘭亭序句鬮詩韻，蓬島秋光匝綺筵。勝地讓君齊吐鳳，名山愧我未鳴蟬。民甦報裏吟佳什，好句如珠乙乙穿。（其二）

龍山落帽賦登高，訪古捫碑不憚勞。裙屐蹁躚留韻事，泉巖靈秀助詩豪。海天長嘯三秋句，石室頻揮五色毫。廿卷詞林聲價重，狂吟字字振風騷。（其三）

題詞十六

楊敬師 雪立 廣東潮安

奇書廿卷壽山川今古詞壇次第編唐宋高風憑採擇春秋佳日儘流連雲間松徑疑無路世外桃源別有天一筆一筇瀟灑甚人人共羨地行仙

題詞十七

楊尙烱 羞勃 廣東潮安

卅年詩酒恣遨遊時把嚴阿作唱酬塵世滄桑成幻夢名山事業占風流雲封曲徑荒臺古雨灑殘碑落葉秋收拾鴻泥留勝概騷人命脈寄蓬洲

題詞十八

蔡松茂 岱雲 廣東澄海

謫仙人合住蓬洲占得名山數十秋軌繼東涯留勝蹟尊開北海集英流早知蠻觸紛紛擾聊借煙雲作應酬詩酒因緣供嘯傲縮將林壑臥中游

題詞十九

詩始東涯終蠖廬休風慨慕古唐虞清明時節紛紛雨都入嫏環幾卷書（其一）

名山一席足千秋開卷人人當臥遊豈特奇書行海內雞林賈舶也爭求（其二）

題詞二十

詞二闋調寄浪淘沙　王道正 少斌廣東潮安

靈氣萃蓬洲，泉水悠悠，天然石室絕清幽。掃壁尋碑談古迹，韻事風流。　重九舊同遊，高立峰頭，一聲長嘯海天秋。未許西風吹帽落，短髮堪羞。

憑弔讀書臺，矚眺徘徊，當前眼界豁然開。萬頃煙波滄海濶，浩氣遙來。　陳子負詩才，百首敲推，邀朋約友共銜盃。管領蓬山長作主，樂意深哉。

出板自題　陳龍慶 芷雲廣東潮安

梨棗雕鐫未有期，山靈笑我太稽遲。今朝羯鼓催花急，忙煞鈔胥筆一枝。（其一）

毀校風潮事可哀，紅羊刼火又東來。此間疑有神靈護，不把藏書付刼灰。（其二）

難得兒曹任校讐，魯魚亥豕不須愁。老夫閱罷掀髯笑，此是人間五鳳樓。（其三）

坊本䜟沙字態蟲，聚珍新舊又模糊。細將點畫分明認，洛出神龜馬負圖。（其四）

大衍稱觴又一年，舉盃邀月樂陶然。他年復有登臨興，再結名山未了緣。（其五）

百密何妨偶一疎，丹鉛逐頁下工夫。半紅半黑相思子，南國春深採擷無。（其六）

賢戚不作竹林遊，一笏青山萬事休。太息彌留依病榻，頻將詩卷展吟眸。（此書逐日由民甦報附張出版，亡姪仲璵酷嗜之，病革時猶手此不釋）（其七）

鑄印遥憐大使疏（清官制有鑄印局大使）那堪魚目混明珠楚材晉用雕鐫巧蘇蕙停針織錦圖（集中僻字鑄就字粒所未備手民鐫刻尙難惬意卷四之後遇僻字則由大風報中某君加入印刷時常停板以待）（其八）

未刋目錄首詞章顛倒上衣與下裳（例宜先目錄而後詩文因投稿者源源而來故將目錄緩印）不是綳兒苗振氏（用晏殊語苗振事）樓臺倒影入池塘（其九）

無限風光對酒時禪房有客啖蹲鴟鵲巢鳩占尋常事留與後人一解頤（卷九第五頁門前報有乘槎客句初印無悞因有字字粒殘舊飭匠抽換竟將無限之限字占入有字地位而有字走入限字方面）（其十）

龍泉巖遊集卷之一

潮安陳龍慶芷雲氏編

雜文

遊龍泉巖記 光緒乙巳

陳之英 島嵐廣東潮安

潮之山莫奇於桑浦桑浦之奇莫奇於東南諸峰其山蜿蜒曲折以入於海其矗起也石壁千仞如巨靈之擘天其幽伏也石徑委蛇若處女之藏室而龍泉巖適位於其間予耳其名久矣每欲一賞其奇而忽忽焉不得如願爲之惆悵者屢焉乙巳重陽學堂例假王君弼臣謂余子欲遊龍泉巖久矣斯値登高佳節盍同余遊以償子夙願可乎余曰諾爰招藍友筱雲並率王生永欽翁生允錦王生瑪瑛李生春龍往山靈在望巖石驚人道經淪智學堂遂率諸生往訪陳芷雲校長藉以小憩參觀既迄循途而前曲徑崚嶒層巒峻絶盖未登其巔而蒼莽奇古之氣已逼人眉宇間巖之下地少坦有寺焉寺之下菊一畦橫於石上泉聲淙淙出於兩石之中其色清而晢命僮汲之拾級而上巨崖橫矗羅襪欲穿俯而摳衣入一石室週圍容積雖不甚廣而幽靜潔淨足以娛懷室之東南一小門正對蓬洲雉堞俯視田疇萬頃城郭樓堙如在几下致足樂也清遊未已學生之尋蹤而至者絡繹不絶爲核其數竟盈十二嗟乎師道不明嚴

自位置生之視其師也若虎狼師之視其生也如奴隸一聞其聲輒惴惴然不敢近欲求如今日之不命而來追隨恐後者其可得哉其可得哉於是烹茶啖芋論古談今感時事之日新惘我生之不再靜聽石上人聲如在天上蓋學生之尋幽好奇者已據其巔相與潤論石壁摩崖書也少焉一生報告曰奇哉奇哉石之上竟有石焉室廣於此而高於此而其傍竟有石曰翁公書院也王君曰是殆所謂仁夫先生讀書處乎先生本蓬洲人讀書於此後人慕先生風故書以永紀念歟盍往遊遂移席登焉曆徑險僻俯身而入石門甫闢異境頓開蓋斯巖自巔迄趾皆巨石積累而成其中凌駕空虛之處夾而爲徑穴而爲洞往往然也然每爲亂石所幽隱而不見乃斯獨不然巨磐上橫怪磊傍峙因隙爲阿依礁作屋一望汕島輪烟海波潮湧香鑪雙髻諸山若近若遠嗚呼奇矣初得下室自以爲足焉而不知有此必待學生之報告而始得竟其奇則斯室之上再有室焉爲吾足跡所未及未可知也天下事寧可恃一己耶有止境耶我於是不禁有感於顏子仰高之言而以一己之耳目爲不足恃也目遊既酣乃率諸生演體育術藍王兩君爲監督而余爲司令長演畢唱歌於穴中聲裂金石響遏山谷巖泉若應山僧野叟牧豎樵夫奔走集聽咸以爲聞所未聞焉噫斯巖自開闢來文人學士當春秋佳日呼朋攜侶嘯傲於此而或酌一酒或吟一詩聊紀勝遊亦稱盛事卽仁夫先生潛隱修翮讀書於此亦不過自樂其樂耳從未有二敎習一佳賓率十二學生體操唱歌於此者今而有此也則斯巖也其將爲自强學堂之體操塲與唱歌室歟以視淪智改藏垢納汚之厄藪爲文明國民智

識之製造場遥相輝映其奇何如哉其樂何如哉於是乎詠而歸歸而記並質諸芷雲校長爲問山靈其亦將破顔否也

重九旅行記 光緒丁未

陳龍慶 芷雲廣東潮安

重九登高之事濫觴於桓景續齊諧記稱景隨費長房學長房謂曰九月九日汝家當有災厄宜急歸令家人作絳囊盛茱萸以繫臂登高飲菊花酒此禍可消景如其言嗣是而後學士文人遂借此日爲酌酒賦詩之雅集以故杜陵愛國猶傳藍水之篇桓溫霸才且作龍山之會陟龍沙以眺望山色蒼茫集鳳嶺而徘徊遊人雜遝蓋自古至今此風未之或改焉夫桓景箇人之事何關於全體齊諧荒渺之談殊近於迷信近今新學昌明吾輩方改革闢除之不暇而何必踵其事爲雖然其迹雖同而其心則與消災避厄者判然不同也吾觀日本學校每於秋季作郊外之行一校或數百人或一二千人步伐止齊旌旗飄颺爲教習者督護於其間擇曠地爲賽跑擲球諸戲於以活潑精神運動血脈蓋亦體育中之要點也吾鄉西郭外之龍泉巖前明翁襄毅公讀書其間水泉清洌巖穴幽深洵屬此邦名勝因於是日集諸生往遊復先期邀請報界學界諸公惠然肯來俾諸生得親炙鄉先達之言論丰采借一帆長風爲一時盛會時則秋高氣爽露白葭蒼教員黄李兩君陪來賓率諸生躑躅前行余亦隨後踵至選勝探幽洵可爲山川生色矣且夫報館者文明之淵藪學堂者文明之窟穴而辦報辦學諸君子尤文明

之導師也汕頭蕞爾微區耳而嶺東報公報潮報三家鼎足並峙潮聲報則以淺白文字為一般社會說法近且將有雙日畫報出現自卜為婦孺所歡迎諸君子苦心組織開通風氣有功於社會不少學堂則以嶺東同文為先河次則正始同濟兩校及中國學院合潮嘉無數青年一鑪而共冶之人人有振興教育之熱心卽人人有陶鑄英雄之效果為國儲才與民開智端在於斯余不敏得執鞭以隨諸君子後驥尾之附有榮施焉今者金風送爽舊雨遙臨相與登石級掬濤泉訪翁襄毅讀書臺故址以名臣事業勗吾黨少年至於酌酒賦詩猶其餘事蓋旅行也而修業寓焉是行也除本校員紳黃君瑋芝李君道閑陳君樸軒莊君映廷季弟子文及諸生外報界來賓則為楊季岳蘇蓀浦徐敬亭曾幸存諸君學界來賓則為張仲南張贊才蔡梅峰陳君衡胡幼玉饒俊士蔡幹庭陳慕川鄭松生鄭惟乙丘拔生謝卓犖李秀岡陳壁書林秋圃楊乾九諸君同文學堂學生亦有孫羅潘三君赴會萃三省之人才（胡君幼玉浙人蘇君蓀浦閩人）作千秋之佳話因不憚覼縷述之留為他時之紀念焉

芷雲硯兄招遊龍巖因事未赴郵序為贈

光緒丁未　林士珍　聘珊　廣東澄海

靈泉去蓬洲所城二里許山川佳麗洞腹寬敞幽峭靜渺斷崖絕壁危泉怪石爭為奇狀中有前明襄毅翁公讀書臺巖上雲氣英英與日光相激射皆成紺碧異彩殆天鍾秀於是嶺海之靈區也然以境地幽僻巖徑寂寥周王馬跡不到謝公屐齒未臨登探者蓋稀焉余友芷雲參

軍家蓬洲去巖不遠以重陽日爲登高之期邀報界學界諸公盛會於是先期以書招余余因事牽欲往不果讀芷雲書而知斯巖之勝思得與芷雲相從遊於其上恣觀峰巒之疊翠煙樹之迷離泉流之瀠迴旋繞由是攀危石歷深林探險窮幽尋襄毅公當年讀書處然後舉杯相屬懷慨賦詩以詠翁公之雄才偉畧而想見其人於三百餘年之上庶有以慰素心者顧乃因事阻隔邈不可得則未嘗不矯首西望而喟然發歎也抑嘗思之翁公遠矣其讀書遺址樵夫牧豎恒躑躅而歌其間吾輩今日何以一言臨眺即流連慨慕若是無他公理在人凡蓋代偉人能爲歷史上發其光榮社會上增其幸福者雖生不同時居不同地尙溯其流掇其芳崇拜而歌舞之以深翹企之神況其都之鄉先生沒而祭於社者歟芷雲是日之遊呼朋酌酒選勝尋幽登公讀書臺余知有無窮仰慕者同遊諸公新詩鏗鏘酬唱欵洽瀟灑風月之思有逸情雲上之概洵可稱佳會也已夫滕王閣鳳凰臺不遭王子安李青蓮則畫棟飛雲珠簾捲雨吳宮花草晉代衣冠豪情勝概千載誰知信乎勝地之挂人齒頰端賴名流矣是巖也雖僻在嶺海而昔經翁公讀書今邀羣英登覽地因人傳千秋佳話可豫卜焉余以不獲同遊爲憾又感芷雲參軍招邀之誠遂援筆而爲之序

芷雲參軍函邀遊巖不獲赴召成序以贈

光緒丁未　謝龍煥　炎廷廣東澄海

今日歐風美雨勢擲中華豆剖瓜分禍臨旦夕錦繡河山將爲列强牧馬場矣一般志士奔走

呼號於我同胞急籌抵禦之術之不暇又何暇尋幽選勝擷菊花酒凌絕頂希古人落帽高風雖然滿腔憂時赤血一片愛國熱腸亦既結轖於中不能自已則因佳日集羣公率吾黨少年訪名流遺址於以激發志氣軫念時艱應亦吾同胞所心許也余友芷雲陳君我潮志士也重陽前六日折柬相邀約於龍泉巖作重九余以道遠不獲從君及報界學界諸名士遊心甚憾焉然余有以知君遊斯巖意矣蓋龍泉巖者前明翁襄毅公讀書處也公起鮀江以豪傑自命登第後講求性理學有本源又抱全性負奇氣文章經濟冠絕一時定策安邊立言指掌一山鄒公撰公墓誌謂公崇論宏議浩如江河之不可竭嫉惡鋤暴迅如疾霆之不可抗發謀獻慮秘如鬼神之不可窺誠偉人也而當年實讀書於是作山水主人地以人傳斯巖所由不朽歟陳君以重陽日來遊於此殆慨我近來之外交着着失敗內患處處萌芽用兵行軍洞悉機宜者甚少其人因而景仰前修激刺腦髓冀得一奇偉絕特如公者出其崇論宏議嫉惡鋤暴發謀獻慮之壯略以辦外交平內患握軍權庶政界得人岌岌之危局或可拯救萬一乎龍泉巖之遊意殆以是不然九日登高事傳桓景此齊諧荒謬之談當爲陳君所不取且潮之巖有名者四老君甘露寶雲龍泉茂密夷曠幽峭靜渺實相伯仲而君之遊何以獨在斯巖也哉是遊也羣賢畢集氣爽秋高山立川流雲離霧合眞足玩目暢心與造化爭驁於埃壒之表獨是山巖不改世代變遷俯仰廢興感慨繫之蘭亭赤壁雖曰佳會壯遊而王蘇二公不少沈痛感懷之句樂極悲來歡場掩淚豪士之常陳君爲吾潮志士憫時局阽危歎撐持無力奔走報界學

界散布文明種子餉我同胞可謂苦心孤詣矣今者斯遊上下古今睠懷時事當有悲氣沈沈而來襲心者使君慷慨悲歌流連感喟而不能自止也余承君雅意相招不與斯會心嚮往之因書此以贈詞之工拙所弗計焉

龍泉巖開韓公治潮第二次紀念會祝辭 宣統庚戌

陳之英 島嵐廣東潮安

吾聞諸政治家言道之以政齊之以刑民免而無耻道之以德齊之以禮有耻且格嗚呼德也禮也於治民固若是其明效大驗耶夫政與刑不可無而實爲治之末非治之本今之爲治者張皇於條教致力於刑法於化民成俗之旨漫不加察甚至破壞風俗拂亂人情好其所惡惡其所好於古人治本於教之意蕩然無遺彼其意以爲吾固盡心力於民事也而不知百出其治以治之而不足者一稗政壞之而有餘千百年所栽培未臻美善者一不美不善之風破之而幾乎盡及其弊也然後知政刑之不足以治民而德禮之有未逮也亦已晚矣歲庚戌爲韓公治潮之千九十有二年重陽日同人開第二次紀念會於龍泉巖典禮既修精誠斯注乃本此旨而作祝辭曰

維公治潮德禮爲先此州學廢鄉校挙挙維公有言鄉飲不識忠孝不勸亦縣之耻今之官潮宜服膺是奔何背馳反破壞之異端充斥禮教淩夷寡廉鮮耻喪節辱身行今之政哀今之人治之不從歸於操切人窮反本盡循公轍擴而充之本身作則德禮並修民於焉懕治不可恃

恃在民德師振敎權弟服先賢俎豆紀念乃在龍泉

按是日爲王弼臣周慶三陳小豪島嵐友雲夢梅友竹震三與沈鑑吾吳倬雲李少白諸君率林南自强兩校學生共五十餘人同遊斯巖陳王諸君想見去年今日開韓公第一次紀念會於龍溪神往者久遂設座於巖之石室整衣頂禮纘行紀念禮畢陳島嵐君誦祝辭李少白君令學生唱歌聲震山谷王君並書一聯云望道未忘佛骨表藏斯石室登高弔古龍泉巖卽是韓山惜余未與斯會亦不禁神往久之也　編者識

遊龍泉巖記 甲寅

凌鴻年 去恩廣東番禺

余性好遊生於禺山之麓暇輒登臨又嘗歷大江南北燕趙齊魯如金焦太嶽諸峰固已飽吾眼福窮極幽深矣弱冠以後溯黃海太平洋東渡扶桑躋富士之雪峰寒氣逼人嘗歎氣候之懸絶如是洎歸國紆道朝鮮遼陽所過名山大川無不流連俯仰筆諸遊記以爲鴻泥之誌今年春承乏汕頭警政簿書鞅掌輒以不能載酒恣遊爲憾重陽後吾友陳芷雲參軍以書來盛稱其鄉泉石林麓之勝余始而疑之雖然吾友固夙眈吟詠提倡風雅以貽天下後世者必非誇言之也乃偕楊子季岳崔子百越等選日買舟北行十餘里抵蓬洲衙所磊石爲郭桑麻雞犬疑爲世外桃源心甚羡之行里許山形蜿蜒迎面而立若拱而提環而衛者古木被之蔥倩醴郁風自林杪而起紛披震蕩石與木若相顧而鑒使人神駭目眩巖之下有瞿曇氏之居曰

龍泉寺古木陰其門幽草繚其趾賓欲休感曰此地爲宜卽披草踞石列坐奚僮瀹茗以進客指巖右之巨石曰此可識黎子硯詒因書遊者之名氏及遊之歲月鐫之石上又紆行數武緣磴而上訪翁襄毅讀書臺遺址下瞰無底之壑毛骨森竪南望澳洋碣石諸島村墟井邑如奕局然徜徉者久之日既入輕煙浮雲與暝色會少焉月出寒陰微明散布石上秋風脩然自巖壑來客皆悚視寂聽覺境逾清思逾遠已而相與言曰世其有樂於此者歟遂循舊路聯袂而歸臥念茲遊之樂與夫昔所經見而不能寐若泰嶽之雄尊金焦之幽秀富士之奇拔茲山固無之至於弔昔賢讀書之遺跡與鼓鼙將帥之思則茲遊其可少乎登其臺以想其人文章勞烈足以傳於無窮其人雖死猶不死也名山名世於以並傳不朽云

遊龍泉巖記 甲寅

蔡鍔鋒 劍秋 廣東澄海

宇宙巖壑之奇惟遇其人者乃能顯於世富春之釣臺會稽之蘭亭太行之盤谷一遇偉人碩彥屐齒所經自覺地因人重而其名遂赫赫以至於今不然世之崇山峻嶺豈無遠勝於此而無人爲之品題卒湮沒不彰者何可勝道山固有幸有不幸哉潮之蓬洲有龍泉巖其洞壑之清幽非有若桃源之異境也其層巒之聳翠非可擬羅浮之靈秀也其奇峰峭壁又非同於泰華之岧嶢可以上摩蒼穹也而其名獨顯於世者幸遇鄉先達翁襄毅耳襄毅未出以前談山水者未嘗一及之天欲使龍泉巖之名當時傳後世故特生襄毅以讀書於此而龍泉之巖遂

以一臺之屹立嘖嘖侈爲美談吾於是歎斯巖之遇襄毅大實爲之也雖然顯晦無常山川亦不能爭權於氣數自襄毅後幾經風霜剝蝕幾經兵燹摧殘蕭條石徑絕少遊蹤牧豎樵夫或過而陋之前之顯者又晦矣非遇其人焉從而表彰之誰復知有龍泉巖者孰意數百年後嗣襄毅而顯此巖者又適有陳子芷雲芷雲家蓬洲去巖近聞父老談襄毅軼事登茲山訪遺址憑弔古人慨盛跡之鬱湮思所以顯之當風日清美徧邀遠近文人同遊於茲一觴一詠以伸雅懷以揚先達頓使深林寂壑點綴於名流之翰墨煥然增光世之喜遊者遂爭談龍泉巖則數百年前既顯於襄毅數百年後又顯於芷雲龍泉巖之得遇芷雲幸矣哉予與芷雲交最久是歲主講龍溪知有龍泉巖矣芷雲欲於重九佳節效孟嘉龍山故事集騷客於斯巖銜觴賦詩以極其樂招予偕不果赴山固未遇我也仲冬月乃率小孫暨門人偕芷雲與斯巖一遇登高弔古選勝尋幽相與摩挲泉石盤桓古木髣髴襄毅流風餘韻猶有存者此一遊也可謂相遇匪疏矣抑余因斯巖而不能無慨也夫龍泉巖之在今日顯矣然微芷雲則昔雖以襄毅顯而代遠年湮亦不能流傳於士夫之口山之待遇奇人而名始彰也固已如是彼世之懷奇負異不遇知己揄揚而偃蹇空山鬱鬱長此終古者其蒼茫寄恨又不知幾何人也遇合之艱古今同慨豈獨山巖爲然哉此余所以不能默默也

重遊龍泉巖記 甲寅

楊敬師 雪立 廣東潮安

宇內之大觀山盡之山之大觀在遠不在近河海之吐納川流之瀠帶煙雲風雨之馳驟城郭村落丘隴田野之疏密斷續登高一呼瞬息萬狀奇莫奇於此矣觀山者若沾沾於一巖一壑自隘也夫如是則龍泉巖疊石山麓其去大觀遠甚偶然一遊奚以記爲曰不然龍泉巖之奇奇於其人然怪石嵯峨亦足助遊人之興趣故騷客多來遊於此余生鮮嗜好而常喜名山遊十年以來北至京師南抵粵嶺足跡所歷有名勝輒詣之至則登絶頂凌風煙飽覽方內諸景象以去龍泉巖固曾躡屩至也近者主講龍溪去龍泉巖十里許甲寅秋過半蓬洲陳子芷雲乘輿來約以遊山作重九余頷之而未赴也越月餘吾友蔡子劍秋率童冠五六人往遊歸而述所得龍泉巖之奇及門因以偕遊請四年元旦次日假期也天暖氣清和光嫗煦乃與陳劉二友率及門數十百人踵蓬洲陳子欣然迎挈孫子攜詩囊以偕至則席樹蔭坐謂余曰今者之遊旗幟飄揚樂歌勃發二十年偕遊侶登此山未有如是之壯也既諸生各擇趣遊遊而有得者以讀書臺之幽靜曬書石之斜坦天然洞之奇闢龍泉罅之清洌爲余告余謂龍泉巖之奇不盡乎此向令翁東涯先生不於此讀書則此山在桑浦中與甘露寺獅子巖等耳賢者所經山川生色峴山有叔子東山有太傅後人所爲興慨慕流連之思也諸生其識之因述巖前舊所之滄桑及來時所經溪流村落一一指以示惜日薄西山暮鴉噪樹歸途迫促余心而未得與同人登高舒嘯觀山外之奇觀以盡吾樂也然而遠矣夫達官大吏膺廊廟之寄者不暇遊豪紳巨賈酣嬉於宮室妻妾之奉者不欲遊樵夫牧豎遊矣然奔走駭汗不知其所以遊獨

余也爲世所放廊廟之寄不膺而又不爲酣嬉樵牧之爲得乘佳日爲同人導殆天假之緣哉天不私巖石之奇以爲翁襄毅讀書之處襄毅得之一巖一石不敢私三百年精神呵護完全以授之陳子陳子仍不敢私奔走於潮人士及官於潮者皇皇然恐人不同其樂余何人斯敢不重遊以公同好耶遊既歸途中芷雲言巖右有小洞一聞其中可百人坐床竈俱備下必攀懸崖出則繞山背二十年未嘗一至想必昔人避亂於此當再有以縋幽焉余於是復有後遊之意雖然世變紛更歐戰之風雲將瀰漫於亞東而未有止極而余也萍合茲土倏忽西東梓澤蘭亭之盛遊不再則欲他日與芷雲盤龍泉之險躋龍泉之巔得今日未得之奇以撥煙霧而睨東海其能耶其不能耶非余之所敢知也今陳子以襄毅故欲廣龍泉巖之遊用輯古今人遊龍泉巖詩次第付梓以公於世自茲以往謂襄毅之龍泉巖爲芷雲之龍泉巖可謂蓬洲之龍泉巖爲海內之龍泉巖亦可而海內人士之未遊此山者執卷臥遊足舒歌嘯矣余不敏亦將左憑几右提壺朝夕且臥遊於龍泉巖何慮後遊不再哉余又怡然以喜穆然以思不禁奮然執筆而爲之記

遊龍泉巖記 甲寅

陳寶珩 蘭洲廣東潮安

龍溪西南十餘里有山曰桑浦山有巖曰龍泉巖我潮之名勝也相傳前明翁襄毅曾讀書於此以故春秋佳日士大夫多接跡遊焉夫山水仁智者之所樂也梅林湖之明媚甘露寺之嵯

峨西湖鳳臺之幽勝皆足以遊目騁懷暢騷人之逸趣而士之遊者特多喜龍泉巖亦豈無意哉余自辛亥試省垣歸越歲主講龍溪久思一遊龍泉巖以爲快校務卒卒未能也今歲甲寅重九吾宗芷雲先生招諸能詩者以游茲山余又以不能步後塵爲憾越二月爲新歷元旦之次日乃偕吾友楊子雪立劉子克明率諸門人過芷雲游斯巖以極遐觀之樂是日也氣候和煦風物悠然有仲春氣象循路抵山巖在山半下爲寺觀上爲荒臺臺則翁公昔日讀書處也登覽徘徊感慨係之巖間碑碣頗多而所爲詩歌卒於襄毅寓景仰之意足爲茲山生色然而襄毅古矣餘風遺韻賚人憑弔卒未有人焉克纘前徽碩德豐功與襄毅後先輝映者是猶遊茲山者之憾事也雖然時會不同人才各異國家當承平無事之時士君子即負奇才亦無所展布徒優游詩酒用光林壑而已然猶於襄毅發其慨慕之誠奮其忠義之氣也余於斯遊則又不勝其望古傷今長城之寄大風猛士之思矣泚筆記之以示諸生兼以質之同游諸子

龍泉巖紀遊 丙辰

方剛 道任 廣東揭陽

出蓬城二里許有龍泉巖焉泉從石罅出清洌可愛煑茗有奇味世之有陸羽癖者咸汲取於此歲丙辰余主淪智學校講席喜諸生之頭角崢嶸知風雅而能文章也假期挈以遊時有陳生劍香芷雲校長之哲嗣也夢蘭百男雲孫則校長之姪孫冢孫也餘如鄭生百酬柯生子樞蔡生秀山等共卅餘人而長男千里侍焉藉以娛目騁懷探奇選勝巖前古榕蒼翠欲滴欣欣

然似有迎人意遂攝衣而上抵襄毅讀書處雖門戶闕如舊址猶在幽深靜寂誠居稽勝地也爰卽披荆棘穿曲徑博覽乎碑記石刻及今昔騷人之留題連讀數徧忽忽焉不知日之將午旣而出洞口凝望其鬱然深秀一碧無際者鷓鴣山也水聲潺潺瀉出兩峰之間者洗布坑之瀑布也適數童嬉於洞口口吹無腔之笛手射無羽之箭自樂其樂不復知吾輩有登臨事回顧諸生三三兩兩亦各適其適有行者坐者臥者論古談今者汲泉瀹茗者余更獨陟高巔極目四顧西望其後數峰峭拔鬱岩嶢東望其前兩山排闥如門戶左有龍溪市廛右有鮀浦村落遠瞻大海水氣連天近瞰蓬城戍樓拔地漁者釣於水樵者採於山農者耕於田牧者遊於野形形色色接於目而快於心幾疑誤入桃源此間別有天地吁中原鼎沸如蜩如螗曠覽神州杞憂曷極欲求結茅於此少避氛氣杳不可得此余所由眷戀徘徊留連而不忍去也無如金烏將墜宿鳥歸巢於是結伴而歸秉筆而記爲問諸生其亦有春風沂水之思否耶

龍泉巖銘 丁巳

兆麟

森林陰翳巖石嶒崚有巖顯見龍泉其名藤青壁遶苔綠石横泉流滴瀝鳥語嚶嚶鑄錢旁拱萊蕪前迎大洋波蕩揭嶺脈闊陽春氣爽暑夏風清九秋露冷三冬雪呈四時之景精美各呈仁者樂山神適情傾伊余素慕爰爲斯銘

龍泉巖遊集卷之一終

龍泉巖遊集卷之二

古今體詩六十四首

潮安陳龍慶芷雲氏編

憶龍泉巖並懷鮀浦親友

明嘉靖甲辰作　明兵部尚書　翁萬達　仁夫廣東澄海

天鑿龍泉洞峰涵碧海波石梯斜跨斗壁宇坐盤蘿榻月空窺戶鶯花可聽歌煙霞懷宿約歲律愧蹉跎（其一）

蓬溪元勝地鮀濟更新渠龍抱雙流合虹飛百尺餘渚光還淺碧湖色混空虛濯月遙憐汝乘槎合待余（其二）

慶按明史公謚襄毅潮州府志亦作襄毅縣志則作襄敏豐功偉烈卓越古今初家於澄屬舉登鄉貫後移入蓬洲曾孫遷居海陽縣城詩文惜無專書僅見諸潮州耆舊集○斯集以龍泉巖爲主體巖爲蓬洲之附郭山是蓬洲與斯巖固有密切之關係因剌取古詩之爲蓬洲發者附載於此以寳先賢遺墨○襄毅公蓬洲晚登一覽樓自酌次壁間韻二首云危樓百尺起孤岑落日登臨興不禁天近自無塵俗到江空時有蛟龍吟纖雲依樹巧疑墜明月滿城涼欲侵華盖高高懸紫極不妨獨對酒杯深（其一）高柏叢篁非故岑憑欄極目思難

禁秦關遙識青牛氣學海空懷白石吟鴻雁不來鄉信斷簿書無補歲華侵勞歌慷慨何爲爾倘欲飛歸秋又深（其二）○公之曾孫諱如麟號萊山順治辛夘舉於鄉戊戌成進士授湖廣新田縣知縣有善政在官四年以老退休其解綬歸里客途秋感詩云霜重天高萬壑哀輕舟南下各心催百川逝水朝宗去一片孤雲出岫來鄉土關情惟九日河梁懷古畏登臺秋蘭好製靈均佩細雨橫塘首重回

登龍泉巖望海山達濠一帶　康熙甲子作

澄海縣知縣　王岱　山長湖南湘潭

地勢垂窮巨海浮尚橫疊嶂截中流懸崖忽闢奇峰腹脊徑斜穿亂石頭潮靜兵艚猶設汛煙清蜃氣不生樓何期作吏當遲暮得展乾坤萬里眸

和王明府登龍泉巖原韻　康熙甲子作

福建學道　楊鍾岳　大山廣東澄海

蓬瀛一望正凝眸十載滄桑幾白頭不老青山雲外峙空存綠水海中流飛鷗帶霧沙爲岸壘石迷煙潮湧樓搔首登臨天際遠漁舟無纜任飄浮

前題次原韻　康熙甲子作

廣西平樂縣知縣　陳衍虞　園公廣東海陽

橘里漁村綠欲浮攀躋隨意酌寒流望中駭浪奔閭尾險際青苔滑石頭暑露飛霜紛列瀧戈

船下瀨尙名流三山只隔蓬瀛水收盡朱霞入兩眸
附王山長明府寓蓬洲詩云衰草愁卑溼偏遭瘴癘鄉蝸涎黏柱礎蚯蚓挂繩牀雲日旋開
閉風雷倏顯藏炎方三月候榴火照東牆

蓬洲即事遙望龍泉巖

嘉慶癸酉作　李書吉　小雲汀蘇常熟

漠漠平沙潤蕭蕭古堞孤雲重分去住樹老各榮枯委宛龍歸壑猙獰虎負嵎孫恩昨歲賊負
擔唱于喁

遊龍泉巖

同治癸酉作　生員　王景仁　壽巖廣東澄海

人傑當年地亦靈千秋留得舊山形經旬雨霽龍泉涸連日春陰鳥道冥巨石空嵌成矮屋長
榕廣蔭當凉亭結趺閒坐渾無事恰好吟詩與佛聽

由汕抵蓬洲登山賦詩贈芷雲

光緒甲申作　舉人　楊淞　鏡川廣東海陽

老去登山倚杖藜看山不厭步行遲崖崩出土多奇石樹老盤空有怪枝歧路客煩樵指誤破
庵僧禱佛乖慈我來惜帶看花眼未得披雲讀斷碑（巖右石室有王山長明府石刻一律字
跡模糊苦難辨認）

追和王山長明府遊巖原韻 光緒甲申成詩甲寅補序

陳龍慶 芷雲廣東潮安

余生也晚與明府無一面緣而餘韻流風每動父老之謳思而不能置歲甲申遊山讀明府石刻心嚮往之用韻成篇學步邯鄲自慚無味距今年甲寅已三十寒暑矣編次是書旣以年代爲次序因將石刻次襄毅公遺著後並取少作編入人物已非山川如故翰墨所屬瞥欵如聞遙遙者二百餘年竟與泰山北斗而同壽（韓公治潮潮人思之建泰山北斗亭明府善政幾與昌黎埒）寥寥者五十六字不隨風霜兵燹以全湮考據旣明丹黃斯備（石刻漫滅大半甲寅加硃新之）非鬼神之呵護實文字之有靈丁令威化鶴歸來舊事何堪囘首李太白騎鯨仙去遺書長繫人心末學新進與先賢結文字緣是亦無緣之緣也嗚呼渺渺予懷滄桑寄慨悠悠斯世駑驥同槽歸去來兮旣自以心爲形役後之覽者亦將有感於斯文

連天烽火陣雲浮（時有法蘭西之戰）砥柱憑誰障急流懷古怕經籌筆驛登高同上望仙樓心驚馬尾成孤注耳洗龍泉作枕頭願借王喬雙履舄凫飛戰地發瞋眸

遊龍泉巖題壁 光緒甲申

楊友梅 杏園廣東嘉應

（其一）

揭嶺東來只此山久無佳士共躋攀我來欲奠三杯酒試否山靈一破顏

山花滿路笑相迎不斷流鶯喚客聲落拓情懷誰解識新詩吟與石龍聽（其二）

一笑浮蹤擬散仙半生山水有奇緣春雲細雨攜吟屐明月清風泛酒船（其三）

苔生四壁石崚嶒傍石傾頹屋數楹想見昔賢棲隱處松聲時作讀書聲（其四）

登高東望海氛炎何日天兵下日南料得防邊班定遠肯將投筆作空談（其五）

屈指邊才溯壯猷仁夫經濟有風流八千里詔來何暮竟老英雄一葉舟（其六）

王壽翁示癸酉遊巖舊作次韻奉和 光緒乙酉

陳龍慶 芷雲廣東潮安

川嶽時時毓秀靈臥龍未出本無形風雲變幻涼如夜巖壑幽深霽欲冥勝境遙連甘露寺（寺在蕉山隴之靈山亦出桑浦山脈）倦遊小憩夕陽亭司天白帝行秋令肅殺商聲不忍聽

與玉坡兄鏡濂弟同遊龍泉巖 光緒丙戌

陳龍慶 芷雲廣東潮安

爲愛山光載酒行山靈惹我動吟情白雲紅樹人三兩一首新詩酒一觥（其一）

傍山有寺號龍泉粥鼓齋魚世外天如此叢林堪入畫畫師難覓李龍眠（其二）

聞說當年襄毅公長吟抱膝氣如虹至今垣宇飄零甚贏得山花日日紅（其三）

鯨波萬頃海天秋風捲潮聲撼戍樓天下滔滔皆若是問誰砥柱障中流（其四）

登高四顧淚滂沱將士沙場夜枕戈可是籌邊諸大帥甘言重幣擬求和（其五）

荒塚纍纍也可哀幾家麥飯子孫來豈狐狡兔縱橫處多少游魂泣夜臺（其六）

千尋古木怒風號落帽山前氣自豪遊客漫嗤儂脫畧科頭箕踞聽松濤（其七）

觀音嫵媚佛莊嚴是色是空兩不嫌卻笑散花天女手袖端猶有落花黏（其八）

空谷無言蘭自芳今朝又見菊花黃禪門亦解憐香意秋水一瓶供佛堂（其九）

雀舌龍團着意誇山僧倩我試新茶何如同入天台路洞口相逢解語花（其十）

草作重茵石作矼蓬蒿影裏水淙淙避秦雅慕桃源洞可許漁郎泛釣艭（十一）

塗鴉四壁墨痕消勝地難將俗筆描島瘦郊寒儂尚怯有詩不敢泐巖腰（十二）

何人手植竹千竿引得金風陣陣寒我欲移根栽別墅免勞僧侶報平安（十三）

老樹參天認古榕風霜歷鍊轉葱蘢不經兵燹不遭刦點綴湖山第幾峰（十四）

曲曲疏籬短短牆禪房寂寞月光凉一瓶一鉢蕭條甚揖盜開門也不妨（十五）

天生怪石勢橫陳坐久閒陪石丈人擕得南宮袍笏至折腰頗屈自由身（十六）

讀靈泉巖碑記 光緒己丑

候選同知 陳書翼 燕如 廣東澄海

翼按靈巖碑記从靈字後庵門改龍字不知始於何時

靈泉記鐫山之麓石壁參天勢橫亙年深剝落字模糊零句殘篇斷不續掃開苔蘚自摩挲不解之解聊寓目大字漫滅十二三小字殘蝕十五六點畫難分訛魯魚結構未明類射覆味同

嚼蠟意索然羨煞古人捫碑讀興闌小憩石洞中深夜啁啾鳴蝙蝠

與龍泉寺僧談往事 光緒己丑

候選同知 陳書翼 燕如廣澄東海

昔日騷人已化煙禪林何處覓遺篇（幼侍先外祖鳳岡公遊此見公與同遊者題壁今已無迹矣）老僧對我談興替冷落山門四十年

與雨亭封翁同遊龍泉巖 光緒辛卯

廩貢生 蕭碩常 伯瑤廣東南海

破壁當年走百靈寒光飛去氣長腥風雷尙挂崩崖樹泉月誰烹渴夜瓶天外碧雲高不落山中危石晚空青祇應一片鮀江水東下蓬洲是驛亭

辛卯夏末余與林達卿陳誌琴過訪雨亭封君蓬洲村居雨亭君卽命庖丁烹飪携酒肴布席龍泉山寺中解衣暢飲時天下無事四海靜謐風鶴不驚蛇虺安宅惟談山水之趣煙雲之變滅快甚於是踏魁壘穿碕礒屈折詰曲而上仰見一童子於疊石罅中臥身蜿蜒鑽去出石頂上余心怪之豈以此入巖耶及低首折腰顧步已到巖側是童亦蛇緣而下問之此上何爲答曰上巖蓋石頂耳（慶按此卽土人之所謂八卦石）噫嘻山童野陋不知上之海山蒼蒼天風浪浪可以前招五辰後引鳳凰幽通賦之天外一遊意者此也惜余不能效是童之好身手耳乃俯躬跼步進巖卽所謂頂巖也巖內空曠仰觀其上壓以大盤石無星

色鋪漏覩其巖口豁然洞張立而當之覺宇宙之茫茫然身世之飄飄然余乃賦詩如首句云云頃亦隨衆聯袂順磴道下山藤梢草花黏刺衣履寺外當門有大樹一章迄今二十年經霜如故而僕則鶴髮雞皮雨亭達卿皆白楊作柱人世之滄桑變幻可慨也已悲夫甲寅冬日遜愚自識即呈芷雲大文豪斧正並請跋於拙詩之後

次和伯瑤詩丈遊龍泉巖韻 光緒辛夘

陳龍慶 芷雲廣東潮安

欲向禪關養性靈飛來神物夜潭腥千年老樹張涼繖一滴楊枝灑淨瓶啼鳥有情迎客至臥龍無語照人青讀書遙想翁夔毅抱膝長吟竹下亭（借朱子句）

營先塋夜宿龍泉寺 光緒壬辰

候選同知 陳書翼 燕如廣東澄海

半輪新月伴禪燈布被生寒夜有冰親骨能安心便慰堪輿學說本無憑

龍泉寺品苦茗 光緒壬辰

候選同知 陳書翼 燕如廣東澄海

山茶入口似難堪白髮僧人帶笑談自到禪門當此慣不知世味有誰甘

遊靈泉巖勒石 有序光緒癸巳

福建將樂縣知縣 謝錫勳 安臣廣東海陽

湘南周庚如山陰沈雪帆金儉庭錢塘沈少霞桐城張子明龍溪陳保之郡人謝安臣光緒癸巳重陽同集靈泉巖安臣得詩子明書之命工勒石

巖穴有靈泉出山水逾清澄志失考據誤以龍船名（藝文載馮繼巽蓬洲靈泉巖詩山川載龍船巖去城西南三十里蓬洲所右實一地）名山如名士稱貴得其眞我來剜青苔摩挲讀碑銘碑存銘已沒訪古問山僧云昔翁襄敏讀書於此曾志乘缺有間（志稱鮀江士常讀書於此未明言襄敏也案襄敏鮀江人）文獻何能徵經濟夙所仰况廼鄉先生惜哉白水巖偏居尚寶卿一賢而一奸沒世有定評不知百世下評我何如人毀譽置勿問把酒聊獨傾同遊曰醉矣開口笑一聲

暮春遊巖紆道至洗布坑果園

光緒甲午　候選同知　陳書翼　燕如　廣東澄海

石磴鱗鱗一線斜山頭曉霧四圍遮雨晴竹徑添新筍春老桃林尚放花梨樹香生飛粉蝶深巖泉落伏鳴蛙年年拜墓經行處（先塋在此山腰溯自壬辰營葬迄今三年廬墓未能益深罪戾）一樣青苔換歲華

雨後再訪龍泉寺

光緒甲午　候選同知　陳書翼　燕如　廣東澄海

山光雨後更分明乘興閒行不計程未到先知僧在寺隔林風送木魚聲

冬月遊巖採梅歸 光緒甲午

候選同知 陳書翼 燕如 廣東澄海

嵐煙澹澹水潺潺憐汝孤芳守舊山今日相逢眞有幸淸香隨我到人間（其一）

霜林繞屋徑橫斜是否林逋處士家欲結芳鄰尋古道難將心事語梅花（其二）

九日遊龍泉巖題壁 光緒戊戌

楊沅 季岳 廣東梅縣

此地卽瀛洲仙風引客遊洞巖行百折平海豁雙眸樹老經霜綠泉淸抱石流東涯書借讀從此卜居幽

遊龍泉巖有懷翁襄敏 光緒甲辰

林樑任 仔肩 廣東澄海

赫赫奇巖磊磊巨石爰有偉人壯山川色　偉人伊何翁公襄敏讀書巖中經綸醞釀　維彼昊天不戀風雷維彼名山不老奇才　爰發乃甲爰掌乃兵交趾作亂帝命之平　謀定後戰兵家所重南邦來庭吉甫作誦　濟濟廷臣議復河套拓我版圖盬虜之腦　公曰不然事有後先僉壬柄政奈何開邊　吁嗟後人不達事理以公失機妄滋謗議　權臣在內武將無功稽古武穆徒費精忠　公老於謀屢操勝算國家大疑毅然而斷　王聽蔽明讒諂斯生劊公之職歸自神京　返我名山理我舊業憂樂關懷出處何別　公道未亡人心不死時局多艱

復命公起　巫咸先至帝命尙遲爰告天使公已騎箕　嗟彼小人不成人美罔有忠剛不遭讒毀　瞻彼石室氣象巖巖仰公勁節直與天參　孰開公先孰繼公後瞻眺徘徊我顏斯厚

又題翁公讀書處壁

光緒甲辰　林樑任　仔肩　廣東澄海

公在此間讀書我到此間攬勝窮通得失分於斯吁嗟志士休言命

龍泉巖春遊

光緒甲辰　候選同知　陳書翼　燕如　廣東澄海

草色春初到山花已滿林飛泉無俗韻宿鳥有禪心絕壁青天合虛巖白晝陰東風吹兩袖雲氣出衣襟

又口占一絕

光緒甲辰　候選同知　陳書翼　燕如　廣東澄海

滿徑松杉一望遙英英雲氣擁山腰芒鞋轉入林深處細雨隨人過石橋

遊龍泉巖不果贈芷雲校長

光緒乙巳　溫廷敬　丹銘　廣東大埔

余久欲訪襄毅讀書臺乙巳夏月以事至蓬洲方謂可償宿願矣乃爲同行友人所促僅觀芷雲廣文所創淪智學堂而回歸後賦詩誌歎並寄廣文

地記龍泉留勝蹟人思鱗毆說邊才滄桑變幻今非昔河水縈紆去復來往事曾披明史傳高歌欲訪讀書臺蓬洲信是神仙窟縱到罡風又引回（其一）

我思陳子初開地咫尺文明氣象間塵海名流黃叔度人天教主白香山叢林舊是藏污藪學校今標淪智顏始信神奇出糟粕要令絃管被榛菅（其二）

遊龍泉寺題門樓　光緒乙巳

李青　仰蓮　廣東潮安

久癖林泉意自癡每逢佳景輒羈遲空山野鳥鳴喬木佛閣明燈照碧蘿漢武蕭梁終有恨西山北海孰相宜邇來到處煙塵滿何地差堪隱伯夷

夏日率次三兒遊巖　光緒丁未

陳龍慶　芷雲　廣東潮安

龍泉名勝古今稱暇日登臨興倍增俯仰滄桑懷往哲蕭條瓶鉢見孤僧寒鴉古木遊人老鐵馬金戈殺氣騰太息黃岡山下路愁雲如墨雨如繩（其一）

彈指光陰兩鬢華絳侯心跡鄴侯家改良風俗情懷冷吸取文明歲月賒石徑同登平等路歸途恨少自由車此行無限升沈感稚子候門落日斜（其二）

中秋前一日邀友游巖　光緒丁未

陳龍慶　芷雲　廣東潮安

蕭瑟西風又送秋登臨到處足勾留龍泉儘許游人汲雉堞曾經近歲修（蓬洲所城修於壬寅年爲叔父雨亭公所倡登高一望截然整齊）石齒巉巉穿古洞山腰曲曲枕寒流英雄事業今何在落日空山土一丘（訪襄穀讀書臺有感時同遊者爲溫丹銘丘少白何韜民陳樸軒謝卓羣諸君黃偉芝眉仙兩昆季）（其一）

當年幽靜讀書臺此日滄桑事可哀啼鳥有情弔銅雀落花無主對蒼苔漢家宮闕成陳迹勝國衣冠付刦灰留得湖山千古在年年結伴詠歌來（其二）

弔襄穀讀書臺步莊公韻 光緒丁未

黃太初 瑋燊廣東大埔

無端振觸忽悲秋還弔龍泉步小留救世有心憐上國籌邊無策愧前修山侵海氣巖疑削樹挾潮聲翠欲流古往今來只如此人間何處覓丹丘（末聯集杜牧韓君平句）（其一）

巍然猶是讀書臺人去臺空亦可哀烜赫功名留簡策摩挲碑碣剔莓苔民遭塗炭崇霖雨世歷滄桑憫刼灰從古英雄應時勢阿誰果是替人來（其二）

與莊雲諸友訪襄穀讀書臺感賦 光緒丁未

溫廷敬 丹銘廣東大埔

巖泉已足慕況經棲異材丙年繫夢寐今始遂其懷陳遵素好客古誼殷招徠同遊者數子勇力登危崖靈泉自地湧石室疑天開俯驚壓鼇首仰欲攀龍頷直上得容膝寸地拓蓬萊下視

青濛濛遠山拱塿培前望皆平疇湖水浮一杯地幽景愈顯居窄胸乃恢翁公昔嘯傲南陽待風雷赴召八千里卓犖推逸才乾坤時代改留此讀書臺名山僧占盡不朽獨崔巍後人新遺跡祀祏增徘徊扶鸞雖渺茫（臺爲郭同亭重築其題壁詞稱翁公降乩）化鶴或往來黯黯暮雲合蕭蕭松柏哀長念昔英雄靈風安在哉

芷公邀遊龍泉巖歸途漫賦 光緒丁未

廣東省會議員 丘光漢 少白 廣東大埔

風雲擁我上山來絕巘登臨眼界開罨畫江城詩粉本鬼工巖洞佛樓臺窮荒天地釀奇境怪偉山川造異才今日邊防需將急相期繼起育奇瑰（芷公瑋姿爲淪智校長及教員）

遊巖歸後小飲寒舍風雨大作 光緒丁未

陳龍慶 芷雲 廣東潮安

小集蝸蘆（廬）容膝安羣仙高會酒懷寬秋風先到寒儒宅明月難同好友看七椀茶烹詩思發三條燭燼漏聲殘重陽再訂登高約休使故人盼望艱

勘誤

卷首第五頁凡例第一條係（一本書先文集次詩集再次則爲詞集）凡十五字誤作一蕭樓文選云云特此更正〇又本卷第二頁第一面李書吉姓名上漏澄海縣知縣五字第二面楊友梅姓名上漏生員二字補註仕履以符全書體例

龍泉巖遊集卷之二終

龍泉巖遊集卷之三

古今體詩七十一首

潮安陳龍慶芷雲氏編

謝莊諧譜惠詩並訂重陽遊約 光緒丁未

陳龍慶 芷雲廣東潮安

漆園舊吏棣園居文采風流信不虛桃李滿門沾化雨栽培莫笑類耕畬（其一）

雁信秋風遠寄詩由來良友貴箴規貽書商摧杏壇字北面歡迎一字師（其二）

記曾聚首筆花莊風雨聯牀夜未央愧我江淹才已盡一宵殘夢付黃粱（其三）

龍泉名勝說蓬洲准擬重陽結伴遊酌酒賦詩勞玉趾一枝大筆萬山秋（其四）

芷公招遊龍巖道遠不果賦謝 光緒丁未

稟貢生 莊伯夔 諧譜廣東海陽

龍泉之巖高絕陡嶺海鍾靈茲獨厚誕生奇傑蔚蓬洲風雅允推芷雲首芷雲遠道寄詩來珍重相貽比瓊玖是時秋氣正蕭森約我登高作重九學界報界萃羣英把臂並邀入林友摩崖擬詠酸棗糕席地滿斟黃菊酒此山形勢夙傳聞湘潭巨製先炙口（謂王岱公石刻）鰐浦鮀江指顧間萬象包羅無不有石室能容百十人洞門何止大於斗搜蘿剔蘚讀豐碑好似鄒

嬛穴探酉王楊盧駱鋘馬前爹願執鞭隨厥後嗟余有志未能償雪案靑氈長坐守計程卅里隔東西一水盈盈礙趨走會當近陟塔山巔（山在蓮陽畧有勝蹟）遠望仙蹤數某某茱萸徧插縱少余權作異鄉親拜受掃苔潑墨讓羣公大作相期垂不朽

謝家慕川惠詩並訂重陽遊約 光緒丁未

陳龍慶 芷雲廣東潮安

君是吾家一太丘清風亮節世無儔登龍未遂平生願剖鯉先將妙句投福地嫏嬛羅萬卷名山事業足千秋重陽原有登高約願着吟鞭賦壯遊

芷雲邀遊龍巖步韻賦答 光緒丁未

附貢生 陳卓棨 慕川廣東澄海

千載賢愚共一丘名稱沒世邁羣儔蒙君曾有觀山約知我非無雜佩投翰墨林中娛歲月溫柔鄉裏度春秋今朝頗有登高興落帽峰頭快壯遊

馬君惠壽詩逆步原韻訂遊約 光緒丁未

陳龍慶 芷雲廣東潮安

藝苑從今闢草萊栽培桃李育英才換鵝書法人咸羨（去年重陽後一日爲家母八十壽辰蒙賜賀聯書法極工）倚馬文名衆久推酌酒巖前傾白薤題詩石上掃蒼苔重陽擬作羣仙會佇盼輕帆破雨來

因事未赴芷公遊約次韻奉謝　光緒丁未　馬義方　俊卿廣東潮陽

碧巖遙望擬蓬萊高會重陽集俊才搖落江山憑遠眺風流裙屐許交推煙村酌酒酬寒菊秋寺尋碑剔古苔孤負新詩招隱意清游愧我未曾來

蒙約遊巖道遠不果擬詩呈政　光緒丁未　謝龍煥　炎廷廣東澄海

虎鬬龍驤廿紀時愴懷大局不勝悲登臨試飲黃花酒遙睇中原有所思（其一）

一掬靈泉感慨多橫流滄海更如何神州沈陸愁無限聊揷茱萸學唱歌（其二）

巖石依然世已移無窮感喟託新詩遙懷曩哲潛修所一瓣心香寄遠思（其三）

落帽風流萬古情斜陽紅樹寫凄清天梯百尺攀躋徧宛在蓬萊頂上行（其四）

西風古道吹秋草翠巘碧雲相對好人生行樂能幾時折柬相邀傾懷抱（其五）

痛心祖國遭奇辱且向龍巖穿徑曲登高一嘯天地寬勝似轅駒爭局促（其六）

燕雲悵望淚霑臆擾擾塵寰豈終極知君逸興自遄飛屹立山南望山北（其七）

龍泉巖上多煙樹旁有翁公游讀處羣英九日同登臨宛似白雲自來去（其八）

壽黃式予先生並訂重陽遊約　光緒丁未　陳龍慶　芷雲廣東潮安

相約重陽載酒來誰知恰値壽筵開稱觴好助持螯興得句翠驚吐鳳才勝日登臨歌一曲文星燦爛照三台黃花原是延年品歲歲欣賡酌彼罍

芷公招遊恰值生辰未赴蒙惠壽詩賦謝 光緒丁未

黃龍章 式予廣東澄海

一首新詩雁帶來珠璣絢爛笑顏開登高君具雲霄志安拙予慚襪線才附驥空教瞻遠道飛茵猶憶墜層臺（余三歲時在瓊州嘗墜樓不死）太丘自有相逢日仍擬傾樽酌玉罍

餘意未盡再成一首 光緒丁未

黃龍章 式予廣東澄海

折柬相邀憶舊儔（育卿兄在貴處設帳時招遊不果）蹉跎歲月事悠悠懸弧慣聽呼紅友揷菊遙憐到白頭山水無緣遲屐齒園林預約豁詩眸年年辜負重陽日振觸西風又一秋

再招報界學界諸君重九遊巖 光緒丁未

陳龍慶 芷雲廣東潮安

時局艱難不可支偸閒且賦旅行詩潢池兵弄楚氛惡黨錮書成漢室危歲月無情催我老江山有意助人悲登高試向神州望大陸沈沈尙睡獅（其一）

戲馬臺前霸業空龍山落帽亦英雄紫萸避禍嗤桓景白髮悲秋學杜公石壁長留名士句高臺合賦大王風諸公各擧凌雲筆何幸湖山點綴工（其二）

芷翁以詩招遊未赴次韻奉答

光緒甲午歲貢 楊洪簡 筱山 廣東海陽

漫說支那已不支，登高且賦感時詩。騰蛇浦上盤氛毒（聞桑浦山有匪圖攻郡城），孤鳳城頭累卵危。黨禍方興嗟世變，忠謀不用使人悲。河山破碎無能補，倘把威權制伏獅。（其一）

項劉霸氣昔横空，戲馬臺高亦自雄。習射已無南國典，避災應蹈長房公。沈酣且醉漉巾酒，脫帽猶談落帽風。未得從遊欣載詠，敢云佳句爲愁工。（其二）

九日登龍巖贈主人芷雲參軍

光緒丁未 曾紀維 幸存 廣東潮安

喜無風雨送重陽，乘興登高薦一觴。漠漠胡塵飛禹甸，蕭蕭木葉舞山梁。孟嘉落帽英雄老，摩詰分萸兄弟傷。差幸此行腰脚健，不愁髀肉累康强。

九日遊巖賦贈芷雲先生

光緒丁未 張衡臯 仲南 廣東梅縣

一帆風送到蓬洲，直上元龍百尺樓。俯仰古今多感觸，消愁有酒轉添愁。（其一）

此間禾黍自青青，太息神州鐵血腥。無力保存乾淨土，登山何以答山靈。（其二）

龍巖山畔結精廬，惆悵前賢此讀書。我愧未能追盛軌，茫茫身世問何如。（其三）

人生能得幾重陽，又看黄花晚節香。熱血一腔涼不得，秋風吹到倍徬徨。（其四）

重九遊巖酬主人並贈諸遊侶 光緒丁未

楊沅 季岳廣東梅縣

襏襫攄懷付海吼十年不識作重九蓬洲主人東我遊笑坐山城大如斗先遊璧水後瑤池酡顏健足相追隨（校長以後一日爲太夫人壽誕出桃觴宴客於其家）出城西望失白日太華何日來東陲躡雲乘風盤磴上怪石崔巍兀百丈寺門當樹眺迷離轉悵繁陰作寺幌山僧導我傾龍泉品評雁宕甘留咽朋儕大嘯踞虎豹又復傴僂尋前賢（巖爲翁公讀書處）我更訪得曝書處磐石方罫紛斑然洞南百轉若穿蟻子午昏迷谷無裏忽然石破天爲驚不計光明千萬里迷茫俯瞰城復村昂頭雲覆天可捫蜿蜒入望山攪海氣勢八九滄溟吞我來問山山不語地爲前明千戶所海氛擾擾三十年曾戴靈鼇固我圉徘徊古壁鴻泥留（戊戌九日僕曾結伴遊此留題五律於壁）十年舊夢秋復秋籬菊依然山猶昨滄桑倏忽驚蛟虬愴懷未終鐘鳴寺饔飧一一歸淪智（陳君校名淪智遊侶會集於此）願移翁公讀書臺偏養邊才位天地

九日龍巖紀遊次季岳先生韻 光緒丁未

蘇大山 蓀浦福建廈門

馮夷跳擲天吳吼蒼狗飛災際陽九笑拾枯桑紀丙丁卻擲頭顱大似斗人間刦火幾昆池天演眞敎淘汰隨一球倒掉起長嘯披髮直入山之陲投書山靈再拜上奇情突兀凌萬丈沈沈

大陸呼龍行鞭雷爲車雲作幌龍去不歸但流泉巖頭危石聲聲咽坐令九州失霖雨蒼生未慰豈能賢須知讀書莫信古人古祖龍一炬非徒然摶摶侈說旋磨蟻欲縮須彌納袖裏大荒天外闢天荒美雨歐風來萬里高頭嚇殺學究村小儒舌撟不須捫思想忽在盧梭上慷慨竟欲猢奴吞感時涕淚羌無語蒼生置我知何所奔流到海飄蓬枝迴風吹上韓江閩多士翩翩佳句留元龍豪氣亦千秋挹袂喜逐羣公後相逢有客髯如虬行行小憩前朝寺咒龍重與參禪智臨風寄語出山泉記我登高曾此地

遊巖放歌次季岳先生韻 光緒丁未

徐昌國 敬亭廣東海陽

長風蕭蕭危泉吼去年金山作重九布帆安穩鮀江行此日眞如槎貫斗參軍醉我酒如池元龍豪氣喜追隨管領名山居福地巉巖龍泉冥東陲屈曲風雲隨步上芙蓉削出花十丈遠望神州海茫茫寺隱古樹垂爲幌烹茶小憩試清泉醍醐灌處香生咽風聲爭與書聲雜石壁低徊拜昔賢當前仰止情彌切高山在望覺巍然宛轉恍若穿珠蟻雲氣蓊出石隙裏天成戶牖門不關眞成眼底小千里一角孤城半枕村古苔生壁石可捫上下雲峰皆入眼莽莽河山一氣吞拍手高歌忽笑語流連往日讀書所我來不及見翁公柱石伊誰固我閑愧少佳句題糕留臺荒戲馬亦千秋豪情更欲傾一世遠摘星斗攀螭虬遊興方濃鐘動寺歸去來兮到淪智提壺何日更登臨再訪嫏嬛新福地

遊龍泉巖題壁 光緒丁未

附貢生　陳卓棻　慕川　廣東澄海

五十年來此地遊重陽赴會宴蓬洲仁夫經濟空今古讀罷殘碑拜石頭

歸途再成長歌贈同遊諸公 光緒丁未

附貢生　陳卓棻　慕川　廣東澄海

九月九日日色霽忽遞飛鴻書一紙開函滿目駭珠璣佳句重吟芬頰齒感君詩意重殷勤悵望雲山三十里肩輿乘我馳如飛不脛直走蓬城裏逢君青眼華筵開翩翩裙屐扶輪來八秩萱花春不老合詞共薦黃花盃年年黃花釀醇酒稱觥介眉九月九羣賢讌集同登山閩浙偉人齊昂首九秋吟興與天高落筆淋漓詩膽豪奮身直上蓬山頂劃然長嘯悲風號蓬山之高高無已舉頭去天僅尺咫我來乘風凌太虛幾度呼龍臥不起臥龍經濟懷翁君拍手狂歌招白雲徘徊弔古不忍去巖泉一酌消塵氛

歸後再賦贈主人及季岳詩伯 光緒丁未

附貢生　陳卓棻　慕川　廣東澄海

主人興不淺招我渡江來賞酒寒雲外登高碧嶺隈書臺彼美在古洞爲君開交臂幸無失相期三百杯　（其一）

子雲亭在否瀛海氾隆譽室有襲詩僕門多問字車嶺東驚豹隱薊北識龍駒宵不惓時局紛

紛入上書（其二）

神交二十載伴月步虛庭史簡千秋筆心香一瓣馨壯懷飛劍雪餘韻入峰青記否中原夢笳聲不忍聽（其三）

慕老以題壁詩見示次韻奉和 光緒丁未

黃龍章 式予廣東澄海

未與騷人共勝遊夢魂夜夜繞蓬洲詩成寄語山僧貼崔顥何妨在上頭

和芷雲參軍九日遊巖 光緒丁未

蔡忠誠 幹廷廣東澄海

鄉邦領袖羨君賢愛把茱萸締夙緣快借登臨聯意氣相將嘯詠答潺湲溪山勝跡標巖石龍虎人文燦綺筵寄語題糕休吝筆天留紅葉作詩箋（其一）

爭着先鞭願未灰暫依豪曾樂追陪胸中太華隨雲起眼底長安與日來勝地今猶存壁壘（蓬洲前爲屯戍兵之地） 中原誰共闢蒿萊禪心劍氣交盤鬱聊對黃花泛酒杯（其二）

九日與友人登高感賦 光緒丁未

黃太初 瑋姿廣東大埔

又從客裏度重陽蹤跡何如日月忙野菊亂開紅葉徑風箏斜挂白雲鄉賓朋讌集歡無數身世艱難醉莫忘獨有離懷消不得遙憐諸弟遠相望

遊龍泉巖賦贈芷雲先生　光緒丁未

丘鳳麟　拔生廣東澄海

蓬洲有蓬島奇石生秋草秋風又重陽同約登高好我來芷公家一樽相傾倒芷公邀我遊名山忽當道斜陽紅樹中石苔不堪掃入山呼山僧林深小寺老龍巖百尺高流泉聲浩浩尋得翁公臺捫碑心懊惱百年幾將才邊防無堅堡公去臺自空書聲變鴉噪羣公此登臨各自抒懷抱慷慨望神州怒目風雲擣予獨陟危崖叱石驚蒼昊大風西北來如聞獅子吼俯瞰悲鴻濛江山待誰造嗟我同遊人莫惜此頭腦

遊巖訪翁公讀書處　光緒丁未

鄭之棟　松生廣東潮陽

爲尋舊約看花開此日登臨信快哉六代流風眞灑脫三秋景色絕塵埃巖前把盞呼紅友石上題詩掃綠苔（借古句）襄毅功勳今在否翻身直上讀書臺

聞芷雲校長重九盛會卻寄　光緒丁未

候選同知　陳書翼　燕如廣東澄海

老樹參天晝亦陰騷人共約此登臨題糕輾轉思新句落帽依稀見古心石壁泉聲鳴暗澗蒼山雲氣入叢林頹齡愧赴青年會卻爲黃花一再吟（先期校長以書招遊惜因事未赴聞此會詩酒雄豪殊深健羨）

遊巖後答陳燕如司馬

光緒丁未　陳龍慶　芷雲廣東潮安

桓景避災登崔嵬千餘年來風不改我借斯時快旅行舊事翻新興百倍先期折柬萃羣英報界學界訂同盟輿盖遊山山鬼笑不敎政界動行旌羨君商界推巨擘頻年著述書盈尺商戰餘閒文戰雄經濟塲中老詞伯猶憶髫齡拜下風讀君大作氣如虹二十餘年服膺久肆騶分道各西東君方富貴兼壽考余亦四十垂垂老相期高會汲龍泉豫約揮毫攄鳳藻君言才拙復性迂況兼暮景值桑榆晚翠朝曦慚不類何能穠纖涉長途不知洛下耆英會半屬青年半老大顧盼自雄馬伏波精神原在形骸外君復郵詩到里門身雖未到氣先吞醉裏高歌傾白墮夢中得句醒黃魂投詩預訂明年約莫使山靈嗟寂寞掀髯一笑天地秋登高共採長生藥

重陽後七日與蔡潤卿君同遊

光緒丁未　陳龍慶　芷雲廣東潮安

神交數載久欽遲一旦瞻韓話不支結伴遊山申舊約探源學海濬新思談文坐聽三更鼓論世愁看一局棋太息秋風秋雨裏紹城高矗黨人碑（時有秋瑾寃獄）

和芷公與蔡君遊巖詩用原韻

光緒丁未　丘鳳麟　拔生廣東澄海

漫言時局不堪支經濟文章繫我思蕭寺雲深留大筆東山人老着殘棋鍾靈毓秀幾蓬島別

蘚捫苔一古碑三百年前秋草處至今回首夕陽遲

陳君招重九遊巖不果越八日同遊賦此

光緒丁未 蔡秉炎 潤卿廣東澄海

神州糾紛鯨騰浪鼙鼓時聞思飛將庾嶺東折鍾其靈知有偉人代消長偉人自昔推翁公南征北討才何雄去今倏忽三百載我來拜下欽英風高談抵掌坐石室陳謝二君吾與四天高木末何蕭蕭回首重陽剛八日前遊見說興悠然我今亦得遊山緣白雲在巔風在洞豈必落帽題糕天蓬洲主人情懇摯導我紆迴遊勝地彳亍行行重行行恍惚此身天外寄蒼茫秋色翁公廬潺潺泉響公讀書低徊留之不能去撫今追昔歌嗚嗚平村俯瞰炊煙起迢遞燕雲何處是山河萬里殘暉中魯陽揮戈今已矣一聲長嘯人歸來徜徉古寺山之隈不盡牢騷憑誰寫直把茶杯作酒杯迤邐古道默無語颯颯西風動禾黍安得蓬洲咫尺天老我煙霞作仙侶

約蕭伯瑤丈遊巖不果蒙賜詩集賦謝

光緒丁未 陳龍慶 芷雲廣東潮安

廿年浪跡鮀江路三卷豪吟麟閣詩天與騷人增老福我披全集濬新思名山久盼髯蘇轍壽域遙須幼婦辭舊事不堪回首憶墓門宿草有餘悲（雨亭先叔前曾同遊今逝世三載矣）

芷翁招遊書到已逾刻矣賦此爲謝

光緒丁未 歲貢生 楊洪簡 筱山廣東海陽

龍泉百里路迢迢多謝陳登折柬招我與山靈少緣分鯉魚風送往來潮（其一）
翁公舊有讀書臺勳業巍然勝代推外祖家風吾未效（見下詩）惜遲下拜獻詩來（其二）

依韻答楊小翁詩　光緒丁未

陳龍慶　芷雲　廣東潮安

杜陵詩集見韋迢無異離騷賦大招我向龍巖閒弔古滿懷悲憤湧秋潮（其一）
當年同訪越王臺咫尺神山風引回料得山靈增懊惱騷壇不見偉人來（其二）

十月初五蒙芷公招同竹老遊巖　光緒丁未

蕭瓊常　廩貢生　伯瑤　廣東南海

主人蓬洲陳元龍招我同遊村外峰蓬洲咫尺一航到不用蒲帆歌懊儂（其一）
淩波先看摸魚兒足踏水泥如鷺鷥我欲相隨帶答箵惜無蓑葦點淪漪（其二）
題詩留約崔黃鶴遲客臨江飛不來（謂崔瀟溪）剩有蘭陵雙野老登山臨水鎮相陪（其三）
叩門未拜茅容母遽登學堂飫老饕應笑疏狂烏識禮祇宜丘壑置吾曹（其四）
冒雨遊山興愈豪何妨嵐氣濕青袍筍輿坐換謝公屐亂踏石頭人自高（其五）
入寺殘僧合掌迎蕭條久斷誦經聲滿階落葉無苕帚留取茶鐺就火烹（其六）
詩債何如酒債多形骸放浪此消磨龍泉巖裏龍泉水洗我吟懷一浩歌（其七）
不悲囊穀不知我書堂今已長蓬蒿我來宿草悲吾友（謂雨亭君）長嘯天風生海濤（其八）

主人愛客如孟嘗龍鍾惜我不能狂何當鑽石出巖頂一覽乾坤收八荒（其九）

歲月前遊曾幾何沙泥雷雨崩山阿可憐山亦如人老瘦骨崚嶒出愈多（其十）

亂石堆山不補天不知今日是何年宣王石鼓應有待我將持去蒙雕鐫（十一）

回謝主人能飲我森然欲作吐成詩巴歙不敢汚巖石合報知音一解頤（十二）

又賦一律　光緒丁未

廪貢生　蕭頌常　伯瑤　廣東南海

三到龍巖二十秋入冬雲樹豁吟眸竹林北阮思南阮赤壁前遊繼後遊柯爛莫談棋變局泉香且試荈盈甌蒼煙幾點蓬洲路又得閒身半日留

龍泉巖紀遊　光緒丁未

蕭漢傑　竹朋　廣東番禺

六載客鮀浦羈棲若齣足塵囂復湫隘人境久局促渾忘天地寬豈敢不跰跼幸承地主情招手龍巖麓欣然約遊侶杖履相追逐恍如入蓬島足音在空谷我來値初冬霜葉脫林木磐石大於船磊磊拔地軸山骨聳奇峭雲根植蒼綠犖徑躋幽險危磴懼顛覆我欲呼巨靈擘破雲峯簇洞門雲氣深中有神龍伏天寒龍已蟄懶起噴雪瀑巖泉經冷澀點滴碎珠玉乳竇停一泓清淺手可掬汲泉煮苦茗破寺山僧獨石室敞雲關天開古佛屋探幽扣巖扃陰崖氣森肅豁然闢石扇俯視肝駭矚蓬洲小如斗繞郭山重複捫蘿碣漫滅剔蘚詩可讀題名者誰子仙

吏信非俗風微歎人往句險驚鬼哭興來欲留題自愧筆已禿吟遲句未就雨已催詩速巖暝暮雲歸返步卷阿曲笋輿御飛颸蘭槳蕩寒淥挂席棄舟小風便飽帆腹回首失林巒蓊蓊隔遠目紀遊寫新詩奚囊付僮僕

訪翁公讀書臺越日瞻遺像感賦 光緒戊申

歲貢生　楊洪簡　筱山廣東海陽

公之八世孫吾之生祖母當我垂髫時道公不絕口謂公生異徵光氣燭斗公父謂非祥吾生亦不偶海屋夜中明今仍一窮叟不知大豪傑鍾英固獨厚歷世而彌茂光前即啓後狀貌出世偉謀畧本天授眉宇兩鈎暈眼光三角黝仔肩膺疆寄魄力折戎醜威重復巖穀金印宜繫肘經濟古無儔勳名今不朽登山拜公靈宜奠三盃酒因念吾生時夢公文示手吾母瞿然覺慶字同季友閱歷際時變腐老今難久既無將相資安能事奔走熱血雖盈腔忠謀竟誰取知遇不可期或擬太公壽冷眼看兒曹乾坤轉樞紐步趨公後塵應夢非虛否

同校長及楊小山先生等遊巖 光緒戊申

生員　黃知耻　眉仙廣東大埔

三月初一日暮春春服成主人今龍川邀我訪山靈有容陳孔璋（謂陳伯宜）翩翩才調清更有李元禮（謂李杏初）同事陶羣英蓬山去不遠名著迹已陳奇石何磊磊剝蝕堅不磷舊有讀書臺依巖築數楹曲折隨石意結構隨石形由來大化工非關人力能讀書屬誰何云

是翁先生烜赫一世名人傑地爲靈我來人不見穿石餘泉聲幽蹟與靈蹤主持付山僧鼓勇登絕頂一舒望遠情山上又有山笑我徒攀登爲語好高輩姑讓毋盡行阮籍豈猖狂痛哭乃有因我今方入世遊山豈避塵滿面現塵容毋乃山靈憎須知名勝地需人爲品評不有哥侖布美洲誰爲增不有伋頓廓非洲誰發明安知龍泉巖不爲我翻新壁上有奇詩讀之使人興平生有心事傾倒在斯人長嘯兩三聲問天天爲驚遊興忽以盡暮煙起滄溟（龍泉巖寺南臨南海一望無際）一來一去間惟見石送迎

遊巖得詩錄呈芷雲先生正和

光緒戊申　吳之英　夢秋廣東澄海

十年兩度此間遊前値重陽後麥秋（庚子九日與陳君蘅浦弟袖海同遊本年初夏自汕遊疫至蓬洲謝君卓權邀重遊焉）山勢俯窺滄海濶泉聲遙挾白雲流登高桓景消災禊攬勝希文寄樂憂願借法輪迴轉力一聲獅吼起神州

依韻和夢秋先生遊巖詩

光緒戊申　陳龍慶　芷雲廣東潮安

笠屐翛然此地遊山深四月已成秋醫龍神技沈痾起（君精於醫）繡虎雄才雅韻流一掬寒泉名士淚滿大暮氣杞人憂新豐酒熟君須醉自與常何識馬周

龍泉巖遊集卷之三終

龍泉巖遊集卷之四

古今體詩六十二首

潮安陳龍慶芷雲氏編

重陽後十日與宋支山少尹同遊

光緒戊申　陳龍慶　芷雲廣東潮安

屏開騶從作重陽謖謖松風送晚凉驛騎馱人忘路滑（途中有水數段由林日兵馱過）山僧娛客喜茶香憐他社會趨迷信（漆工數人將佛像裝金糜費甚鉅）笑我胸懷太激昂料得悲秋工宋玉吟成佳句入詩囊

芷雲邀集多士重九遊巖賦謝

宣統己酉　劉昌治　稚安湖南長沙

一溪流水認蓬萊前度劉郎今又來（借用古句）元禮舟中結仙侶張華座上羨多才黃花合向高堂祝（初十日爲太夫人八十三歲壽辰）白雪慚將俚句裁徧插茱萸兄弟遠鄉心無限此登臺（客遊粵省已七載矣）（其一）

避難重陽語近諧（避災說出齊諧記）高山憑眺拓襟懷疏林木落峯逾瘦古寺人稀徑欲埋遠望汕江餘夕照斜穿古洞轉層崖汲來泉水烹香茗席地傾談小住佳（其二）

和稚安同年遊巖詩次原韻

宣統己酉　陳龍慶　芷雲　廣東潮安

三徑白雲擁草萊，年年幾度詠歌來。空存謝傅遊山興，愧乏商巖濟世才。石上掃苔翻舊韻（壁上有王大令岱、楊大令沅先後題五七律各一首，未有和韻者，同遊丘、劉二君各和一章，可稱有美必合），鐙前握管見新裁。宋公朝出彭城路，舊事猶傳戲馬臺。（其一）

科頭箕踞肆恢諧，謖謖松風冷入懷。萬斛泉聲飛錯落，千年劍氣尚沉埋（劍一名龍泉）。隔江潮落浮漁艇，出岫雲深補斷崖。安得結廬容隱逸，溪山景物四時佳。（其二）

讀王明府岱石刻次韻追和

宣統己酉　劉昌治　稚安　湖南長沙

層巒高步接雲浮，極目潮分幾派流。莫踞峰巔防失足，肯鑽巖穴辱低頭。黃花九日酒初熟，紅葉萬山詩滿樓。何幸重陽不風雨，乾坤俯仰展雙眸。

前題

宣統己酉　丘鳳麟　拔生　廣東澄海

縱橫天下幾羅浮，一帶崇巒障海流。揭嶺逶迤似犄角，澄江險阻設峰頭（前明海寇侵擾，邑人設險於此山，今劉厝溝尚有烟墩舊跡）。危崖叱石龍何處，古寺鳴鐘風滿樓。五載重陽兩遊約，萬山秋色入雙眸。

讀季岳明府題壁詩次韻奉和　宣統己酉　劉昌治　稚安湖南長沙

涼風起蘋洲引我龍山遊霜葉亂鳴耳洞泉深映眸巖懸石疑墮鳥散雲與流歸路夕陽下閒觀亦可休

前題　宣統己酉　丘鳳麟　拔生廣東澄海

山勢逼瀛洲山靈引客遊白雲封遠岫紅樹入雙眸葉影秋風亂泉聲晚照流蓬萊如可上天地我同休

遊巖感懷　宣統己酉　丘鳳麟　拔生廣東澄海

樽酒重陽感不平登臨萬古此同情菊開栗里人同瘦風到龍山帽亦輕大海帆檣驚破浪深林鳥語似呼名丹崖有路緣梯上嶺外飛來雁字橫（其一）

龍泉巖裏佛無靈合掌何知鐵血腥民命倒懸時局變海雲斷送晚山青大江流水建瓴下萬里關河入眼醒鴉背斜陽人喚渡西風何處泣新亭（其二）

讀拔生遊巖詩次韻奉和　宣統己酉　劉昌治　稚安湖南長沙

山聳峻嶒勢不平登臨此日感同情紫萸蓬鬢簪來滿黃葉芒鞋踏處輕石室讀書襄穀蹟龍山落帽孟嘉名萍蹤難得同携手醉後頻看寶劍橫（其一）

泉以龍名便有靈龍飛巖在泉猶腥煙隨鳥散輕拖碧山爲人來特展青愁思寄從南雁遠醉眸洗向晚峰醒關河萬里多鴻跡莫問長亭更短亭（其二）

疊前韻再和二律 宣統己酉

劉昌治 稚安湖南長沙

物候緣何感不平錦囊紅葉滿詩情層巒百級攀餘半寒磬一聲敲欲輕苔石細尋殘刻句菊杯贏取及時名蒼茫極目秋風裏天地都歸老氣橫（其一）

一掌當年擘巨靈汲炊泉石野煙腥霞融滄海交流碧草蔭禪房異樣青佛眼似開還似合吾心非醉亦非醒（借古句）伊人何處相思寫秋水黃花對晚亭（其二）

讀書臺題壁 宣統己酉

劉昌治 稚安湖南長沙

龍非池中物胡爲契此泉豈因此泉水在山清且漣可以老歲月可以湧雲煙葉公非眞鑑埋沒守無傳轉念吾計左霖澤緊閭瞻干將與莫邪寶光磨劍仙不鳴鳴驚人不飛飛冲天聞名不見形霄漢知高騫否則胡此巖不顏曰龍潛先生時養晦結茅於其巔所居在廉讓所志在聖賢清風明月夜釃酒亦揮絃經綸鬱雷雨憂任天下先大材信有用一旦起龍淵西南正多

事繇筆精斡旋立把危疑決肯將艱鉅肩用兵在攻謀出師貴搗偏乘風掩賊壘落葉掃長鞭指日勘〔戡〕大亂降虜肅荒邊防牆八千里秦城擬其堅天子懋賞功超然峻秩遷今日嗟何日安南法籍編一去五十載臥側人鼾呡狂流況東倒斜照欲西頽（韓藩已亡西藏亦頻告警）四面楚歌起搖搖警旌懸睡獅奈夢足熱血枯啼鵑（國會請願代表團三次上書不省）撫來以思往悠悠我傷焉太息復太息杯酒酹巖前試看臥龍岡茅廬雨露鮮又看盤龍齋斗室忠義全（盤龍齋初爲桓溫所造及元篡位劉毅討之元死而毅居焉毅小字盤龍）嶺東龍泉巖襄毅興勃然英雄奮草澤靈秀毓山川

雲叟函邀重遊因疾未赴賦謝

宣統己酉　劉昌治　稚安湖南長沙

好山好水望蓬洲病阻相如不自由前度黃花歌既醉何時赤壁賦重遊陳徐舊雨開吟榻李郭仙風仰畫舟寄語嶺梅春小待（時約十月廿二日）灞橋踏雪展吟眸

稚翁因疾不來覆詩道歉奉和

宣統己酉　陳龍慶　芷雲廣東潮安

片帆飛渡白蘋洲中有高人說許由原與尹邢甘避面竟教劉阮不同遊雲深蕭寺攜吟屐日落江城遲客舟預約聽濤樓上住（聽濤別墅爲蕭秋南大令閒居處大令則予之兒女親家也故予謙客常假座於此）平原十日醉詩眸

重陽遊詩六疊秋感韻 宣統庚戌

陳龍慶 芷雲廣東潮安

時同遊者爲劉稚安丘拔生林秀巖楊厚樞李劍南古崑如黃定庵諸君

風鳴松柏動猿啼秋到南天楚客知聊借登高一樽酒消作客幾年悲（劉君旅汕數載）荒郊石馬縱橫臥舞鏡山雞塒架棲插菊簪萸無我分循陔且誦采蘭詩（其一）

南望蓬洲木鐸鳴經師誰是鄭康成荒臺弔古增餘恨石室談玄好析酲筆硯磨殘名士氣桔槔聽苦老農情吸菸自笑新風氣佛座燈留一點明（其二）

院草侵階十步芳當階煮茗當杯觴片帆飛渡連江白老樹參差繞郭蒼餅餌芬芳小寒食風雲變幻閏重陽尙多巖穴遊難徧贏得仙風拂石牀（巖中有石洞廣容數十人內有石牀石凳爐竈等具非屬高人幽棲卽爲强盜竄穴然路極險峻或須如蛇之行或須如猿之躍兒輩固曾遊此余未能冒險探奇是日遊侶亦廢然而返）（其三）

尙德緩刑誰上書立言猶憶路溫舒時艱嵩目食苗鼠民困傷心涸轍魚漫說鼎新兼革舊依然拉朽復摧枯登臨不盡蕭條感多少利源洩尾閭（其四）

餘意未盡七疊秋感韻 宣統庚戌

陳龍慶 芷雲廣東潮安

向人談笑背人啼滿腹牢騷莫我知澤畔行吟多寄慨峰前落帽有餘悲登高聊把塵囂避招

隱顯將巖穴棲如此名山誰是主有僧底惜不能詩（其一）

冲天鴻鵠羨飛鳴遭際風雲羽翼成畫戟同袍歌板屋銀瓶澆茗漱春酲美人自古傷遲暮烈士從來重性情高處一呼衆山應大千世界放光明（其二）

巾幗英雄劉麗芳馨香郅治祝堯觴問誰愛國心同赤愧我虛生鬢已蒼六月繁霜飛菜市十年征戍憶遼陽（借舊句）亞東危局三韓滅愁見朝暾逼御牀（其三）

襄毅當年此讀書戰功卓著撻荆舒空教片瓦留銅雀愁見苔龕響木魚栗里酒香黃菊豔華亭鶴死白蓮枯（借白居易句）斜陽芳草催歸路萬竈炊烟認里閭（其四）

喜晤報界同人十二疊韻奉贈並招遊巖

宣統庚戌　陳龍慶　芷雲廣東潮安

嶺梅時節乳鴉啼呵凍揮毫硯匣知大義微言嚴筆削佛心婆語現慈悲（婆語爲葉楚傖報中署號）國門有限巾胥泣（蔡潤卿論說署號胥眼）湘水無情楚客悽一紙風行人共仰詩中有畫畫中詩（曉鐘報多插畫）（其一）

替人慣作不平鳴雄辯高談頃刻成韓愈文章維正氣劉伶豪放解朝酲鐘聲驚起睡獅夢筆仗潛移巢燕情世界漫言長黑暗兩輪日月太空明（謂曉鐘新中華兩報）（其二）

空谷幽蘭散晚芳尋幽人醉九霞觴眼看桴筏浮於海心似轆轤問彼蒼晉代衣冠成往迹（楚傖與林百舉均改裝）漢家宮闕黯斜陽歸昌韻冷梧桐老何日鸞聲出女牀（其三）

荒碑剝蝕讀殘書想見詩成意態舒（謂王公石刻）曲徑穿來旋磨蟻清溪流出脫鉤魚雲生北海天無色樹在南木葉不枯（巖前大樹蒼古可愛不以歲寒而改柯葉）牛背牧童吹短笛歸鞭遙指舊村閭（其四）

將之申江留別龍泉巖 宣統己酉

謝英 卓犖廣東澄海

遠遊辭別到山林南浦春風別恨深頑石不知亡國恨鳴泉似作送行音飛騰萬里雲中鶴埋沒千年爨下琴奔走勞勞功未就仁夫故址愧登臨

重陽偕友遊巖並柬家雲叟 壬子

恩貢生高州訓導 陳雲 名軒廣東海陽

太華峰頭作重九東坡笑飲黃花酒我無登高能賦才佳節如茲肯孤負吩咐奚僮折柬招喜諸君來不先後百年能得幾重陽相約龍泉巖上走是日幸無風雨來一葉扁舟榜溪口開帆鷗鷺導我前隄邊亭亭種楊柳臨流十里停畫橈暫辭漁父問樵叟路上彳亍遊人行良苗懷新亘百畝江村行盡山峰開舉頭共喜到靈鷲石徑紆迴聯袂升古樹葱蘢蔭寺右遙看海雲互吐吞俯瞰崗巒到培塿捫壁細讀前人詩好句外孫見虀臼入門山僧先出迎茶聲又雜泉聲吼偸閒且避塵中緣到此聊結方外友就中石室天然奇讀書遺址弔耆壽先生信是人中豪後者無繼前無偶九邊坐鎮非公誰煌煌大名照宇宙三百餘年陵谷遷地以人傳共不朽

我生公後思公標仰止高山固已久平生信有名山緣況同良朋某與某開筵聊借香積廚菊花數枝酒一斗避災何必慕桓景無事不妨從犀首一年笑口眞難逢醉歌嗚嗚但擊缶諸君詩酒龍虎儔題糕爭試探驪手我亦放筆成俚歌那顧衆妍己獨醜澹澹日色山氣佳歸途風吹帽落否

奉陪芷雲遊巖兼柬謝安臣 癸丑

王師愈　慕韓　廣東潮安

平生五嶽遊中宵勞夢想佳日況重陽乘興鼓雙槳多謝一帆風吹我墜林莽古佛笑迎人泉聲琤淙響靜趣永蕭晨險境忽奇象大石半空飛騰攫快一往吞吐日月光壓遏神怪狀蟠曲到其間出洞類蛇蟒古木生長風慧童發高唱（時同遊者爲五令郎宗錦六令郎宗鍔七令郎宗鈺文孫衍洙）滿飲黃花杯聊用試新釀（其一）

攀蘿登高丘雲氣生杖履翹首臨八荒低頭見千里齊州九點烟大海一盃水愁心天北來狼煙塵外起忽憶巖中人邊才今若此倚劍一長吟秋風拂蘭芷（其二）

攬勝訪故人故人飲我酒故人導我遊故人示我有石壁廿年詩（謝詩勒於癸巳）青山千年壽微有雲氣籠鮮語擷山秀吾欲携紙墨摹拓翻千首流傳下界人黃花伴重九（其三）

和慕韓九日同遊詩逆步原韻 癸丑

陳龍慶　芷雲　廣東潮安

春秋多佳日，况值九月九。何人不登臨，紅顏與白首。但覺裾屐繁，誰擷山水秀。卓哉王子淵，文章名山壽。胸中有丘壑，包羅富萬有。眼底無公卿，縱情在詩酒。（其一）

折柬邀先生，秋江采蘅芷。挂席望蓬山，有情誰遣此。相將出西郊，落帽秋風起。野多負郭田，途多行潦水。行行復行行，距離僅三里。轉瞬陟龍巖，雲擁王喬履。（其二）

巖石有龍泉，泉清酒可釀。巖底有石刻，一詩推絕唱（謂王大令詩）。殘蝕已模糊，字形類虬蟒。前有王邑侯，登山寫奇狀。今有王先生，尋幽縱所往。入洞叱驪龍，臨流照罔象。長嘯天地空，石壁回聲響。絲竹謝東山，勒詩披灌莽（安臣於廿年前勒石）。靖邊翁東涯，渡江停畫槳（襄穀應召入京舟至三河而薨）。海內幾人才，懸弔發遐想。（其三）

慕韓招赴遊約不果讀二老唱和詩有作　癸丑

林焯鎔　彥卿　廣東潮安

秋風蕭瑟摧枯木，有客空堂思慘黷。翠芳老盡菊始華，合與騷人伴幽獨。莽莽蒼茫雁影來，墜落故人書尺幅。故人邀我龍泉遊，東道子昂可一宿。嗟余伏櫪困風塵，久讓鵾鵬展大陸。知君此去逸興多，豈止深巖與幽谷。傳聞勝迹神所憑，颯颯靈風滿林麓。數百年來舊蹤，文字因緣訂諸夙（巖中有翁襄穀讀書處，前太守李公重刊潮州耆舊集，君董其事，於襄穀集深加考訂）。摩挲石壁燦琳瑯，謝朓高吟披苔讀。快哉斯遊豈偶然，登臨有友相追逐。古今幾輩得重陽，驅使煙雲寧非福。振衣直上千仞岡，飛鳥行雲相往復。馬當相送片帆風，山靈猶翣子安

腹讀君詩句神欲馳儼對匡廬眞面目季常豈是山中人爲山招隱將居卜青鞋布襪請自今為我佳處留茅屋

林彥卿和余九日遊巖詩賦此謝之 癸丑

王師愈 慕韓 廣東潮安

兼柬芷雲安臣丹銘蘭甫雲秋曉屏仙儔醉石子雲夢秋印月偉余諸君及吾家兩逸叟

丈夫不能折箠走羌胡下筆露布馳千里不能草奏澤羣生黼黻乾坤鎔白氏飽食無事徒自放剩有狂言汚山水怪哉林子癖嗜痂擲筆高歌振奇詭隋珠彈雀信豪闊況續金貂將狗尾慕韓平生不解事稍稍娛情寄屐齒頗曾有志遊汗漫可憐無才騁歐美登高把酒酹翁公黃菊點秋合醉此陰那禮佛湓丹銘梅林泛月雲秋子（二君皆有遊約）何當擊楫從羣公旗鼓相當陣雲紫逐鹿探驪君最能瑜亮並生有角犄得臣寓目吾無慚看誰騷壇執牛耳

慕韓賦詩謝彥卿並柬及余讀竟次韻和之 癸丑

王皞 逸叟 浙江紹興

君不見流離散客困風塵欲適雲城迷道里出世可堪攖世網（弱歲頗學出世之道）談天忽憶葛天氏衰齡爲戀道詩魔皓首猶淪研池水快讀重陽九日詩（王重陽眞人善屬文）驚人謝朓富奇詭（安臣善滑稽與慕韓同事）子安烏敢立幢前靈運祇堪侍麈尾秋集疏疎風瑟瑟龍泉溜溜石齒齒山川爽氣一囊收裙屐風流嬀前美怪底東坡約不來（聞約彥

卿同遊不果）盼然龍丘款如此（斯遊陳君爲東道）丹銘鞭撻飛卿儔曉屏師友康成子袖海子雲縱豪邁（吳子雲近號袖海）幕天醉石忘青紫（李醉石醉後幕天席地寵辱皆忘）羣雄旗幟樹騷壇萬象奔馳顛折犄嗟余鳥瘦慕韓豪乞取龍泉洗牛耳

讀家慕韓九日遊巖詩感賦 癸丑

王道正 少斌 廣東潮安

吾家慕韓子風格似韓蘇二三文字友倡汝更和予下榻陳仲舉尺書約林逋高秋重九日薄遊蓬城隅蓬城西北去山徑頗縈紆羣峯多突兀怪石尤崎嶇煙雲雜林樹渲染如畫圖中有一古寺倚傍山之隅有泉清可濯有穴深可居前賢翁襄穀舊曾此讀書襄穀明季哲威稜衆望孚三邊資坐鎮萬里任馳驅聲名留史册傳頌信不虛迹存人已往對此一欷歔方今天下亂四顧盡萑苻邊西有藏寇漠北存强胡狐兎內煽惑狼虎外覬覦安得百襄穀合力靖寰區男兒生斯世同具七尺軀今古雖異時彼此皆丈夫聖賢與豪傑聽其志所趨達則爲將相窮則爲師儒俯仰身世間登高大聲呼前賢長已矣君志其何如

少斌先生和予遊詩賦謝 癸丑

王師愈 慕韓 廣東潮安

吾宗少斌子高文一何綺濯錦蜀江湄提筆寫燕支生香與活色蛾眉可傾國許我山水遊感君軍國憂欲得百襄穀守圉作干盾錯置西北邊蕭然靖烽煙當世乎無人斯人古所珍得時

鯉化龍失勢玉成塵讀君懷古篇感激淚零漣

遊龍泉巖訪讀書臺有感 癸丑

蕭鴻逵 秋南 廣東澄海

山勢蜿蜒草木森登高作賦動清吟巖間峭壁疑無路石罅流泉別有音穿徑偶逢樵子語讀書如見古人心峯頭俯瞰滄溟闊萬里征帆何處尋

遊龍泉巖得十絕句 癸丑

池鈞巃 士湖 廣東潮安

在野龍潛雲未行出山泉濁在山清滄桑時局不堪問且喜蓬壺民物亨（其一）

山靈作主太多情空谷有聲傳送迎眞面恨今相見晚銜杯醉到日西傾（其二）

海市過來又蜃樓天然砥柱阻中流蓬洲便是蓬萊境世外乾坤任我遊（其三）

興來闢草復拈花石室深幽老樹遮僧剪白雲鋪破衲僮尋清水煑新茶（其四）

荒涼古寺曙鐘遲撥淨蒼苔讀斷碑世亂金剛張怒目年荒菩薩鎖愁眉（其五）

人傑地靈煞有關當年風雨奮名山書臺宛在人何處憑弔欷歔淚欲潸（其六）

擾擾煙氛海外來防邊久乏籌邊才彼蒼果有循環理再產東涯登將臺（其七）

險惡風潮不忍看問誰隻手挽狂瀾願巖化作龍泉劍斬盡妖魔策治安（其八）

地維天柱兩悠悠百道飛泉入海流長嘯一聲山岳震覺登彼岸急回頭（其九）

名山靈水因人傳　不必有龍與有仙　愛國男兒齊奮起　休將勛業讓前賢（其十）

遊巖後贈家芷雲先生 有序 甲寅

陳紹杜 菊農 廣東梅縣

六月八日與蔡淵卿君同遊龍泉巖訪翁襄毅讀書處歸途踵府專謁不晤與二少君道徇傾談許久回汕後走筆書五絕句奉懷

深山大澤產蛇龍　總制三邊一世雄　異代經綸誰與抗　我來過訪憶英風（其一）

八千里路召邊才　中道淪亡海宇哀　欲向龍巖訪遺蹟　空餘衰草讀書臺（其二）

羡君居傍龍巖窟　挹彼仁夫遺澤長　桑浦萬山鍾怪傑　蓬洲秋水見文章（其三）

山石狰獰成癥瘕　海雲縹緲結樓臺　君家風景眞奇絕　莽莽蒼蒼撲面來（其四）

蓬洲城畔踏斜曛　親踵華堂未見君　文采風流何俊逸　教儂長憶鮑參軍（其五）

初秋遊龍泉巖成詩三絕 甲寅

蕭鴻逵 秋南 廣東澄海

孤峰突兀起巖阿　一井龍泉甘露多　曲徑螺旋迷客路　老僧指引出山坡（其一）

襄敏臺前塔影尖　青山過雨白雲黏　此中自有清高處　石壁留題詩債添（其二）

寺前老樹夜棲鴉　楊柳煙村日影斜　莫訝禪房太岑寂　是空是色是僧家（其三）

龍泉巖遊集卷之四終

龍泉巖遊集卷之五

潮安陳龍慶芷雲氏編

古今體詩五十三首

陳紹杜 菊農 廣東梅縣

中秋日再訪讀書臺感賦四章 甲寅

是日偕黎君硯貽劉君俟武林君秀巖陳君衡甫同遊即呈芷雲先生正和

桑浦蜿蜒百里雄面臨浩瀚大江東深山廣澤鍾奇傑經濟文章屬巨公萬壑昏黃餘落日三邊總制想英風地靈聞說由人傑憑弔江山一望中（其一）

龍泉巖下洞天開黧黑纍然亂石堆海內叢殘耆舊集（襄毅文附潮州耆舊集此書藏版金山白蟻蠹壞存者寥寥聞近經李太守象辰捐廉重板）山中荒廢讀書臺萬家紅樹秋容澹千畝青苗照眼來滄海桑田清淺水五雲樓閣是蓬萊（其二）

葱葱鬱鬱氣佳哉想見龍蛇起陸來五百年生名世者八千里有鎮邊才外交棘手今猶昔禦侮無人事可哀枯骨塚中餘老朽痛他肉食禍成胎（其三）

橫飛外寇肆狠心封豕長蛇上國侵百粵邊才嗟寂寞萬方多難獨登臨名流耕釣皆生色怪石盤空起暮陰欲聽讀書聲已杳天風吹送海潮音（其四）

菊農君以遊詩惠示次韻奉和

甲寅　陳龍慶　芷雲廣東潮安

久從寰海識英雄揭嶺西來庾嶺東兩叩柴扉青眼客獨攜藜杖黑頭公仲秋喜着遊山屐上巳如修禊事風一望斜陽紅樹裏儼然身在畫圖中（其一）

洞天福地爲君開風捲殘花錦作堆（借舊句）石刻傳觀鸚鵡賦（韓山有昌黎鸚鵡碑龍巖有王公紀遊詩均名臣循吏遺墨也）勝遊疑上鳳凰臺史臣聊奏德星聚良友時殷舊雨來（林君秀巖別數年矣）且喜萬民歌樂只南山有杞北山萊（同遊黎君硯貽現任汕頭地方檢察官）（其二）

登高懷古思悠哉謖謖松風拂面來亂世宜尋醫國手（菊農槃槃大才且精於醫）渡江誰是濟時才戰雲黯淡征夫怨落日蒼茫庾信哀天地不仁芻萬物人中梟獍久胚胎（其三）

緬想前賢報國心讀書不怕雪霜侵朝廷喜得彊臣重囘紇驚呼上將臨人往風徽談舊事天高氣爽起層陰歸舟却惜秋江別珠玉流傳咳唾音（其四）

書紈扇贈芷雲距遊巖周歲矣

甲寅　王師愈　慕韓廣東潮安

又是秋風起黃花感歲時去年重九日誦子百懷詩棋局危如此籬霜傲有誰高懷紈素潔持贈寫相思

慕韓君以詩扇惠寄次韻賦謝　甲寅

陳龍慶　芷雲廣東潮安

欲訪名園勝揚帆且待時（君講學萃園有花木園亭之勝惜余未果渡海）遊山尋舊夢贈扇寫新詩明月原無際仁風更有誰文章千古重俯首拜翁思（漢書儒林傳王式字翁思）

重陽遊巖歸途口占呈諸遊侶　甲寅

金天民　雨耕浙江紹興

同遊者爲林彥卿王少斌馮印月陳无邪蘇遂園李曉塘諸君而芷雲先生則東道主也

石磴盤空起幽巖際嶺巔登臨剛令節遊賞景前賢（巖有翁仁夫讀書處）捫壁碑難讀振衣人欲仙塵勞偏役我回首在山泉（時余以報務羈絆匆匆先歸而遊侶尚未返）

次韻和金雨耕先生遊巖詩　甲寅

陳龍慶　芷雲廣東潮安

黃花好時節有客陟巖巔韻事傳千古遊蹤數七賢（余奉陪外遊客計七人）名山容遯叟酒國出詩仙倚馬雄才捷詞源似湧泉（君於薄暮到汕明天已從大東報得讀佳作矣）

遊巖訪讀書臺舊址感賦　甲寅

林焯鎔　彥卿廣東潮安

天地一山川得人名今古龍巖頗奇特蜿蜒支桑浦昔賢翁仁夫讀書築垣堵數百年於茲舊

蹟荒堂廡志乘絕無稽掌故詭老父假託否與然山靈實難吐遂令憑弔者形勝空摩撫芷翁家蓬城峰巒挹庭戶歲歲重九日佳句震寰宇相邀凌絕頂好客具醑脯美酒醉十千良朋擕三五去年君寄書負約愁肺腑今朝快登臨缺憾差可補出自西郭門追逐輕步武秋深禾黍秀風高萬木舞孤樹撐當門盤鶻磴紆組巨石懸虛跗側身入傴僂方憂觸頭角詎意豁洞府猿猱攢嵯峨疊嶂蹲猛虎飛鳥勢忽低滄波渺如縷極目曠平疇破碎繁村塢煮茗憩石室清談時揮麈四壁涼風生疏狂無賓主仰觀瀑布落勢將峭壁剖造物何年鑄播弄混沌土或者五丁力疏鑿擅鬼斧襄穀自千秋龍泉自不腐地勝以人傳儼作開山祖一朝會風雲當關懾邊虜方今日多事誰砥中流柱偉哉鄉先生置身藐連嶁九原如可作餘子安足數茫茫此山川晦明變風雨

次韻和林彥卿先生遊巖詩 甲寅

陳龍慶 芷雲廣東潮安

和靖詩中豪追蹤古人古槧筆遊龍溪輕舟過鱷浦假館輞川家軒齋與百堵（林君東道爲詩人王蘭甫孝廉新建華齋齋有假山亭臺之勝）詩酒樂蕭晨高朋滿廊廡臥龍未出山吟成歌梁父昔作龍巖詩一串珠璣吐奇句行雲遏瑤琴明月撫（潮人鮮能琴者先生獨精於琴學）閒庭疊假山送青入窗戶引我山中行曲折神仙宇高登玩月臺如啖迎涼脯怪石堤嵚崎不數名丘五遊能與悠然清談傾肺腑此境誠大觀斯行非小補何妨杜拾遺託足依巖

武遨君龍巖游湖山足歌舞喜君結伴來遊侶費織組人遇蘇軾豪（謂蘇遂園）客非郤克僂王褒與李膺（謂王少斌李曉塘）亦出圖書府逸興狎閒鷗詩情誇纖虎秋水接長天上下如一縷穿我菊花籬訪我梅花塢相將出西郊玉屑霏談塵勝境本宜人名山今得主莽莽望神州瓜分復豆剖中原鼎沸餘留此乾淨土釣水任投竿採山因買斧（借舊句）賢豪不遇時草木同朽腐愛國屈靈均憂時楊德祖無路請長纓何日平胡虜落拓作詩人過橋且題柱縈紆入洞壑殘碑訪岣嶁石赤字不青糢糊約畧數歸途夕照斜不作重陽雨

偕芷雲同年遊巖即事 甲寅

王道正 少斌 廣東潮安

甲寅之秋九月九芷公招集羣詩友余亦乘舟訪戴來蓬洲城裏齊聚首玉盤珍饈錯雜陳金樽滿貯黃花酒感君意重飲啖豪把盃舉箸不停手酒酣乘興共遊山山在蓬洲西郭間老樹雙株烟一抹中藏古寺龍泉巖巖有前賢讀書處天生怪石疊嶢嶢穿石泉流涓涓出沁人齒頰清月甘巖上山徑絕崎嶇懸崖峭壁不勝逾巖下田疇鱗鱗接溝洫縱横路縈紆近望江村遠滄海大船小艇往來趨夕陽明滅樹聲壯裝點秋山如畫圖君不見蘇子重遊赤壁中曾蹤虎豹登虬龍劃然一聲發長嘯山鳴谷應動幽衷又不見昌黎西行登華嶽扳藤附葛履蠶叢放聲大哭不得下千載猶慕其高風今日振衣凌千仞志趣將毋二公同佇立高峯最高處俯瞰萬象已俱空人生適意行樂耳莫問理亂與窮通明年此會君記取攜壺挈榼仍相從

次韻和少斌同年遊詩　甲寅

陳龍慶　芷雲　廣東潮安

神州厄運丁陽九莫肯念亂邦人友猿鶴蟲沙萬骨枯令儂蹙額兼疾首難尋避世桃花源安得銷災菊花酒斧柯未假欲何爲悵望龜山空袖手苦中尋樂且遊山倏忽雲生杖履間洞壑幽深風料峭遊客錯呼白水巖（同游某君言間有一洞與吳殿邦讀書之白水巖相似）南方草木喜溫暖多少林梢擁碧巘席地烹茶邀客飲龍泉竟比醴泉甘有客升高凌八嶇或前或後互相逐何時濟川破巨浪（遠望海山達濠一帶如在目前）長望臨風心鬱紆（借舊句）名山招隱非無意楚狂歌鳳接輿趨放眼潮州耆舊集傷心鄭俠流民圖須臾入出亂山中力如虎豹氣如龍漫說書生不神武補天浴日矢丹衷襄毅當年亦儒者讀書此地扣幽叢一朝得志慰民望靖邊匡國振雄風我來臺畔摳衣拜同遊諸君將毋同滄海明珠爭夜月豐城劍氣燭長空無道則隱有道見尼山學說最明通獨善兼善隨所遇可許老友執鞭從

九日登翁公讀書巖呈丹銘君　甲寅

王道正　少斌　廣東潮安

天地有奇境留與奇士得蓬洲山之腰玲瓏幾塊石結構成巖洞若闕又若闢上有一廳事下露一罅隙上下曲曲通容身頗不窄達哉賢者心借此作壇席在山讀奇書出山建奇策節鉞鎮邊疆威名震蠻貊迄今數百年滄桑幾變革斯地出斯人談者猶嘖嘖志乘雖無徵衆口終

不易南陽諸葛廬東山謝公宅英雄未遇時居不厭幽僻一朝成大名泉石俱生色赫赫襄敏公吾潮之巨擘九月九日秋我來尋遺跡秋風吹我衣秋雲生我屐流泉穿穴清老樹斜陽夕四圍亂峰青一望滄海碧繼起者何人吁嗟今與昔

遊巖得詩贈諸遊侶　甲寅

馮嘉鑄　印月浙江仁和

獵獵西風萬壑哀秋光巫老讀書臺偶逢佳節飛遊屐難得羣賢共酒杯極目孤鴻天際去賞心叢菊座中開新詩題向花箋上愧乏當年杜牧才

次韻和馮印月先生遊巖詩　甲寅

陳龍慶　芷雲廣東潮安

秋老蟲聲繞砌哀最無聊賴獨登臺偶遊野寺雲生屐猶勝中庭月照杯奇石嵯峨雙掌擘（寺右巨石近被人劈破）名山險阻五丁開欲尋賢吏留題處巖畔古碑空綠苔（借古句）

遊龍泉巖卽事　甲寅

陳予齡　无那廣東潮安

着屐同登最上峰搜尋遺跡拓蒙茸千山爽氣趨冀九萬壑秋聲占古松極浦征帆歸謝朓（金君雨耕因事先返）懸巖落帽笑元龍（芷丈命奚童帶榼擕壺席地清談客有話孟嘉故事問以諸語丈大笑）勝遊俄頃天何靳恨煞斜陽晚寺鐘

和无那宗兄遊巖詩次原韻

甲寅

陳龍慶 芷雲廣東潮安

重陽時節我登峰不見深山鹿養茸（借蘇軾句鹿非南方所有）席地名流臥芳草迎門老幹當蒼松碑文磨滅王摩詰詩思縱橫陸士龍山柿有緣遇詞客攜歸同聽自鳴鐘

九日偕友遊巖錄呈雲叟正和

甲寅

蕭鴻逵 秋南廣東澄海

深秋氣候佳時逢九月九詩人喜登高龍巖堪聚首人傑地亦靈茲山得名久賢臣讀書臺寂寞無人守來客把詩吟題糕稱妙手烏帽凌江風白衣送村酒乘興坐蒼苔石洞會良友細懷翁仁夫遺風終不朽空刹不見僧獨有一田叟問客欲何之黃花東籬有醉後各言歸明月出溪口

秋南親家寄示遊詩次韻奉和

甲寅

陳龍慶 芷雲廣東潮安

鄭侯未入關氣吞雲夢九肆策定中原勦王且授首楚漢息紛爭英風傳播久後人隱寄園長才甘退守未揮返日戈暫縮擎天手長安一局棋蓬島三杯酒着屐龍泉巖尋得山林友憑弔讀書臺臺空名不朽清泉惜無魚罕斷垂綸叟持此釣詩鉤留題健筆有一笑出山來白雲迷洞口

雲叟邀余遊巖因事未赴賦謝 甲寅

王廷臣 蘭甫選 東潮安

憶昔登高九月九曾佩萸囊飲菊酒而今佳節又重陽折柬安排邀吟友忽聞有客叩門聲道是詩人陳某某恰為訂約特地來招我龍泉巖上走今朝天氣快佳晴況連地主最多情未擬遊山先設宴招邀詩侶到楚傖高情似此可心領呼童早辦遊山艇詎期蛸務擾襟懷拋卻龍泉看風景龍泉風景播今古前賢讀書穴中處泉水涓涓繞巖流洞壑玲瓏碧虛府仰瞻星斗手可捫下瞰峯巒首頻俯古寺敲時僧笑迎亂峰缺處雲常補峻嶺森林各孕奇陟險探幽不覺苦凡茲勝境眼曾經十年往事重回數（十年前同少斌君等遊此）如今盛會又難追聞道羣公盡賦詩或者天心藏我拙故教爽約負君期青山不改年年在未必高陵變滄海明年此日又重陽且與先生屈指待

次和蘭甫孝廉遊山不果詩 甲寅

陳龍慶 芷雲廣東潮安

潛龍勿用占初九舉世酣嬉如中酒眾醉何忍獨為醒笑呼醉龍作酒友龍喉流出滿山泉汲泉煮茗問誰某笑我好龍類葉公年年結伴龍巖走白雲紅樹快秋晴有遊不可無詩情欲向騷壇求盟主扣門休訝語音傖十里湖山待管領君言將泛龍溪艇誰料下帷董仲舒不為避世陶宏景郵筒飛遞七言古知君謙謙敦古處君居恰似臥龍岡洞天福地神仙府（先生軒

齋有假山亭臺之勝）君才早擅雕龍手海內名流首齊條再到天台阮肇迷重遊赤壁蘇公補幾度悉君不見君令儂遲客臨江苦龍山落帽讓羣英十哲七賢隨意數往者不諫來可追王粲登樓又賦詩明年此會君尤健呼龍種草莫愆期龍飛利見大人在肯任羣龍戰滄海願君霖雨慰三農蟄龍一出風雷待

又賦二律再呈雲叟正和

甲寅

王廷臣 蘭甫廣東潮安

買舟江畔意匆匆半爲尋山半訪公勝會忽因他事阻遊懷還與故人同心隨桑浦千峰轉望斷蓬洲一水通莫待老來清興減羞將短髮向西風

澌擬登高結伴行詎期爽約負深誠愁懷難遣應憐我光景無邊且讓兄菊酒未能和客醉巖泉空想濯纓清他時勝迹須重到山水長留不盡情

又和蘭甫孝廉兩律原韻

甲寅

陳龍慶 芷雲廣東潮安

勝遊蹤跡太匆匆醉插茱萸更憶公乘興喜無秋雨阻相思恰有暮雲同長天寥廓龍巖峭曲徑縈紆鳥道通底事仙溪溪畔水錦帆偏遇石尤風

石室尋碑曳履行知非慣帖寫蕭誠蔡淋斜倚如奴婢萍水相逢亦弟兄（遊侶多人間有初會者）出岫閒雲晨氣潤當門老樹午陰清何時共飲黃花酒憑弔河山萬里情

遊巖不果登樓感賦三星雲叟　甲寅　王廷臣　蘭甫廣東潮安

瑟瑟金風入畫樓危闌徙倚動悲秋千年盛會虛前約十載重陽感舊遊賴有詩歌酬晚節幸無兄弟滯他州寒砧薄暮聲聲起獨對涼天寫四愁

三和蘭甫孝廉登樓感賦詩　甲寅　陳龍慶　芷雲廣東潮安

高臥慚無百尺樓連天烽火滿園秋千山草木同凋落兩岸蒹葭共溯遊東去大江悲逝水西來戰禍弔神州登臨不盡牢騷感豈特君愁我也愁

芷雲招遊不果聞盛會而羡之卻寄一首　甲寅　林純儒　小迂廣東潮安

負君昨日召遊山廣集詞林未許攀佳句壓人題佛壁清泉沁齒叩禪關奚須惠遠玄機話喜有元龍俗慮刪管領騷壇齊頫首諸峰亦讓笑開顏

遲迂叟不至蒙惠詩次韻奉答　甲寅　陳龍慶　芷雲廣東潮安

由來佳士喜看山擬把逋仙杖履攀暮對黃花開栗里朝無紫氣過函關靈泉瀹茗杯誰共落葉添新草漫刪短鬢搔來同一笑流霞應許駐童顏

擬作龍泉巖遊詩 甲寅

林純儒 小迂 廣東潮安

洗盡鉛華景致幽同來攬勝恣嬉遊獅峰毒霧千林散鮀浦炊煙萬竈浮閒擷山花停客屐奇探石室上僧樓放懷一覽空天地清氣能消萬斛愁

次韻和迂叟擬作遊巖詩 甲寅

王道正 少斌 廣東潮安

秋風吹徧亂山幽又值重陽趁勝遊樹色深中孤寺靜江聲急處幾船浮清流曲折纓如帶怪石巍峨疊作樓極目海天無限感有人惹動舊鄉愁

疊前韻再擬遊巖詩 甲寅

林純儒 小迂 廣東潮安

上來獅嶺徑通幽丘壑高低信步遊野草含霜人跡瘦禪林映日佛光浮讀書先輩留虛室攬勝前村掩畫樓頃刻金風亂雲黑濛濛色蘸一天愁

再和迂叟遊巖詩疊前韻 甲寅

王道正 少斌 廣東潮安

洞門寂寞院清幽穿（狭）徑間階任自遊一掬泉源沾齒冷四圍雲氣盪胸浮僧人老去空禪榻名士居荒剩佛樓更上高峰最高處一聲長嘯散千愁

次和林王兩叟擬作遊巖唱和詩 甲寅

陳龍慶 芷雲廣東潮安

林逋詩思本清幽況値良辰賦勝遊黃葉打頭華髮短金風吹帽暝煙浮名巖湧現雙龍鬬健筆添修五鳳樓底惜相思不相見山靈亦替鯫生愁

再疊前韻二首柬芷雲君 甲寅

林純儒 小迂廣東潮安

龍泉一角嶺深幽此會同人得意遊共締詩緣來福地漫尋香夢繞羅浮紙鳶亂舞搖銀漢山雀驚飛觸玉樓最好法門眞自在也無歡喜也無愁

巨石爲龕古木幽西天佛子亦東遊詩鐫峭壁多苔蝕雲渡前峰向屐浮一掬甘泉龍戲海萬般世變蜃成樓讀書追憶翁襄敏戰畧邊功起敵愁

擬作遊詩蒙芷雲君賜和賦謝 甲寅

林純儒 小迂廣東潮安

不鬬尖叉已十年阿誰再許結詩緣元龍豪氣依然在迫我吟成第一篇（其一）

健筆騷壇擅勝場名流陸續上佳章自慚老婦今新嫁欲向高門費忖量（其二）

隨人勉強賦遊山竟荷褒詞笑解顔文字緣多交誼重一詩一韻亦相關（其三）

不須仿宋復規唐下筆推君最擅場今日雷門撾布鼓掀髯應笑老夫狂（其四）

和迂叟詩蒙以詩謝次韻奉柬 甲寅

陳龍慶 芷雲廣東潮安

追逐名場憶往年，底今文字結因緣。廿年以長宜師事，求友翻賡伐木篇。（其一）

羡君筆陣掃詞場，神勇渾如謝彥章。白戰無須持寸鐵，騷壇健將孰衡量。（其二）

商量采菊對南山，汲取龍泉洗醉顏。卻怪秋風吹不到，令儂鎮日啟柴關。（其三）

憐儂未老已頹唐，樵水漁山夢一場。折取茱萸簪兩鬢，路人休笑放翁狂。（其四）

芷雲疊賜和章又讀百懷詩集疊韻再答 甲寅

林純儒 小迂廣東潮安

聲氣相聯自昔年，詞壇老附續前緣。不分上下牀容臥，儼重懷人一百篇。（其一）

時事遷移感劇場，牛衣垂老臥王章。宦情久淡詩心在，猶荷君將玉尺量。（其二）

佳句琳琅類寶山，秋宵懷舊散愁顏。殘僧退院猶深願，饒舌從今意更闌。（其三）

多君詞筆擅三唐，詩聖詩仙入選場。讀罷擊壺壺幾碎，吟情不覺爲君狂。（其四）

題襄穀讀書處呈陳夫子郢政 甲寅

湯解綱 君仁廣東澄海

巖泉滴滴幽咽鎖，煙霧中有前明翁公襄穀讀書處，到此令人低徊留之不能去。

龍泉巖遊集卷之五終

龍泉巖遊集卷之六

古今體詩六十四首

潮安陳龍慶芷雲氏編

芷雲宗兄邀遊未赴因寄以詩　甲寅

候選同知陳書翼燕如廣東澄海

禪林有幸集文旌陡覺流泉聲轉清野鳥停飛觀盛會山靈不語記人名登高笑客酒先醉拈韻問誰詩早成老我頹唐難赴約傾心西望拜長庚

越日又寄一首　甲寅

候選同知陳書翼燕如廣東澄海

靈泉十里路非遙且喜秋深草未凋勝友同來皆舊識山雲自至免相邀雄才倚馬爭奇句出水眞龍奪錦標小酌微醺增雅興主賓詩思大江潮

奉和燕如伯先後兩詩次原韻　甲寅

陳龍慶芷雲廣東潮安

臨江遲客盼行旌辜負東山絲竹清賫茗無緣邀杖履語冰有集播聲名（先生詩集余爲之序）人遊勝地思三老樂奏鈞天聽再成萬物得時禾稻熟雅詩端合補由庚（其一）

絕巘憑臨眼界遙暮秋天氣藕花洞登高縱得羣賢集探險難將季弟邀（子文前於巖中探得一洞爲余足跡所未經今旅居京邸數載未歸）桃李園中談妙句（先生有過洗布坑果園詩已編入是集）耆英會上想丰標生憎十里龍溪水不載先生趁早潮（其二）

蒙招重九遊巖因病未赴賦謝　甲寅

盧卓民　悔塵　廣東新會

鮀江久已慕詩名每恨緣慳未識荊驥尾欲隨名士後病魔反斲主人情自憐飄泊如蓬梗強把牢騷付酒觥他日龍巖欣把袂相逢端合話平生

約盧君來遊不至次原韻奉答　甲寅

陳龍慶　芷雲　廣東潮安

海內喧傳李杜名無端淸恙阻班荊青山不老千年壽碧海長流萬古情下里歌詩慚白雪重陽展會酌瑤觥留題再訂登高約石上休嫌苔蘚生

五遊龍泉巖卽事　有序　甲寅

陳之英　島嵐　廣東潮安

桑浦佳勝莫甘露龍泉若昔人謂甘露顯豁龍泉幽深故甘露宜春而龍泉宜秋余自乙巳重九始著遊蹤嗣是而丁未戊申庚戌無歲不來來必與王君弼臣偕今年又偕王君及陳君小豪登焉十稔五遊追念前塵輒增感喟乙巳之游余曾作記庚戌開韓公治潮第二次

紀念會作祝辭今年之遊不可以無言也乃紀以詩

洪荒開闢勤摩盪成奇境亂石累高峰巨靈延修嶺健鶻盤太空斑虎蹲踞猛又如老桃松枝間着幾壓渴驥勢若奔清泉流成井飲之甘於飴免向山僧請崎嶇拾級登徑仄心常警宛轉不見人惟聞泉聲哽虛巖忽洞開庭除門戶整雉堞拱蓬洲平疇俯萬頃海水止無波時見輪帆影返身拔席臥四山咸寂靜但聽雁聲過都忘人世梗了了悟前因悠悠萬慮屏十稔五來遊靈奇久身領無能賦登高復少題糕餅此地信有緣嗟余也何幸得意不忘言抒寫中心耿采菊簪盈頭歸舟覺衣冷

加硃以新王公石刻並紀以詩　有序　甲寅

陳龍慶　芷雲廣東潮安

康熙癸亥湘潭王山長先生岱宰是邑甲子來遊龍泉巖成詩一律鐫於石壁按先生以老名士現宰官身當少壯時遊京師設帳於王侯大人之門其後生徒多有仕至督撫大吏者晚歲一官小試貴顯門生多致書候起居通情愫先生恥於援緊夷然不屑裁答當宰澄時值海寇披猖之後民不聊生先生乃集哀鴻裁猾吏釐奸剔弊興學明倫風俗爲之丕變凡學宮祠宇隄岸澤梁之殘廢者先生一一修復之邑志毀於兵燹先生旁搜博采手輯成書居官廉介人不敢干以私每出乘籃輿攜食具雖勺水不以擾民性豪邁高自期許於上官前抵掌談時事旁若無人上官多厭之不得調卒於官祀名宦父老至今謳思弗替邑乘藝

文中載先生詩頗多巖之石刻特吉光片羽耳詩刻於康熙甲子迄今年甲寅計二百三十一年字多漫滅難認余考諸縣志得窺全豹惟第七句何期作吏富遲暮句志竟改作何期作令餘年日盖縣志重修於嘉慶之甲戌距勒石時已百三十一年矣採訪失眞亦無足怪但改筆遜於原作不得不表而出之嗚呼時局滄桑風雲變幻此二百餘年中政體之變更如何國勢之强弱如何官吏之賢否如何民生之休戚如何學務之盛衰如何憑弔江山令人興今昔之感而此寥寥數十字爲斯巖石刻之最古者不隨衣冠文物以俱湮亦微闡幽徵文考獻後死者責也數年前有心人加硃新之但惜其考據不精於殘毀處未由補正而第三韻之樓字復誤作秋其愛護之心可喜其考訂之學尙疏余於近日率兒輩釐正而加硃焉並歌以紀事（石刻一律載本書卷二之首頁）

王公宰澄多善政煌煌宦績光邑乘流傳石刻在巖阿詩情豪邁筆蒼勁迄今二百卅一年陵谷滄桑幾變遷吳宮麋鹿遊臺榭晉代衣冠葬墓田且喜山容長不改白雲紅樹依然在殘碑字跡半糢糊幾回慨慕絃歌宰高山流水知音稀志書刊載是耶非有客施朱訛亥豕何人訂誤辨書紕君不見禰衡默寫蔡邕作兩字不明憐剝落（後漢書禰衡與黃祖子射俱遊共讀蔡邕碑所作文射愛其文還恨不繕寫衡曰吾雖一見猶能識之惟其中石缺二字爲不明耳因書出之射馳使寫碑還校如衡所書莫不歎服）又不見石赤字青神禹碑千秋不朽塗丹雘鬼神呵護託空談風霜剝蝕不能堪考獻徵文儒者事摩挲石壁駐遊驂研朱滴露揮毛筆

一道紅光虹貫日揪軿一笑萬山秋錯認燃藜來太乙

次韻奉和考據王公石刻詩句 甲寅

廩貢生 蕭瓊常 遯愚 廣東南海

四海趨風變新政洪荒未見奇史乘何人創兹翻天策蓬科不如小草勁游霧騰蛇曾幾年鬼
謀曹社忽已遷逖聽風聲還未已蕭牆之內犁爲田天鑄鐵心不能改我亦鐵魂萬古在生當
濁世惟讀書非此何以答眞宰君家萬卷知者稀書堂闃寂無是非徵文考獻日不暇更欲借
書備一額龍泉巖字前人作雨淋日炙多殘落使君詩句久漫漶我公親爲塡丹雘時移世變
問誰談石經三寫亦何堪傳訛質誤古不免烏焉爲馬成飛駿我公精細一枝筆頓使前人瞠
星日擲筆而起且高歌囘首秋雲山乙乙

芷翁既正王公石刻喜賦一律 甲寅

候選同知 陳書翼 燕如 廣東澄海

王公昔歲此攀躋健筆凌空萬象低世護甘棠思召伯民沽[沾]雅化頌昌黎古碑古字增振觸名
宦名山細品題二百餘年留手澤有時奇氣吐虹霓

讀諸公題王公石刻句漫賦 甲寅

陳予齡 无那 廣東潮安

宦海浮沈歷百蠻當年曾此叩禪關荒涼佛殿僧何處殘缺遺碑蘚自斑筆底龍蛇傳古豔雲

鬪雞犬列仙班（此詩步諸公後塵）從今續得零香在浩氣依然駐九霄

秋日遊巖酬主人並呈諸遊侶

甲寅

楊沅 季岳 廣東梅縣

同遊者甲種商業學校校長崔伯越汕頭警察所長淩去愚地方檢察官黎硯貽商業監學鄧籍香舍監李耀宇英國教員皮儷同濟分校校長林偉侯諸君時重陽後五日也

湖海元龍在蓬仙畫閣開庭風誇玉樹（主人爲陳芷雲參軍其世兄少雲道徇衡甫昆仲森然玉立）樽露愛玫瑰（午宴玫瑰露特佳座客皆醉）掃葉烹佳茗登雲席碧苔行行香稻遠人盡上山來　（其一）

絕巘連獅尾（巖右山名獅尾）攀巖愧導師（崔校長東遊謂恃余爲導師殊校長特健與淩黎二公共淩絕頂余瞠乎後）力追鷹隼疾聲聽鷓鴣低（巖左小山名鷓鴣山）曝卷從今讀（翁公臺前有曝書石）狂吟悔舊題（戊戌年遊此曾題五律十五首於壁）書臺呼太乙曾否此燃藜　（其二）

去齒迴遊屐仙儔喚復㬊名山曾識我荒寺已無僧得句驚何速餐芝愧未能似嫌名姓俗齊記禹門登　（其三）

話別長橋外回看列岫中出山寧竟濁暝色未全空船亞盈秋月帆欹半晚風思賢頻拊髀深慨問誰同　（其四）

次和季岳明府遊巖大作韻　甲寅

陳龍慶　芷雲　廣東潮安

陶潛方避世三徑爲君開采菊釃（醨）家釀簪萸勝碧瑰牆腰樂薜荔（潛園竹籬藤蘿正盛）展齒印莓苔喜踐登臨約佳賓結伴來（其一）

春風曾得意名字動京師（季公爲戊戌科進士）木落千山瘦雲深萬壑低龍方歸洞臥鳳不到門題嘗透蒓鱸味（季公分發廣西以知縣用辦嶺東報回籍）西郊引步遲（其二）

彌陀開口笑問訊苦難嚐攬勝今思昔幽棲俗亦僧（自燈光和尚離山後住持者爲似僧似俗之陳洽濼）梅花探鄧尉橡實飯崔能（唐書崔從與兄能偕隱太原山中拾橡實以飯講學不廢時同行有崔校長故云）甲乙丹梯迴青雲路共登（其三）

羡君凌絕頂舒嘯萬山中宛爾蹸遊藪飄然鳳下空籬邊誰冒雨臺畔合歌風掃石題名姓香山九老同（遊侶提議題名勒石斯遊恰滿九人）（其四）

次和季翁靈泉巖呈遊侶之作　甲寅

崔景元　伯越　廣東南海

宦退陳無已閒門不易開藏書宜子弟鏤句盡瓊瑰展會酬簪菊題詩待掃苔清遊同載酒先約子雲來（其一）

奇賞殊邢彥（皮僊）圖傳藝事師（李耀宇爲山攝影）遙瞻雙樹現屨陟衆峰低曝卷尋

遺石靈泉證舊題（安臣改龍爲靈）小僮偏好事臂助勝扶藜（其二）
趫捷升何疾窮幽阻莫隮（凌去愚黎硯貽）追攀猶許我鄉導更無儈陣作貪狼出秋呈健（其三）
鶻能未應輸百尺回首語陳登
坐茗高留字徘徊水石中虎溪忘送遠獅嶂起旋空歸棹愁昏月單衣怯夜風獨憐何水部官
閣興誰同（檢察廳長何朵壇約同遊不至）（其四）

尋讀書臺遺址賦贈芷雲參軍

甲寅　崔景元　伯越　廣東南海

聞道蓬洲舊戍村近逢無己有詩孫鼓鼙將帥悲前哲湖海人豪老故園極微橫馳山戴石懸
巖孤秀樹當門摩崖爲指留題處一例荒涼宿草痕（勒石之亡友謝安臣已下世矣）

和崔舍人惠贈大作次原韻

甲寅　陳龍慶　芷雲　廣東潮安

秋老蓬洲橘柚村織裳雲錦羨天孫遊山有幸邀吟屐問世無才臥小園巖壑幽深招隱館煙
波浩渺望仙門（巖面大海）欲尋崔顥題詩處知是泉痕與墨痕（校長以清泉盥洗）

次和崔校長韻再贈芷雲

甲寅　楊沅　季岳　廣東梅縣

乘輿登臨不記村錦雲佳何織天孫點頭說法看巖石（參軍長淪智學校將十年）抱膝吟

風剩舊園半落問天趨絕頂商量題字近山門海中多少蓬瀛景爲約鴻泥再印痕

遊巖成詩次崔校長韻贈遊侶

甲寅　凌鴻年　去愚　廣東番禺

疑是桃源世外村衆峰翠繞作兒孫只今杖策躋危磴重使行人憶故園可有遺經藏石室空餘大樹表僧門他年再有登臨約細認留題舊墨痕

和去愚先生大作疊崔君原韻

甲寅　陳龍慶　芷雲　廣東潮安

靑山繞郭水環村夜雨秋鐙自課孫（家孫衍洙已八歲矣）久仰吏才光嶺表欣逢旌節過潛園登高補作重陽會選勝斜穿衆妙門欲向仙鄉尋尺蠖庭階可有舊鞋痕（七月間遊外馬路見有榜其門曰蠖廬者字既古雅意亦新穎後乃知爲先生住址過門不入至今歉然）

勝遊未赴讀詩爲之神往賦呈同遊諸君

甲寅　凌桂年　念喬　廣東番禺

霜林紅葉醉荒村野老桑麻課子孫近喜元龍耕畎畝不聞唳鶴警田園三湘香草迷幽徑一角斜陽倚壁門景仰高山人去後摩挲巖石剩苔痕

和念喬先生大作三疊崔君韻

甲寅　陳龍慶　芷雲　廣東潮安

龍在深山鳳在村漂流不作魯濱孫馮驩市義彈長鋏庾信哀時賦小園去齒偏遲名士屐鞠躬誰叩主人門明年此日茱萸會願借鴻泥印爪痕

秋日訪陳參軍次崔君韻賦贈

甲寅

鄧爾慎 籍香廣東大埔

山城斗大半人村秋老寒畦芥有孫共識先生家栗里不辭賓客過梁園欲歸亦擬耕南畝終窶偏傷賦北門惆悵扁舟自來去暝煙一棹入潮痕

和籍翁過訪留贈大作四疊韻

甲寅

陳龍慶 芷雲廣東潮安

寥落孤城冷似村檳榔生子竹生孫（借舊句）侵晨佳客遊蓬島垂老詩人隱寄園（謂鄰村蕭秋南明府）枕簟高懸徐孺榻斧斤錯弄魯班門讀書人去荒臺在憑弔西風有淚痕

兩度遊巖賦贈主人芷雲先生

甲寅

黎祖健 硯貽廣東番禺

龍巖奇氣鬱青蒼中有高人躅自芳久欽才名埋劍氣時將逸興付詩囊砭頑筆挾風霜冷閉戶書成歲月長太息中原方鼎沸未容諸葛臥南陽

次韻和黎硯貽先生惠贈大作

甲寅

陳龍慶 芷雲廣東潮安

龍巖百尺聳穹蒼雲物淸幽草木芳有客登臨陟蓬島何人避禍佩萸𧍙坡公赤壁重遊樂（君於中秋日來遊距今恰滿一月）介甫青苗萬頃長無計留君君竟返秋江送別立斜陽

與同人訪襄毅公讀書臺感賦　甲寅

鄧爾慎　籍香　廣東大埔

歲朔已更忘甲子未除結習作重陽滄桑刧後孤城在僧侶逃亡古寺荒曠代有才應灑淚中原多故幸還鄉山頭悄立頻頻望不覺歸途日已黃（其一）

登高與子猶能賦訪古何人共讀書招隱似聞薇蕨盡快遊剛趁菊花初長安西望傷時局揭嶺南來感故居獵獵秋風山下路鄉關人物近何如（其二）

和籍香先生遊山大作次原韻　甲寅

陳龍慶　芷雲　廣東潮安

金陵王氣銷沈盡可許遺民臥首陽某水某山足游釣一丘一壑闢洪荒疏鐘敲碎醒繁華夢吟屐踏殘筍蕨鄉我欲尋君偕隱去任他龍戰血玄黃（其一）

搜奇好續齊諧記（嶺東報常登君諧著語必解頤）考古曾翻越絕書（君湛深古學科舉時代試必異等）情話連綿人去後（同遊諸君凌絕頂余不能從賴君及偉侯先生席地而談）輕帆搖曳雁來初神仙洞府皆安宅泉石膏肓此卜居賦就長門無處賣茂陵秋雨困相如（君談遊西湖舊事謂欲盡主雅之遊與必多備主俗之銀圓余恨有志未逮）（其二）

次和籍香訪讀書臺感賦大作　甲寅

楊沅　季岳　廣東梅縣

惡溪南下趨宗海庾嶺東分入揭陽極目稻畦隨地熟何年蓬島破天荒十洲瑤島添新詠卅載簾泉憶故鄉（梅縣東有簾泉巖）絕頂共登人倚醉玫瑰深碧菊觴黃（其一）

名將風流本是儒嚴曦猶爲曝藏書東林黨錮雖消恨西塞歸來得遂初滄海那堪笳鼓警古城猶護水雲居峰頭也欲追羣哲自笑年來健不如（其二）

讀籍香詩有感舊遊次韻奉和　甲寅

溫廷敬　丹銘　廣東大埔

名山蠟屐難忘處明代人才數揭陽南嶺遠來窮海盡東涯去後故臺荒雪泥七載留前迹（自己酉遊此距今七年矣）風物一朝愛此鄉爲問蓬萊清淺否九秋落葉半巖黃（其一）

探幽不獨爲奇景名世當年此讀書鶴谷遠留平虜績龍巖重溯結廬初山川靈秀無休歇人代遷移孰隱居今日鼓鼙思將帥讀君名作感何如（其二）

讀訥公和籍香詩回溯前遊疊此轉和訥公　甲寅

陳龍慶　芷雲　廣東潮安

溫嶠昔日燃犀地百尺寒泉咽夕陽文獻淪亡千古恨河山破碎一臺荒蹟留鴻雪尋前夢秋入鱸蓴憶故鄉記否溪橋迎送處柳花飛盡菜花黃（其一）

邀君再訪龍巖勝報我難尋雁帛書（兩函邀遊未知達清聽否）行邁三章東渡後臥遊一枕北窗初蘚苔欲剔王公石松菊猶存陶令居寂寞荒山僧去盡禪關誰與話眞如（其二）

酬芷公轉和拙作疊前韻　甲寅

溫廷敬　丹銘　廣東大埔

羅浮四百無緣覩（屢擬往遊羅浮不果）日日登樓玩夕陽卻憶靈巖傍西郭更思奇傑冠南荒到來便欲忘塵世別後渾如憶故鄉太息孟公投轄意秋風七度菊花黃（其一）

萬奇盡剔留題跡好客爭傳折柬書遠兒聲名通白下（昭文四朝詩選曾採君作）獨致氣誼溯黃初滄桑變助詩人筆河嶽靈鍾處士居白雪陽春都絕調蕪音下里愧難如（其二）

讀訥公寄酬大作三疊韻奉柬　甲寅

陳龍慶　芷雲　廣東潮安

弔古人來尋故址登高客散立斜陽遺民零落衣冠盡戰壘蕭條卉木荒適楚有聲皆激越避秦何處是家鄉幾時種得忘憂草酒熟花開擘蟹黃（其一）

董狐死後無良史司馬生前有異書徧地烽煙傳令候滿城風雨上燈初失時燕雀巢危幕閒道驊騮拱帝居（近日某某請復帝制）久仰三長才學識故人珥筆近何如（其二）

奉和籍香先生遊巖詩原韻　甲寅

林國英　偉侯　廣東饒平

龍僅爲泉龍亦小當年諸葛臥南陽名山能壽高千古絕頂同攀陋八荒落帽孟嘉休悼往登樓王粲總懷鄉歸來三徑餘松菊老圃秋容照眼黃（其一）

有臺能壯山川色不朽勳名唯讀書庭院荒涼人去後雲天寥廓雁來初倦遊始覺林泉樂遠引寧從木石居憑弔英雄無限感成都今已老相如（其二）

遊巖凌絕頂成古風一首 甲寅

黎祖健 硯貽 廣東南海

蓬洲陳子人中雄萬丈奇氣摩蒼穹招我來遊龍巖寺羣賢畢至修禊同廟壁龍蛇勢飛舞當門老樹枝撐空嵯峨怪石峭如削澗底泉流聲潨潨遂巖幽邃寂萬籟中有古佛僂其躬一巖各有一堂奧誰施鬼斧與神工詢是昔賢讀書處到此感喟懷翁公名山脩養遠世慮面壁十年多苦功出看蒼昊瞰絕壁側身攀蘿履蹬叢縋幽鑿險歷艱阻會凌絕頂登閬蓬一覽衆山皆培塿呼吸直欲與天通解衣磅礴藉草臥劃然長嘯臨江風

次和黎君詩並謝其書名勒石 甲寅

陳龍慶 芷雲 廣東潮安

一夫當關萬夫雄高山突兀接秋穹同遊諸君凌絕頂險阻將毋蜀道同振衣千仞岡頭望廓然四顧俗緣空巖左有坑名洗布奔騰鎮日瀉驚潨祇存二客藉草坐冒險未能笑藐躬商量勒石記遊侶椽筆直參造化工先紀本國後外國九人中有紫髯公（謂皮僊先生）諸君卓

卓淩霄志會向燕然勒戰功讓我名山老藏拙歲時觴詠賞芳叢皋夔巢許忝同列聚散無端類梗蓬綠槐夾道三公瑞紅豆相思萬里通他年再賦滕王閣馬當應助一帆風

遊巖得詩酬主人並東諸遊侶

甲寅

林國英　偉侯廣東饒平

已過重九尚登高湖海元龍意氣豪爲訪遺徽增韻事維持風雅屬吾曹（其一）

登臨高挹先生風嶺海蒼茫入望中明社丘墟清社屋一臺兀立亦英雄（其二）

主人酌我酒盈卮醉向巖阿讀舊碑嘯傲湖山容我輩登高望遠有新詩（其三）

漫論遺大與投艱且占林泉一日閒巖石有緣留姓字會開九老繼香山（其四）

次韻和林偉侯先生遊巖大作

甲寅

陳龍慶　芷雲廣東潮安

聞說龍巖百丈高登高作賦羣公豪我來小試題糕筆合與先生作椽曹（其一）

披襟快對大王風多稼如雲在眼中（借舊句）萬里海天同咫尺仰觀俯察亦豪雄（其二）

籬畔黃花照酒卮不堪卒讀謝公碑故人身後蕭條甚留得空山一首詩（亡友謝安臣福建將樂賢令尹也因公受累幾死冤獄雖昭雪得歸而宦橐蕭條去年且憂傷侘傺而卒觀巖右石刻爲之泫然）（其三）

涉世方知道路艱羡他桑者自閑閑廟堂不若林泉好一片孤雲漫出山（其四）

贈同遊英教員皮儷先生 甲寅

陳龍慶 芷雲 廣東潮安

西學東行意氣豪課餘乘興聽松濤龍巖有幸英雄聚象譯無須口舌勞（先生操華語甚爲嫻熟）中外同歡遊勝地雲霞異彩映輕舠陳蕃結客聯歐亞惹得旁人望眼高

皮儷惠聯即以聯句湊成律詩奉謝 甲寅

陳龍慶 芷雲 廣東潮安

山瀉靈泉思瑞士海環蓬島臥元龍（兩句爲先生聯文）感君遠道新詩寄愧我庸才故步封舌澀難通歐美語身輕羨陟兩三峰（先生偕遊侶凌絕頂余不能從）巖前一席蕭閒甚老鶴高眠夢亦慵（同人煮茗縱談先生已睡兩覺）（其一）

無雙書法崔黃鶴（先生贈聯屬崔校長法書）第一山光瑞鷓鴣（衆山皆粗獨巖左之鷓鴣山草木萋萋獨饒秀逸）着屐共尋行樂趣籠紗恰配臥遊圖歡聯縞紵欽吳札笛譜宮商憶李謩（當遊巖時近村有鼓吹聲）名筆名山同不朽時時瞻對倍欣愉（其二）

題家襄毅公讀書處 甲寅

翁麟 其仁 廣東潮安

盤空石勢鬱崔嵬千里滄波一望開遺址猶存空想像幾回憑弔讀書臺

龍泉巖遊集卷之六終

龍泉巖遊集卷之七

古今體詩七十首

潮安陳龍慶芷雲氏編

季公重遊慨然有滄桑之感賦此奉寄 甲寅

陳龍慶 芷雲廣東潮安

八年前訪梵王宮地是人非迥不同緘篋朝衫成廢物着鞭志士已稱翁山花迎客如前日老樹撑天有古風最是令儂惆悵處杜鵑啼血可憐紅（其一）

故人剩有楊修在（遊山來賓以丁未爲最盛今則或回原籍或作古人或因事不與回首八年前遊侶惟君一人）經濟文章冠兩朝寰海人才多後輩香山席次列前茅（黎君記遊侶勒石序齒以先生居首）勝遊恰值三秋暮絕頂曾登百丈高（志稱此山高百丈余粗於算學不能推算將令兒輩測之）俯仰古今增感慨滄溟時捲伍胥濤（其二）

耀宇攝龍泉巖照片惠贈賦謝 甲寅

陳龍慶 芷雲廣東潮安

我聞法人尼普士歐西著名化學家玻璃幻出寫眞術十九世紀始萌芽（此術於一八二七年始發明）河山風景歸圖畫繪影不致毫髮差公從何處得此法多材多藝蒐以加勝日來

遊名勝地朔雁南飛菊始華欲向西山採薇蕨（先生長崎碌多校復兼商業學校教員在巖採迴異草爲講授理料標本）不從野老問桑麻隨行親攜照相具到處撮影手頻叉維時重陽後五日秋風陣陣夕陽斜遊倦巖前席地坐豪飲盧仝七椀茶萬里長天唳孤鶴千年老樹集昏鴉指點書僮演手法遊人端坐寂無譁先生嬌然當階立一齊映入赤城霞溪童何福附驥尾傑首門內髮鬖髿比來興味山僧似吟身恨不着袈裟日暮扁舟歸汕島一幅蒲帆兩岸葭蒙君照片遙持贈穆叔登堂敢拜嘉此遊此畫均千古傳諸後世事堪誇

謝耀宇惠照片和參軍大作並呈諸遊侶 甲寅

楊沅 季岳 廣東梅縣

秋風獵獵歌嗚嗚遊蹤重憶雲糢糊衆仙霓裳奏初畢又來四幀蓬萊圖一幀全山一山脚山脚叢陰雲漠漠一幀巖脊儼四座雙坐雙立恣譴謔第四幀圖遊初畢一一庵前密促膝闐然燦服是西人（皮儸）晦叔差肩吟興溢（伯越）當階交足者爲誰似有大樹飄零思（淩去愚詩空餘大樹表僧門）隔座主人意自語（芷崖）茲遊原爲翁東涯昂頭鍾繇面對石豫爲題名排飛白（此次題名硯貽所書）藏鉤曼倩燦銀筒（籍香詠諸）右手搓煙煙影碧主人背後最少年（偉侯）曾呼衆響高峰巔東頭鬚眉老且醜（沅最老）得步芳躅心怡然八人皆坐一人立（耀宇）負手寺門占高級須知蓄影始抽身水鏡皆從君手入歸來洗刷幻成眞是山是影是化身始識人生若花月又知山岳皆微塵詩成入夢山雲渺扃岫閉

巖山靈悄謂將桃源示外人只恐頻年塵擾擾

安臣石刻年久黯然新以硃並紀以詩 甲寅

陳龍慶 芷雲廣東潮安

廿二年前人勒石雨淋日炙漸糢糊東山絲竹三更夢北海琴樽一尺鱸太上忘情誰守黑登高乘興我施朱墓門宿草思吾友酣臥夜臺知也無

書石刻後爲龍靈兩字存疑 有序 甲寅

陳龍慶 芷雲廣東潮安

潮音讀龍若靈蓬洲西郭外山巖有龍泉靈泉兩稱其以爲龍泉者一見邑乘山川志志稱龍泉巖在蓬洲所右高百丈周迴三里一見邑乘寺觀志志稱龍泉寺在蓬洲所城西龍泉巖一見王岱先生石刻是也其以爲靈泉者一則府志藝文載楊鍾岳和王明府登靈泉巖原韻一則巖右巨石有僧人募捐重修題名錄是也爲龍乎爲靈乎兩說不妨兩存安臣詩謂澄志失考據誤以龍船名按龍船嶺另是一地府志謂龍船嶺距城北三十里蓬洲所宋末郡人陳齋講學處上有石龍寨明季劇賊陳弔眼所築云云實則蓬洲在縣城之南而不在縣城之北縣志已駁正之曰龍船嶺在陶寮村府志作蓬洲所非也其築石龍寨之陳弔眼則駁爲元季時人然則此嶺固不得與龍泉巖混合爲一矣安臣辯龍爲靈詩註引藝文志載馮繼異有蓬洲靈泉巖詩爲證余徧考藝文志無其詩並無其人惟職官志有馮繼異

姓名則乾隆三十四年之中軍都司也安臣博覽羣書或者別有所據若歸咎於澄志澄志恐不任受余與安臣爲文字交且同宦遊於閩過從甚密久欲以此質疑因循未果今其人已歸道山矣恨不獲起故人於九原而問之疑團難破爲賦一詩

謝公着屐重陽日酒酣耳熱揮大筆考古有心山鬼驚讀書得間新詩出龍兮龍兮且潛淵讓儂錫名曰靈泉地靈始得鍾人傑泉靈能將石罅穿龍迺昇天噓雲氣龍涎流到龍泉寺借問巖居蹇穀公請公一一辨同異公將邑乘一參稽斯巖原接望天犀（志稱由望天犀達龍泉巖至長嶺大湖延袤鰐浦鮀江二都之間或以形勝或以地名不可屈指數總之皆澄海右臂也）爲犀爲龍均動物以形得號復奚疑有客聞言莞爾笑千年靈境供舒嘯藝文曾載楊公詩題曰靈泉最佳妙余將兩字細折衷潮音讀法本從同蜿蜒山勢臥龍起靈泉滴石總玲瓏靈龍意義隨意趣好丹未可便非素若從考據定名稱還讓龍巖占多數

答參軍龍靈兩字存疑書後

甲寅　楊沅　季岳　廣東梅縣

鱗鳳龜龍本四靈靈龍音轉又堪聽不妨別號將巖署惟有泉源莫使停（參軍多情既爲石刻施朱還望爲甘泉抉壅）

兩度遊巖有懷遯愚詩丈

甲寅　陳龍慶　芷雲　廣東潮安

丁未初冬陟蓬島魯殿靈光拜二老今年幾度龍巖遊未邀詩伯豁吟眸公方挈眷居崎碌扶持杖履需僮僕前遊原共蕭望之鳴珂歸里已多時（謂蕭竹朋先生久回番禺原籍）二公均届杖朝歲白髮盈巔晴雪霽今見山靈不見公山靈向我問詩翁青山萬古常如舊願公同享南山壽他年躡屐據鞍來臨風暢飲萬年杯

又懷劉稚安同年

甲寅　陳龍慶　芷雲廣東潮安

兩月未曾通雁信近年猶憶陟龍巖山靈似望高賢躅石室流傳博士衫聞説倦遊歸錦里何時順道挂征帆（函稱回里時當順道過訪）雲中雞犬成仙久得侍劉安亦不凡

又懷阮募緣先生

甲寅　陳龍慶　芷雲廣東潮安

劉郎歸後阮郎孤（稚安與君同事將歸湘西原籍）咫尺天台草已蕪遠陟高岡思好友遙傳詩稿累奚奴（先生以九日有感四律及惠和落花八首風災後詠物八篇見寄）禪心不作沾泥絮（借舊句言先生不娶）皓首驚同點雪蘆願繪龍巖名勝地贈君挂作臥遊圖

次韻和芷雲先生遊巖見懷詩

甲寅　阮禪興　募緣浙江紹興

殘夢惺忪一枕孤故園雖好已荒蕪贈梅尚有憐騷客折柳何堪送寄奴（前以詩送稚安回

籍）秋水蒹葭思梗概天涯芳草沒蒿蘆知交盡得忘形契留取詩篇作畫圖

遊山後函芷雲借新唐書 甲寅

楊沅 季岳廣東梅縣

風前展讀香山集滿眼詩人對卻疏（是集無註頗費搜索故借新唐書互勘）我有陳鴻莫惆悵仙遊山裏乞唐書（陳鴻即傳長恨歌者隱居仙遊山白香山呼之爲陳山人）

戲答楊季公借新唐書 甲寅

陳龍慶 芷雲廣東潮安

我有唐書二百二十有五卷照例一借應饋酒一瓶君恐我臥龍巖千日醉卻將美釀分給到趨廝（函稱書到將以酒錢賞价故云）

以酒餉芷公戲答一詩 甲寅

楊沅 季岳廣東梅縣

詒我書報君詩我詩俚拙不堪君覆瓿且送二瓶程鄉千里酒合伴君家玫瑰樽前作小廝（遊山時飲玫瑰露至今猶有餘甘）

季公惠贈家釀長歌誌謝 甲寅

陳龍慶 芷雲廣東潮安

坡公十月會良友重遊赤壁先擕酒臨皋歸去謀諸婦婦有斗酒藏之久可知美釀出家藏梧

棬畢竟勝杞柳我公赴會展重陽濁酒一升才八斗鹿車偕隱笑山妻未諳造釀麻姑手村沽來自杏花村平原督郵同比耦公乃一再切揄揚不顧主人顔孔厚瓊漿玉液忽飛來賜我兩瓶程鄉醶謙說小巫見大巫甘作麴生牛馬走開樽且進兩三杯風味無能出其右三蕉酒量笑髯蘇徧酌家人膾炙口果然輿論表僉同維其嘉矣維其有我公褒貶頗混淆無鹽溢美西施醜葡萄美酒菊花杯持此移贈始不負想見夫人督造時指揮婢媼覆罌瓿西母稱觴北面師良法可許山妻受乘醉登山問山靈酒香撲鼻君知否底恐山靈饞涎流欲向我公求濡首

讀雲叟兩次遊山唱和大作賦此奉贈　甲寅　王道正

少斌廣東潮安

滋朋置酒展重陽短髮臨風老更狂泉石有知應笑爾一秋贏得看山忙（其一）

祗因性僻嗜風騷遊罷名山興倍高日積吟筒詩百首橫揮筆陣戰羣豪（其二）

苔迹斑斑蝕舊碑魯魚亥豕費猜疑不逢博雅陳無已誰識王公七字詩（其三）

稽考前文費苦心怕將異地誤同音北山別有龍船嶺寄語吟魂仔細尋（其四）

少斌先生惠贈四絕次韻奉答　甲寅　陳龍慶

芷雲廣東潮安

詩成恰擬孟襄陽惹得狂夫喜欲狂十里龍溪雙鯉躍剖開魚腹奏刀忙（其一）

澤畔行吟續楚騷萬山木落暮雲高壁間驚見劉郎筆（謂鈍生婿）想見題糕意氣豪（其二）

濱海閒民契素心高山流水覓知音早知咫尺仙溪路悔着芷鞋到處尋（讀公言報得海濱閒民遊巖五古一首崇拜之餘以不得眞姓名爲憾函問訥公未得復音不勝一日三秋之感纔得尊函知係大作爲之欣然因編入卷九第三頁即呈丹銘先生者是）（其四）

雲叟招重陽遊巖不果越月餘補遊賦此

甲寅　蔡鍔鋒　劍秋廣東澄海

重陽有約負前期此日登臨慰所思步到層巒高處望山靈似笑我來遲（其一）

童冠偕行快壯遊（隨行者爲冢孫甲龍潘生贊成陳生鴻逵錫恩等共五人）此身髣髴在瀛洲振衣千仞胸襟拓萬里煙雲眼底收（其二）

無限悲歌弔古來哲人已杳剩高臺空山自有千秋業謝傅原稱將相才（其三）

石室天然窄徑通超然世外混鴻濛評詩賞茗巖間坐長嘯一聲萬象空（其四）

次和劍秋明經遊山四絕原韻

甲寅　陳龍慶　芷雲廣東潮安

潛園瀹茗話襟期誰賦三都憶左思黄葉滿山人影瘦西郊信步莫嫌遲（其一）

乘興登臨快此遊炊煙縷縷認蓬洲桑麻雞犬人家樂一幅畫圖筆底收（其二）

飛錫僧人去不來談經辜負雨花臺詩成獻與諸天佛誰是相如作賦才（其三）

海山咫尺達濠通萬頃鯨波煙霧濛令尹雙鳧何處去（謂王公岱）甘棠葉落萬山空（其四）

劍翁以遊詩見示次和第一首

甲寅

黃龍章　式予廣東澄海

世上知音幾子期登臨引起故人思山靈省識黃香意志在千秋莫怪遲

遊巖再成七律二首

甲寅

蔡鍔鋒　劍秋廣東澄海

綠蔭巖前松影森風來時作老龍吟振衣直上雲爲伴躡屐同登谷有音壁峭如瞻豪士槪泉清曾照古人心爲懷當日披書處雨蝕雲封仔細尋（其一）

名山待我好風迎乘興登臨訂舊盟石上長留奇士蹟臺荒曾繞讀書聲遠觀大海詩懷壯卓立高巖俗慮清何用別尋雲外去此間亦自有蓬瀛（其二）

次韻和劍秋明經遊山律詩

甲寅

陳龍慶　芷雲廣東潮安

秋盡江城氣鬱森萬方多難動哀吟名山不入滄桑局亂世難諧雅頌音風浴詠歌童冠樂行藏用舍聖賢心鞠躬敬對仁夫座題壁模糊字漫尋（其一）

似覺山靈帶笑迎三生石上有佳盟當門老樹參差影對岸啼猿斷續聲古佛慈悲仁者壽流泉皎潔聖之清登高試向神州望赤縣居然環大瀛（其二）

侍家祖遊巖呈詩芷雲老先生

甲寅　蔡甲龍　劍孫　廣東潮安

登高遠眺白雲中長嘯一聲萬籟空明代名賢遺跡在林泉俯仰挹清風（其一）

路入雲山第幾重飛泉隱隱挂高峰登臨舒嘯胸懷壯一望江天興倍濃（其二）

隨師遊巖得詩一律二絕

甲寅　潘贊成　子勳　廣東澄海

攬勝山巖一色收依稀風景似瀛洲岡陵起伏千峰秀林木蕭森萬壑幽徑僻白雲终古在臺荒黃葉至今留登高長嘯泉聲和超出鴻濛物外遊

青山邀我似相迎一幅畫圖萬象呈步到巖巔窮睇盼劃然長嘯白雲橫（其一）

偏觀勝概樂無窮古木聲喧動晚風山色留人天欲暝月明歌唱大江東（其二）

遊巖成詩呈陳蔡兩先生指正

甲寅　陳鴻逵　遇初　廣東潮安

攬勝名巖景色幽白雲紅樹兩悠悠山峰綿亘二三里野鳥飛鳴樂唱酬（其一）

同登絕頂拓胸襟時有鳴泉送好音前哲讀書何處是荒臺寂寞夕陽沈（其二）

追和王公石刻詩次原韻

甲寅　蔡鍔鋒　劍秋　廣東澄海

極目蒼茫島嶼浮遥從海外障東流奇峰突兀蒸雲氣古樹參差蔭石頭險阻驚濤橫巨艦峥嶸絕壁壓層樓登高不盡滄桑感萬里風煙豁遠眸

夢遊龍巖錄呈芷雲先生選政 有序 甲寅

蔡科倬 智潛 廣東澄海

才非李白天姥之夢胡來人仰翁公讀書之臺安在底怕輪蹄况瘁末由笠屐追隨昨家君率小兒甲龍同訪名巖歸述勝概勝遊如見嚮往彌殷日有所思夜因成夢雲山縹緲在若離若即之間身世蒼茫開非幻非眞之境三生有幸四韻俱成詩禮粗諳幸承鯉庭之訓誨應求有道竊附驥尾之光榮爰援蕪辭恭疏短引其詩曰

我向龍泉着屐遊已憑魂夢到蓬洲前賢遺址千年在蓋世奇勳片石留鐘磬一聲煙外聽雲天萬里望中收巖阿容我消清福倘有塵緣到此不

長至日謝遯叟撰本書駢體序 甲寅

陳龍慶 芷雲 廣東潮安

兩序均成長至節（去年序百懷詩亦同在冬至日）壽星燦爛正舒長六朝文字工駢儷一代風騷執頡頏黃帝何緣逢寶鼎先王是日閉關梁公餘揮灑如椽筆合璧連珠應上方

重遊龍泉巖即事 有序 甲寅

楊敬師 雪立 廣東潮安

龍泉巖固曾若遊屐者也民國四年元旦次日即甲寅冬至後十一日當學校休課時期率員生七十餘人排隊唱歌攜行厨至蓬洲先訪瀹智學校校長即於校中以肉糜果腹校長奚囊挾詩卷導遊並飭校丁挑朱柑百餘顆以從抵巖頗渴校長每人分餉两柑擘而甘之於是選勝尋幽爲樂靡極日暮告歸滿船明月歌聲依永餘興尚濃歸後成遊記並詩呈政

勝日登臨此壯遊名山許我再句留舞雩童冠行歌樂深谷聲聲盡唱酬（其一）

銅琶鐵板唱江東林壑一聲萬籟空百戰功成飛將老登臺猶憶舊從戎（其二）

朱柑詩卷步芳蹤落帽孟嘉遊興濃泉石有緣山有主吟壇此日挹詞宗（其三）

登高北望大江流莫道南溟極一陬疊嶂層巒誇突兀巍然砥柱鞏神州（其四）

龍行霖雨慰蒼生底事窮泉漱石清巖壑潛身曾有待還將甘露答昇平（其五）

古樹棲鴉暝色秋同人向我促歸舟一船載滿東山月竟伴清歌不忍流（其六）

次和雪立拔萃遊巖即事韻 甲寅

陳龍慶 芷雲廣東潮安

旌旆飄揚陌上遊歌聲響遏白雲留名山何幸遇名士佳句榮於白璧酬（其一）

筆牀西畔硯池東拈韻深宵妙手工學步邯鄲聊自解詞壇旗鼓避元戎（其二）

英才七十聚羣蹤掬取涓涓乳溜濃祇饋雙柑無斗酒主人情薄轉愁儂（其三）

白駒過隙感遷流歲序催人又孟陬元旦祝辭君記取戰塲不在海南州（蘇軾詩且喜海南

州自古無戰場)　(其四)

對鏡憐余白髮生雙瞳如水腦華清(借舊句)何時婚嫁塵緣畢五嶽同遊效向平　(其五)

紅蓼花殘水國秋一聲欸乃故人舟留君不住君歸去心似寒潮屈曲流　(其六)

重遊龍泉巖

甲寅　柯心堯　夢仙　廣東澄海

龍泉巖再到久別客心孤題壁詩仍在迎人僧已無飛泉射眼白落日映山朱古蹟荒涼甚書臺碧草蕪

襄毅公讀書臺題壁

甲寅　陳予齡　无那　廣東潮安

日出空山孤寺闍禪關初闢苔凝露摳衣直上龍泉巖忽到翁公讀書處黃葉塡階草不除時有白雲自來去

遊龍泉巖弔翁襄毅

甲寅　方剛　道任　廣東揭陽

古樹扶疏繞寺門老僧頂禮佛堂擔我來直拜翁襄毅經濟文章細討論　(其一)

振衣千仞陟層巒極目神州眼界寬誰是提兵馳絶域越裳重見漢衣冠　(其二)

幽深巖洞搆精盧記得當年此讀書願結數椽伴岑寂神交千載契仁夫　(其三)

石罅玲瓏水一灣雲封洞口不須關嗟予落拓天涯客踏破芒鞋日往還（其四）

題龍泉巖寺 甲寅

黃日升 照峰廣東潮安

龍德潛而隱泉聲靜自流巖巔雲氣合寺外日光浮（四句橫列書之各以第一字冠首）

遊巖成詩呈請芷雲夫子郢政 甲寅

蔡松茂 岱雲廣東澄海

談瀛海客正還鄉（由淪智學校畢業後往星架坡習商戰數月言旋）雲自安閒水自忙卻顧勞人空草草山靈騰笑薜蘿房（其一）

家近龍巖快壯遊何須魂夢繞羅浮疏鐘敲徹蒼煙裏飄出校徽與目謀（登高一望淪智學校如在目前校徽飄揚於林表）（其二）

遊龍泉巖偶成 甲寅

謝瑞英 廣東澄海女士

寺古山僧散雲深水碓鳴涼秋羅袂薄黃葉滿江城（其一）

榕影搖空碧鐘聲付夕陽登山無限意感慨在滄浪（其二）

斑駁嵯峨石荒臺閱古今翁公遺古蹟憑弔發悲吟（其三）

龍泉巖遊集卷之七終

龍泉巖遊集卷之八

古今體詩十九首

潮安陳龍慶芷雲氏編

述懷詩寄芷斌兩同年並柬訥公 有序 甲寅

王皞 逸叟浙江紹興

皞於清叔同治戊辰春月生繼述無成俯仰愧怍虛耗布粟祗益罪愆浩刼餘生善病不死今忽四十有七矣不圖柳子厚垂死之期始得芷雲少斌二賢為同道同年交併辱手書居然忝長嗟余何人敢長二君哉夫事親事君立身三者瑜亮盡之矣是完人也乃復振風雅扶世敎淪英才之智而敎育之誠為明道之金鐘木鐸豈皞庸碌迂腐恍惚虛生者所敢與之雁行邪雖然竊慕詩人吹塤吹篪之雅則唱予和汝義無容或廢焉故賦僻澀辭以致衷曲明年釋迦示寂時皞或追侍涅槃越三祀幸館我於龍泉巖其勝應不減柳州羅池耳並倩不為愧辭之溫叟丹銘（郎訥公）銘之吁

嗟余不惑期逾七年垂半百桑榆逼繼述無成負七尺輔長無能慚八德居然名士都徵實自是遊民乃號逸不耕而食愧黍稷不織而衣歉布帛紅顏已遠宦海熟皓首依然研池溺聖賢糟粕耗心力（謂浮文無關實學）性命工夫輕意忽詩魔病魔互親暱鶴瘦龍鍾空歎息憶

昔覆巢遊弋日危如削迹伐檀迫身寄在汕家在揭舟居無水陸無宅三年得歸四壁立（遭某氏逐踞奪產時爲基石及堂匾並剷除去）三矢難還七粟匱（七世神主爐龕掠匿四載不歸）深悲泉下先靈魄不覺淚下流祉席頗感二賢哀刼厄爲揮十調寫悲鬱三疊欲賡廣陵絕九迴翻弄越溪月同調合向同年拍吹塤貲擊吹篪節巴歈愧和陽春什越吟敢譜清商闋謙德子昂善學易高風摩詰追前哲福慧雙修聲敎弼薄劣（自傷命薄才劣）奚齊雲泥別自嗟樗櫟庸材拙徒傲冰霜匠者蔑輪囷兮無勞斫伐曲屈兮不中繩墨終身愚隱兮守黑一視死生兮皈佛豫言謐嶠兮倩直筆傍塚王喬兮爲銘碣獨神往於蓬洲而夢遊龍泉巖兮情鬱鬱其何極

次韻和逸叟述懷詩兼柬斌老　甲寅

陳龍慶　芷雲　廣東潮安

韶華虛度四十七鱸膾蒓羹歸思逼風塵垂老劍三尺潛龍勿用隱龍德德星脊聚思陳賁新闢潛園容隱逸悵望故宮悲黍稷居然干戈化玉帛伯鸞原耻因人熱高皇欲把儒冠溺萬卷藏書耗目力無情歲月太悠忽上帝甚蹈無自暱何時寰海氛祲息酒賦琴歌消永日文章誤我飢寒迫秋水茫茫葭揭揭避秦何處尋安宅龍巖峻峭三峰立勝遊不覺日西匿輞川詩話銀蟾魄（謂龍溪逸叟）萬丈光芒生几席騏驥何怕鹽車厄雄談爲我開伊鬱渡江王粲尤奇絕（謂山陰逸叟）夢遊蓬島談風月詩肩欲向洪崖拍綠樹千章蒲九節從君世外煙霞

什勝似如此江山詞一闋（山陰逸叟爲本書題詞）二君外號無以易令人神往黃門哲左右難分輔與弼誰把詩名細區別（二君大作各報歡迎初則均署號曰逸叟人多誤認後乃加繫少斌少皞以別之）效顰余亦難藏拙醜惡幾同鄭翾蔑髓未洗兮毛未伐塗鴉辜負松煙墨無涯學海千尋黑開樽酹此淚仙佛明年再舉題糕筆相與臨崖摩斷碣陶然一醉兮樂靡極

同庚歌疊前韻贈同年兩逸叟 甲寅

陳龍慶 芷雲 廣東潮安

彼此同年均卅七甲寅將過乙卯逼二公著述已盈尺鶴比性情玉比德武功不數奚達賢文事遠超謝無逸神倉歲歲儲黍稷丘園戔戔賁束帛拔劍斫地肝腸熱惆悵神州日沈溺龍溪有叟富才力出納五言在治忽士有朋友貴親暱河魚天雁通消息登高作賦重陽日蕭瑟秋風雙鬢迫載驅薄薄旌旗揭高軒下賁陶潛宅龍泉巖畔徘徊立大人出兮小人匿蘭亭誰養右軍魄有客名山占一席（山陰逸叟願身後葬於龍泉巖）身世坎坷遭困厄慷慨悲歌氣沈鬱故鄉望斷音塵絕浮雲漸翳關山月凄絕胡笳十八拍令人一讀一擊節出谷遷喬求友什對酒爲君歌數闋毛氏葩經施氏易四海傾心拜二哲（郭璞稱王陽王尊爲二哲）上弼星中有二弼處境雖異才無別我隱潛園守鳩拙坐視騷壇牛耳盟于蔑滿徑蓬蒿慵翦伐禍棗災梨耗楮墨君知白兮我守黑傍人漫塑三尊佛（僧清珙詩減塑三尊佛）夢裏探還五

色筆詩成誰與寄崔碣鄖中原是雌甲辰兮賦同庚曾而景仰何極

用原韻和宗老詩兼柬芷公　甲寅

王道正　少斌 廣東潮安

廿四番風剛第七舊歲告終新歲逼山陰老叟揮健筆吟筒郵到詩一什上言半生航翰墨四十餘年瘁精力下言往歲遭刼厄宗祉爲墟驚先魄余讀君詩幾歎絕一字一吟情慘迫丈夫生世貴自立立言立功復立德達則家國資輔弼憂思天下已飢溺窮則林泉長隱逸保身養望稱明哲窮達兩地互相易窮爲顏子達禹稷力今列强爭撲伐地覆天傾風雲黑不學世情趨炎熱當覓好山暫藏匿蓬洲深處山盤鬱中有昔賢讀書宅昔賢勳名垂竹帛遺跡雖荒未全蔑芷公家園近咫尺朝來夕往遊且息逸叟忘機參仙佛思向此間分一席芷公逸叟兩親暱齊把新詞塡一闋余思九秋重九節龍泉巖上摩古碣探穴尋幽情靡極徵文考獻核名實歸舟滿載江頭月桂棹搖搖雙槳拍星移物換兮何忽忽秋去春來兮幾何日時難再兮嗟離別反我眞兮守我拙心儀二公之高誼兮情來往於僑居之澄揭

疊述懷韻謝兩同年和詩　乙卯

王皞　逸叟 浙江紹興

金火返還九與七八日已過元宵逼未鍊金身丈六尺先逢太皞木王德（皞向患肝鬱）心虛竊願腹中實思超塵網攜夷逸嵩目今朝漢社稷羣胡竄穴輸金帛哀聲盈耳耳爲熱陸沈

便恐崑崙溺欲扶坤軸嗟微力落日懸愁岬悅忽憂來惟有杜康嗝遺懷奚暇調眞息乘潮鼓枻觀浴日鼉鳴浪湧忘危迫酒船相遇青帘揭居然澤國舫爲宅青娥絳袖當壚立含羞斜盼迴身匿艤舟歸來月吐魄入戶乍看霜滿席飛瓊忽報梅魂厄鶴唳臨風獨紆鬱瀾弄笛音淒絕疏影橫斜空倚月吟肩輕把龍鍾拍姹女（兒甫韶齒）無知當按節曲成往和紫雲什三疊仍煩續一闋泥丸（陳泥丸翁明丹法）丹道宗周易愚辟漫推倍二哲小儒那稱梵王弼（皞昔有早從一貫參不二臣事空王事素王句）儒術況有日星別自笑忘機迂且拙魑魅揶揄人凌蔑浩刧自信非天伐悲絲泣路同楊墨顧慕舌柔守雌黑綺語未除性文佛遊仙羨爾郭仙筆詞源浩瀚來渤碣君不見榕江水與龍巖泉相思日夜流徽極

三疊韻索訥公和並柬兩同年　乙卯

王皞　逸叟浙江紹興

聞道建安能者七溫嶠孤與蘇李逼覽裳不俟裁刀尺詩如人兮本全德書廬史料富君實（溫叟有補讀書廬新史料）盡註離騷補玉逸平生事業窺禹稷豈顧兒女聚珍帛酒酣往往兩耳熱志切滔滔九州溺日草萬言耗壯力指揮萬象何飄忽俛就歐曾相狎暱仰攀遷固同氣息著作等身無曠日研精耽道忘境迫詞壇闢萊幟高揭墨客趨風心廣宅（愛才虛己士故歸之）九天雲垂四海立珊瑚網盡潛龍匿（皞屬辰龍守雌不角故勿用也）陳言我自厭糟魄頌酒聊醉流霞席禍水橫流文運厄（羲皇在午運初文明始肇至孔子午中而大闢

日中則昃遂厄秦火今值午末洋洋禍水斯文殆其淪乎）尼山無復氣葱鬱側身東望心愁絕洗耳欲掬龍泉月君不見船山笳繼後山拍（少斌和章繼芷雲作）回陽興發豔陽節（倅弱冠時道號回陽子）琴心三疊白雲什（謂英皇鼓舜琴歌白雲非太白白雲篇也）笛聲三弄梅花闋蠟梅名爲蘇黃易（黃梅爲蘇黃改蠟梅）芷雲謬許陽尊哲（芷叟引大郭二哲語比少斌與倅）三傑鼎足素王弼四海誰知釋迦別（古仙有名小釋迦者）性情誰似我頑拙喜怒不因人揚蔑功補造化君不伐筆搖三峰煙灑墨（龍巖三峰君所賦之詩甚工）行年較少頭較黑（君少一歲鬢染微霜余則鶴髮皤然）通釋參玄復參佛恨不起君秉史筆且爲能吏書表碣（溫叟近作丁公行狀）何三星在戶獨令類彼參商兮離懷惆悵嗟曷極

附溫丹銘先生延敬次韻酬寄逸叟詩云〇環球戰國強六七桀宋區區亦相逼得寸則寸尺則尺千年大邦惟讓德修我甲兵峙糧實臥薪嘗膽敢自逸中朝大官貌禹稷但期宮中積粟帛百年猶切附炎熱萬方誰想援飢溺書生手無縛雞力中宵起舞夢悅忽醒來依舊書卷嚥儒衣一服無氣息安得羿弓射九日焦山沸海除窮迫鯤洋橫渡漢幟揭櫻島偏殖華民宅馮夷海若悉拱立天吳罔兩皆奔匿萬國來同悅魂魄九州大酺陳筵席便思投筆拯時厄誰能久居長鬱鬱王郎酒酣氣豪絕斫地問天呼明月漁陽撾鼓操三拍黍谷催回春令節同時二豪有和什玉關羌笛皆成闋投璧責我連城易嗜痂過期追聖哲清談漫等

魏晏弱苦心爲判宗流別伊我守株老愚拙舉世無人賞謬蔑窺天晝日敢自伐尋章摘句徒弄墨詎眞知白欲守黑未能通儒遑論佛賴君揮灑淋漓筆異日燕然得樹碣我亦同抱區區精衛填海心萬歲千秋永無極

疊逸叟述懷韻柬同作諸公 有序 乙卯

溫廷敬 丹銘廣東大埔

雲叟以拙酬逸叟述懷詩未及龍泉巖有違三君賦詩原約屬爲改合俾附龍巖遊集故再疊前韻賦成一首寄雲叟並柬二王

草堂懷人人日七芷雲賦詩如償逋有酒盈樽牘盈尺芷雲醉人人飽德家世流傳本陳寔近列三君繼六逸逸民鉅痛殷社稷不羨周家徵束帛口雖飲冰心內熱飢由己飢溺己溺懷抱欲抒苦無力平生此意終忽忽賴有詩人相喜嚯借詩寫懷寄消息憶昔良時維九日主人折柬致敦迫一舟輕溯帆席揭臨川如到右軍宅郎君玉雪候門立細君拔釵仍深匿一杯醉我青蓮魄丘黃何林共醴席酒酣頓忘身世厄高談雄辯抒抑鬱龍泉之巖景清絕山色年年迎素月何人讀書高挨拍後來出山擁旄節爲誦仁夫經濟什（仁夫經濟中離學丁雨生中丞句）不覺流連歌數闋滄桑變幻時世易梓桑放眼誰稱哲（放眼梓桑誰健者亦丁公句）丁公事業庶堪弼觀山詎分大小別鯫生何人敢忘拙好賢竊慕仲孫蔑甘棠召憩尙勿伐剡在名山藏石墨陳君表潛廓昏黑心香一瓣同祝佛琳琅薈盡詩人筆拉我長歌附題碣（龍

泉巖遊集初編時原擬以王山長題碣列首）愧無山陰龍溪兩叟之逸才追舊景而痛天末故人於何極（丁未遊侶丘少白今年已卒於京師）

附丹銘三疊韻調逸叟並約爲黃岐桑浦之遊兼邀芷斌二友詩云〇嘗聞道人殷七七幻術戲人咄相逼道書無數帙盈尺都非老氏眞道德君獨何爲守名實不學點金致安逸無田可耕藝黍稷有身將老缺衣帛酒酣中夜輒耳熱終日吟詩徒自溺白日飛昇恐無力上界謫仙差恍忽一事許君非親暱壽徵鶴步與龜息春天融和晴麗日美人靚粧束腰迫枇杷門巷豔幟揭楊柳深藏蘇小宅偶然巧笑倚門立見客不復作避匿夜闌歌管蕩心魄酒半餅籌錯筵席君方度盡一切厄不向此間消抑鬱我亦其中蹤跡絕登樓獨自望明月有時豪吟日按拍驚起山妻同擊節大海揚波怪伯什西方天魔舞未闋侏儒欲將國士易救世我思古聖哲大廈棟樑誰輔弼新人舊人無復別斧柯未假才具拙漆憂徒自招輕蔑不如陶然忘戰伐亦勿區區事翰墨桑浦山高蔽天黑黃岐壞土伴古佛一笻一屐與一筆發揮山靈爲銘碣君兩齊年倘有興同躡飛鞋遊八極

三疊逸叟述懷韻答訥公招遊　乙卯

陳龍慶　芷雲　廣東潮安

太華以西名山七朔來爽氣將人逼峻極於天千萬尺坤厚載物無疆德種桃人詡千年實扶笻我愛終朔逸御車惜無東野稷盛會難逢紀子帛訥公遊興翁翁熱在火不焦水不溺文章

壽世殫心力倚馬萬言勢超忽左圖右史相親暱藏修餘暇須遊息招我同觀桑浦日聊解憂時心焦迫維北有斗西柄揭哀鴻徧野無安宅黃岐山勢尤峭立林深箐密龍蛇匿入土松脂生虎魄山頭列肆茱萸席緘口休談陽九厄以遨以遊抒抑鬱山行處處皆佳絕歸舟挂席拾海月當日龍巖手高拍正值黃花好時節隨風珠玉傳新什丘黃亦共歌一闋（謂少白偉姿二君）今朝鬢髮霜花易編輯遊詩羅俊哲羣公才似完顏弼登牀原無上下別强詩就集笑儂拙日月騰輝衆星蔑羡君止齊守步伐興酣磨得淋漓墨嚼墨一噴大地黑詩成先獻彌陀佛大張笑口看投筆直似堯碑與舜碣料得山陰龍溪兩齊年見獵心喜而吟興無極

四疊韻戲答訥公兼柬兩同年　有序　乙卯

王　皡　逸叟浙江紹興

丹老今日復疊前韻寄示約皡與芷斌二老載筆爲黃岐桑浦之遊且云雖不能如東山擕妓而山水之樂蓋亦無量皡思峰眉波眼謝妓猶慚惜臥疴未能速赴耳乃疊前韻戲答之

月過下弦二十七水仙花落春社逼梅妻鶴子密咫尺清聖濁賢交頌德盤中何有有橡實（適和雲叟潮安八景詩有拾橡實句）醉裏自憐憐野逸硯田莫藝黍與稷鬢絲那織縞與帛欲求絳雪消渴熱豈隨秋波轉沈溺掌上欲舞謝無力眉心欲鬭露輕忽怪煞飛卿莫近暱惱煞長卿長太息先生著書夜繼日豈許校書嬌相迫颶風任彼豔旂揭踏月歸去慶雲宅（丹老住慶雲里）詩婢候門黃鵠立大家課讀芳閨匿杜鵑枝上啼蜀魄明月叫殘月移席惺惺

方庋小小厄恰恰免令卿卿鬱𡢃君持戒精嚴絕願妾治觴同醉月妾亦頗解箜篌拍君勿擊缺唾壺節君盡倡歌後山什（陳芷雲作）妾亦隨和船山闋（王少斌作）逸客應誤學三易否極翻羨宗二哲清苦雖有瑤姬弼（內室羅素瓊別字瑤姬）苦樂奚啻仙凡別荒齋愚隱終養拙心寄象外忘歎蔑陽神陰符自攻伐奇書佚典搜玄墨雁字飛來墨淡黑疾間從遊訪仙佛屆時看汝如椽筆走海驅山大書碣茶陽公龍巖伯龍溪子山陰客避世欲從四皓適他日應羨龍泉清勿以洗耳忘歸心致妾相思不斷若鮀江東流到海愁無極

五疊韻寄和詩三友及楊季公 并簡 乙卯

王皞 逸叟浙江紹興

皞愚妄人也早歲好道竊欲清神氣淨臟腑及不與有血氣者結寃故屏麴蘗除五葷斷四生之肉而長素者十有九年矣既而伯仲皆故祀事攸繁不能爲漢武麪姓並不能廢酬酢遂違初願復攖世網多愁善病未老先衰旋遭浩刧益可知矣顧猶日事吟哦者蓋藉以抒悲憤爾不然豈樂以有限之精神爲無益之事務哉若云爲名則吾豈敢自來作者皆存是念殆未免著壽者相不知戌亥二會地天且滅豈太空之外別有何所著此名乎乃釋道者流輒云天地有壞法身不壞奢誕孰甚惟一性蓋與天地皆自無極生來獨不與有形質者隨刼運而俱化耳是天地爲吾人大父母而無極又爲大塊母也故不敢不勉而修之以還其本來四皓以爲然否噫微斯人吾誰與歸怔忡復作肯戀詩魔聊逃餘懷簡諸𡢃我

昔年求道十有七恐朝不聞夕死遥魔高丈分道高尺道修魔障爲無德嘗補離虚取坎實箇中不勞亦無逸氣滿忘飢減食（去聲）稷丹溫忘凍減衣帛（弱冠時山居六年常併日一食嚴冬一袷）地底雷鳴瀛海熱天心月見星河溺恍惚有物宜勉力窈冥有精致疏忽日君月妃正親暱金烏玉兎通消息回思先後庚三日女丁男癸突來迫（回憶辛亥冬舉族遭某氏驅逐奪跡時洶洶百餘彪長驅至豐順湯坑埠男肩長槍女腰短刃勢猖獗貌猙獰彷彿陰符發生時羣魔之擾攘）焚如死如陰符揭載鬼一車滿大宅剝極太山石欲立日出煙銷羣魔匿鍛鍊三魂製七魄太乙臨鑪光照席騏驥尙困鹽車厄奮鬣嘶風氣紓鬱鳳臆龍姿應歎絕苜蓿枯時惟飲月發興聊按魏王拍半酣徐擊王敦節五芝歌和商山什七返調翻純陽闋熟玩參同證周易入鯀鏡仰崔公哲青龍白虎左右弼乾鼎坤鑪大小別潛龍勿用巧猶拙離朱失明珠隱蔑曚苗未長揠猶伐（丹道之精無過孟子世儒不會耳）孟識老亦擯揚墨（楊墨背道老子不屑致誨惟命莊子匡救之）孰識猶龍守雌黑西出函關化胡佛四皓盡載毛頭筆同遊龍巖題寶碣蹕亦靡屣相從洗髓龍泉譜曲龍吟巖留日月觀修易道繇太極而歸無極

右詩十二首成於甲寅乙卯間獵盡春回之候諸友鉤心鬭角盡態極妍鱗往鴻來爭先恐後山陰逸叟原唱有身後願葬龍泉巖之意因與兩同年函約各作均關合龍巖以便編入是集訥公賦詩至半途始知是約故三作之中兩篇無所關合惟須全載之方覺脈絡分明

首尾聯貫照卷一例低一格寫以分賓主僻澀辭至十二疊韻亦一時雅趣也　編者識

遊巖感賦呈贈芷雲先生　乙卯

吳英銳　恒偉廣東潮安

搜求勝迹上高峰訪古人來起臥龍黃菊不勝明日感青山未改舊時容參天榕樹垂垂老大地烽煙處處濃鼙鼓聲酣思將帥臺荒石冷夕陽紅（其一）

人傑地靈信不虛登臨陡覺壯心愉峰巒峻峭堪憑眺洞壑幽深好結廬數卷遊詩傳海內千秋佳話屬蓬壺東涯老去陳蕃在嘯傲湖山有碩儒（其二）

以家釀贈遊侶並賸以九言歌　乙卯

陳龍慶　芷雲廣東潮安

平生未飲程鄉千里酒梅縣詩翁貺我情獨厚（楊君季岳）山妻欲向夫人拜門牆祗恐程門未許立雪久偸得麻姑造釀新法來饋君兩瓶請君嘗旨否猶憶重陽同醉菊花杯飲中八仙酒友即詩友不嫌主人魯酒與蔬筵露酌玫瑰嘖嘖稱諸口模山範水首數李龍眠照相器具往還不離手（李君耀宇挾具來為龍巖攝影來往均自攜焉）和靖後身高潔侶梅花度過溪橋有鶴天寒守（林君偉侯）崔顥著作二十有一篇班固傅毅不能出其右（崔君伯越）更有詩酒自娛鄧日升玉山頹然將往醉鄉走（借鄧旦事以况鄧君籍香）凌黎二君敷政有餘閒棨戟遙臨登山作重九（凌君去愚黎君硯貽）中外同歡皮僊亦來遊投君木

桃報我以瓊玖（別後以詩贈英人皮儷先生先生報以聯）人生聚散原似水中萍水面風來有時常聚首趁茲綠螘新醅初釀成建安七子曾同酌大斗底惜二君宦成歸故鄉長亭短亭望斷灞橋柳聞說此酒性質怕動搖搖則味酸幾類醨雞醜桂棹蘭槳不能任轉輸南望禺山未免呼負負（凌黎二君歸番禺原籍因途遠莫致）巖前勒石健筆勢凌雲鴻雪因緣名姓數某某想見黎侯興酣落紙時筆歌墨舞搖曳腰間綬鐫成一任日炙與雨淋合與綠水青山同不朽他日摩崖拓印十餘幀分送諸君共貞金石壽

倩家基茂君攝題名影片分贈遊侶　乙卯

陳龍慶　芷雲廣東潮安

殺青將梓遊山集飛白難鉤有道碑（遲拓印工人不至）一鏡涵光分點畫千巖送爽透玻璃縮龍成寸全身現噓氣爲丹望眼迷（字畫加朱）畢竟神奇參造化乾坤且許袖中攜

石刻文曰甲寅重九後五日梅縣楊沅潮安陳龍慶南海崔景元大埔鄧爾慎番禺黎祖健凌鴻年鶴山李樞饒平林國英英人皮儷同遊祖健記（以齒序凡五十二字）　編者識

基茂君重攝影片賦此誌謝　乙卯

陳龍慶　芷雲廣東潮安

帷中光學本通神變化離奇妙寫眞俗客無端開照片（基茂君攝影後被人偷開鏡匣藥水耗散）山靈有意妒詩人竟教巖石弔空影勞卻漁郎再問津（越數日再登山攝影兩次均

蔡生岱雲（爲東道主） 聚散靡常時局幻鏡花水月悟前因

謝雲叟惠紀遊題名影片及酒 乙卯

楊沅 季岳廣東梅縣

儒生識微徵醴酒智士觀時悲解紐風雲萬變倏忽間況歷秋菘復春韭陳君多情愛鴻爪新碑尚未摹辛臼慇懃縮地教長房印入摩崖驚妙手分張及我侑白墮捧讀瓊瑤貺何厚悲哉日月曾幾何碑署甲寅歲重九屈指及今百餘日歲寒離索成三友（凌黎皮儷三君）崔君當日屬稿時推我高年褒舉首我今知命已過三風燭應驚十年後去年囑序遊山集嘖嘖茲遊良非偶誰知滄溟鯨跋浪餘波遠接來西歐之眾日出光熊熊秦皇刻石霾牛溲吏掃齊州九點煙泰山玉檢儻科斗遵海而南拊閩駱羅浮左股或掣肘始知今世無桃源大地華離驚豆剖人生擾擾如沙蟲六十年來善忍垢但冀人奴免笞罵敢向山靈乞不朽匡廬面目徒爾存雪泥終屬無何有限前車轍涸波臣莫問閑閑過十畝同遊九人達觀者雕龍爭騶談天口自分吾身若稊米晉光敢競貞珉壽拜君之賜傾瓊漿且醉今朝君知否

擬作龍泉巖遊詩 乙卯

黃龍章 式予廣東澄海

着屐遲來自解嘲名山名士本同胞詩文題詠雖虛擬見面依然似舊交

龍泉巖遊集卷之八終

龍泉巖遊集卷之九

古今體詩四十九首

潮安陳龍慶芷雲氏編

遊巖遠望追和王湘潭石刻韻　乙卯

潘贊成　子勷　廣東澄海

疊嶂層巒曙色浮巖泉皓潔出山流碑鐫草字藏峰腹徑有苔痕印石頭汕島煙霞迷巨艦蓬城榕竹擁高樓緊余何幸重來此陟上危巔豁遠眸

分饋遯叟訥公春釀系之以詩　乙卯

陳龍慶　芷雲　廣東潮安

火酒攙入北酒內重則傷腦輕傷胃商人牟利礙衛生草菅人命等兒戲欲將洋酒潤詩腸利權外溢事堪傷況當歐戰未休歇海船輸來價倍昂山妻研究造釀法半畝試將春秫揷酒成不敢獨爲歡移贈筵前和氣洽薄遊訪我到蓬洲憑眺龍巖豁醉眸自慚市脯先沽酒金釵私拔笑黔婁二公作客居崎碌沈酣六籍便便腹君子有酒旨且多頤養天和稱美祿團欒家宴綺筵啣葡萄美酒夜光杯客中不減故鄉樂拔劍燈前舞一回王弘送酒陶園去正當酒熟花開處底恐小巫見大巫平原督郵何足數

謝雲叟以龍巖仁壽酒見饋　乙卯

廪貢生　蕭頌常　遜愚　廣東南海

春風吹花襲面香醉頭滴雨甘可嘗誰家術蓟千日酒送我於無何有之醉鄉豈知我友家近龍巖側山靈援以海外釀酒之神方晨登龍巖掇仙草紫芝沆瀣出璇房人間長史得此秘密術神仙石髓傳嵇康更挈軍持汲巖水中有丹砂龍涎上藥流芬芳不然此泉都化作春酒糟邱之臺高於韓山蒼月支王頭爲飲器北斗承槽注下長江長菊泉仁壽在此邦酒泉玉門遙相望朝來贈我新釀瓶一雙爲我洗伐塊磊之枯腸涵融春煦萬象俱發皇氣冽於竹葉青味醇於鵝兒黃噫吁嚱此我與諸君仁壽同厥祥雖然老夫之壹鬱悲愁何以償老夫之俯仰身世徒激昂老夫之惟酒無量容何傷一杯呵出雲飛揚兩杯滿身散花雨瞢騰醉舞天孫雲錦裳三杯鞭虎下天閶擂我滇神獻我之龍筋赤藤杖翼我飛渡東海驂龍翔濯足翻鼇極攀手折扶桑四杯五杯不知數吞若雲夢八九何若須彌之毫芒跳下水晶宮擺簸龍鱗堂波臣海孽紛逃亡天吳贔屭無窟藏吁嗟乎大千微塵盡紅羊推瓶而起四顧何茫茫秀才功名紙一張邯鄲富貴夢一場四瞻圳老而天荒我獨奚徬徨嗚呼我歌我醉狂復狂天生狂生爲酒狂我歌慷慨無四旁我歌哀思獨難忘先生鑒我不我責願上劉伶酒頌以自勵彼二豪如蜾蠃

前題　乙卯

溫廷敬　丹銘　廣東大埔

聞說麻姑工釀酒一家眷屬住蓬萊愧非靖節高人比偏得王弘送酒來兩地知心遙把盞萬言得句想銜杯酸鹹世味慾難共（報君以鹹酸甜食品）瓊玖投成瓜李同

前題　乙卯

王道正　少斌　廣東潮安

我生不善飲畏酒如畏藥洋酒嫌不純北酒苦太烈土酒性近淡氣味又常劣偶然舉一杯未飲耳先熱蓬洲陳芷公我之知心友貽我尺素書持贈兩壺酒汲自龍巖泉釀自紺君手感君情意深滿飲一大口入口沁齒頰及腹潤肝腸頃刻達四肢徧體清且香提神而益氣不可例尋常敢問賢內助製法一何良

遊蓬洲遙望龍巖賦贈雲叟　乙卯

王道正　少斌　廣東潮安

春朝新雨後一棹泛清溪山擁孤城出天從極浦低潮聲深樹外人語小橋西緊纜忙尋路蒼苔印屐泥（舟過西隴關直抵東門起旱）（其一）

高人多逸致拓地構園林陶令辭官早揚雄住宅深圖書堆滿室花木植成陰一笑相攜入殷勤故友心（君於住宅前庭闢作潛園徧植花卉籬落藤蘿着花有致）（其二）

香風頻入座春釀乍開時飽喫郇公饌狂吟李白詩吹塤諸伯氏（與令兄景山先生同席）習禮愛嬌兒（六郎彬彬有禮）慷慨言懷久歸途不覺遲（其三）

不踐來時路紆迴出北門催耕忙綠野待渡趁黃昏煙水含詩意林巒帶雨痕（龍泉巖經春雨後蒼翠如滴）苛秦如許避是處勝桃源（其四）

龍溪逸叟過訪惠詩次韻奉和 乙卯

陳龍慶 芷雲廣東潮安

故人誠厚我訪我渡龍溪風正雙帆飽樓高萬象低扣關紅樹裏擁篲夕陽西無計留君住飛鴻印雪泥（其一）

預約山陰叟徜徉翰墨林同貞松柏操共住薜蘿深簑笠三春雨桑麻十畝陰問天天欲醉灰冷濟時心（其二）

登高懷舊事倏忽暮春時把袂思投轄臨流合賦詩危巢憐燕子幽谷聽鶯兒莫笑醇醪薄潛園酒熟遲（其三）

邯鄲慚學步布鼓過雷門看劍雄心在衡文老眼昏（時淪智舉行畢業考）和風吹栗里夜雨溼苔痕洗耳追巢父閒尋瀑布源（龍巖左有瀑布俗名洗布坑）（其四）

暮春訪李笏庭局長有贈 乙卯

陳龍慶 芷雲廣東潮安

新學萌芽灌溉深公門桃李喜成陰栽花隱寓安民術伐木常聆求友音臺榭無端移位置湖山有約待登臨他時重下陳蕃榻休負重陽菊酒斟（君來校監試約試畢遊巖惜未果）

有懷黎硯貽推事　乙卯

陳龍慶　芷雲　廣東潮安

一載鮀江施惠政兩番蠟屐訪名山臨歧贈我情尤摯（先生臨別以詩聯惠贈文曰對客呈詩如獻佛課兒種橘勝封侯）對月思君意共閒巖石留題書法古軒齋挂壁紙痕斑桂林他日甘棠茂（先生改官桂省）密葉高柯未許攀

暮春過芷公宅賦寄山陰逸叟　乙卯

王道正　少斌　廣東潮安

嚶嚶鳴鳥任相求又値春朝覓舊遊百里雲煙迷揭嶺（叟住揭陽縣城）一堂詩酒話蓬洲嵛陳氣誼兼師友元白衷情寓唱酬寄語山陰賢老叟安排訪戴泛輕舟（叟久有遊龍泉巖之意未得其便）（其一）

天許騷人一歲生未曾識面早心傾子房悟道偏多病表聖評詩得至情聲氣遙聯金石契鬚眉想見雪霜清相期笑比松梅竹消受嚴寒共締盟（其二）

次和龍溪叟寄懷山陰叟大作　乙卯

陳龍慶　芷雲　廣東潮安

謝絕明王側席求黃冠草服樂優遊雙柑欣賞黃鸝曲一棹斜穿白鷺洲好友多情盧再顧名山有主願應酬何時兩叟同攜手菡萏香中繫釣舟（其一）

同是黃龍應運生那堪西北竟天傾當途鬼蜮騰妖氣遯世巢由有逸情一代人才尺蠖屈千巖秋爽夜猿清與君共享蕭閒福珍重河山帶礪盟（其二）

答兩同年見懷詩次韻易體 乙卯

王皞 逸叟浙江紹興

同氣故相求相期物外遊（久蓄遊巖意嘗形諸夢寐）龍溪泛蘭舫鷁鷁赴蓬洲入座忘賓主飛觴數勸酬應嗟貧病客漏屋似漁舟（老屋漏雨如破笠然然猶愈於舟居也）（其一）

瑜亮並年生高風嶺外傾神交重意氣夢見感親情髮自憂時變詩應洗髓清春歸猶未晤空有白雲盟（其二）

擬題翁襄縠讀書處 乙卯

黃龍章 式予廣東澄海

仁夫遺跡已荒蕪三百年前此讀書經國籌邊欽偉略底今將帥似公無

又題石罅鳴泉 乙卯

黃龍章 式予廣東澄海

霖雨蒼生望久深屈身澗底作龍吟玲瓏石竅千年滴奏出簫韶盛世音

初冬遊巖成詩一律 乙卯

陳予齡 无那廣東潮安

已負重陽日吟鞭此又停霜餘桐樹瘦雨後澗泉泠海色凝眸白天痕壓額青倚崖時一嘯逸響滿蒼冥

少斌同年改逸叟爲佚叟賦贈　乙卯

王皞　逸叟浙江紹興

吾聞宗英少學文武道正己及物厭機巧世喪道兮時失人遺佚不怨身將老邇來更號作佚叟謙言避儜逸叟了知君幸未成龍鍾夢中曾見顏色好豈似邪溪洗耳人龜息鶴軀霜髮皓君不聞潛園中隱老詩翁龍巖容席感無窮（芷雲同年曾以詩許余故云）

答山陰逸叟見贈次原韻　乙卯

王道正　少斌廣東潮安

問君幾時僑居嶺東道風塵遇合一何巧同名同姓復同庚淪落天涯兩遺老君亦稱叟我亦稱叟鬢髮絲絲都白了世路底今荊棘多養性惟有林泉好江上晚風清山間夜月皓（指龍泉巖）願我與子長作主人翁取之無禁用不窮

次和兩同年改號唱和大作韻　乙卯

陳龍慶　芷雲廣東潮安

歲寒三友同年復同道兩叟文心琢句雕龍巧司馬相如藺相如隔朝異姓奚如此二老報本分爲山陰龍溪兩逸叟令人讀之心了了一叟改號爲佚寫出遺佚不怨之衷腸重九遊巖要

挿茱萸好虎谿仿三笑商山招四皓（逸叟述懷五叠韻欲招丹銘季岳少斌及余為四皓）
桃源避世君來作漁翁綠水青山與我樂無窮

遊龍泉巖放歌 乙卯

郭心堯 餐雪 廣東揭陽

我生自有遊山癖每向招提攜蠟屐遊山遊後便留題傾出胸中數斗墨汁污山石二十二日潮陽臨潮陽靈山之山不高深二十四日澄海歷澄海靈泉之泉只一滴山不幽兮泉不流處名何以有千秋只緣名人一觴一詠一遊釣故使山靈之名傳播古今留我訪詩人陳子到蓬洲陳子卽命諸郎陪我靈泉遊四郎五郎六郎七郎（宗錫宗錦宗鍔宗鈺）更共朵岑賢孫女導我與友仲容直躡最高峰處播席坐山頭坐山頭捫山腹一洞一洞穿石崖洞中黯黯列須彌洞裏紛紛飛蝙蝠洞門植松楸洞口臥麋鹿左洞嘯聲右洞聞上洞履聲下洞逐洞洞洞洞洞復洞都是玲瓏石塊環而複莊巖有佛題有詩寂寞無鐘守無禿山得遊我我應靈我來看山山有福靈山靈泉本無奇只供遊客一題詩地以人傳人自好山獲傳名山不知吁嗟乎靈泉之名只靠詩人為標準前於詩人（指芷雲先生）翁襄敏

題翁襄敏讀書臺 乙卯

郭心堯 餐雪 廣東揭陽

何地無幽勝翁公舊蹟存旌旗馴虎性苔蘚護書痕（巨石有曬書跡苔不能封）日麗春禽

砰泉寒古佛繁底今風雨夜彷彿課燈昏

遊龍泉巖 丙辰

王血痕 滄洲湖南衡陽

女媧難補天之缺奇石棄之窮髮北欲滌茫茫今古愁山中泉有蒼龍色（其一）

懸崖下有讀書犀雜以千尋之古木奇氣東南一口吞此山不負便便腹（其二）

附血痕過訪蓬洲贈句云○挂冠陶令賦歸來通德門前碧水迴忽過龐公高隱處蓬洲鄉是小蓬萊○去住閒雲自在身靈光遙接衆星辰門前報限乘槎客來作元亭問字人○賦就小園點綴工圖中和氣卽春風一家占領團圓月此是潮安郭令公（見先生家庭歡聚圖）○福地嫏嬛聚百靈筆花猶作古時春南來無有滄桑影未讀黃書淚滿巾（蠖廬藏書甚富報紙尤爲完備）

答滄洲君大作 丙辰

陳龍慶 芷雲廣東潮安

血痕先生枉顧敝廬適余病莫能興未獲把晤遊巖而返讀報至鮀江雜詠卅二首間有惠贈四章遊詩二章感甚病起寄酬

王郎拔劍歌斫地胸中磊落負奇氣倚馬一日試萬言雄才我當三舍避文壇餘暇以詩鳴與酣落筆鬼神驚陵谷滄桑雖變幻萬古難磨此菁英神奸竊國義師起鼓吹國民賚報紙三千

毛瑟震法皇口誅筆伐奄奄死星言夙駕到蓬洲臥病相如不自由蠖廬雖下陳蕃榻鮀浦難陪郭泰舟侵晨彳亍龍巖側芳草萋萋榮枳棘一丘一壑本尋常高人遊釣應先色巖中石刻首王公流風善政世推崇古今人豈不相及況迴遙遙屬華宗愛國提倡大革命文字獄成搔短鬚奸吏竟爲瓜蔓抄泰山猛虎傷苛政杜陵弟妹各西東鴟鴞毀室神人恫（君前辦愛國報爲當道所忌封報館拿主筆甚至查抄家產弟妹流離且音書梗阻）欲抒國難家先破黨人碑下拜英雄間關跋涉爲客慣回首前塵如夢幻豪氣先呑巫峽猿家書望斷衡陽雁揭來汕島張吾軍大風鼓盪掃妖氛（君現任大風報筆政與長次兩男同事）雄師誓飲黃龍酒健筆催成汗馬勳（洪憲告終報紙之力）黃陂就任民所徯擁護共和鞏國體從今偃武復修文天河長把甲兵洗

長歌答芷雲先生見贈 丙辰

李寶森 谷僧 廣東大埔

龍泉巖下蓬洲湄中有幽人冰玉姿神仙眷屬住雲水汀蘭岸芷香紛披江山華藻供吟詠陽春白雪霏清詞曩曾艤舟一過訪劉安雞犬繫人思豈知人事竟茫茫一別十年鬢各霜冥鴻蹤跡杳無定往來鮀浦空相望世界於今不忍道滄桑變易堪一笑嘯傲湖山釣渭濱聊將詩酒遣懷抱畢竟難忘憫世心遂令識曲知商音摩詰懷人寄芳訊（王逸叟和韻詩有感慨發商音句）元龍感舊發清吟得君清吟抵千金悠悠兩地各情深陶令歸來愛松菊龐公老去

卧雲林眼中詩侶傷寥落況復相如病消渴黎輿袁蹶快人心喜君霍然占勿藥我聞此語多感傷安邦自古資明良人心久已溺功利誰能洗髓並湔腸竊恐神州成瓦裂山岳平原薰禍烈同室操戈持鷸蚌漁人之利强鄰攫人居覆載孰無情眼看離亂哀羣生日夕空庭對蒼昊心香一炷祝昇平昇平重見會有期與君俯仰更神怡潛園蠖廬好風景看花飲酒吟新詩鮀浦盈盈一水隔好招詩侶聯仙客乘興同登王子舟德星重聚太丘宅躡雲直上龍泉巖長嘯蓬洲秋月白

六月十二日遊巖紀事 丙辰

陳龍慶 芷雲 廣東潮安

時同遊者爲周子元鄭植卿兩太守吳荷生明府劉仰周警察分所長

神州泱漭喧鼙鼓留此一片乾淨土有客有客快登臨長嘯一聲山鬼舞我來恰值豔陽天行潦潢汙不得前難得衛兵抛稻稿鋪成平地輭於緜扶持同過羊腸路參天樹色長如故年來多病復多愁山靈久別傷遲暮踏徧雲梯最上層荒凉古寺久無僧呼僮吸水烹茶飲弔古傷今感廢興翠公政績高褒鄂緊余衰病卧雲壑壯年宦海也浮槎手板脚鞾苦束縛渡閩高卧鄭公廬格外垂青愛屋烏（鄭太守任京秩時與家玉坡兄同部交厚故余入閩一見如舊）自慚不舞羊公鶴空類燃脂懶婦魚采芹回憶少年事周吳二公同拔萃（二公爲乙酉拔貢潮州郡於甲申先試適慶進泮之年也）讀公文字早心傾崇拜玉皇香案吏吳公一別十餘

年家學淵源喜象賢誰宰花封誰選拔軾轍齊名慰老泉二思樓主鬍頻撚（二思樓爲子元太守書室）政治餘閒詩酒遣賢郎射策入京華高等文官階上選彼此鬚眉各老蒼寺門閒坐話滄桑東南烽火何時熄瀝吊西風淚數行劉昆宜作江陵宰（謂劉區長）驊騮開道雄心在大才小用試牛刀際會風雲猶有待吟詩我愛謝宣城（亡友謝安臣明府前同隸閩省仕版有詩泐巖右）勒石懸崖字字清底惜東山絲竹寂隻雞斗酒溯生平羣仙高會良非偶陳蕃有榻高懸久小住名山兩小時臨歧話別遽分手分手呼公無渡河留公不住別情多重陽時節登高好願公來遊復來歌

遊龍泉巖訪翁襄毅公讀書處　丙辰

周易　芷沅　廣東揭陽

有約煙蘿躡屐來巖扉路撥亂雲開當年象嶺思經略故里龍泉倍溯洄惇史早崇名宦傳山靈長護讀書臺朱鳶郡國今誰屬可惜平交失此才（易前蒞龍州凡憑祥鎮南關一帶皆公昔年建功之地今則河山如舊藩屬已非俯仰今昔不禁感慨係之）

分詠龍泉巖八景　丙辰

王道正　少斌　廣東潮安

〇〇寺門古樹

門前一樹綠陰成密葉繁枝老愈橫入世無求容兀傲參天有力任支撑最憐錯節盤根態別

具遮風障日情不與羣材爭致用深山鎖靜養長生

○○幽室殘碑

尋幽穿穴覓遺碑珍重湘潭七字詩拂拭微塵摩手澤吟哦佳句見心期乾坤萬里開生面巖壑千年結舊知數語流傳名宦跡莫因作吏悔歸遲

○○澗底鳴琴

遙聞澗底有清音知是誰家正鼓琴對月臨風中散曲高山流水伯牙心尋聲最羨絲桐意感念眞同解阜深四顧懸崖人不見若揚若抑韻沈沈

○○花臺弔古

欷歔憑弔讀書臺舊日荒堂囑咐開泉石共生今昔感風雲遙盼海天來遺蹤珍重傳青史斷址依稀長綠苔時事變遷褒殺往山林何處訪奇才

○○曬書留影

亂草蓬蓬鎖院門奇書曬處影長存羣篇已付鄉嬛地片石長留翰墨魂白日有光侵舊迹清風無力掃殘痕山靈未許斯文喪默待遊人細討論

○○瀑布傳聲

纔聽江頭漲早潮又看瀑布下山腰涓涓湧出泉千尺落落長拖練一條色映獅涎清氣溢（山北有形如獅口而流水終年不絕者俗名流涎獅）流衝鮀浦應聲遙天然一幅新晴景擬

倚倪迂把筆描

○○石局彈棋

誰劃棋枰戰守圖削開巨石作平鋪琴書外有消閒趣几席間曾決勝無黑白安排防失着縱橫形勢各分區橘中孰若山中便二叟當年未免迂

○○頂巖禮佛

振衣拾級上巖巔又到菩提寶座前曾讀儒書羞佞佛權從衆意學參禪焚香共證來生果翦紙聊充買福錢倘得慈悲消萬劫此間卽是大羅天

偕友謁雲叟不遇遊巖賦呈 丙辰

陳煇嶸 鏡吾 廣東澄海

久切瞻韓願莫酬龍泉勝地快同遊峰巔卓立空千古眼界宏開隘九州天遣名山供嘯傲人逢佳節擅風流書臺宛在懷前哲又聽鐘聲林外浮

隨師遊巖賦呈雲叟 丙辰

陳樹桐 嶧巖 廣東潮安

古樹撐空綠水流仰觀俯察豁雙眸煙雲縹緲雁聲遠澗谷潺湲龍氣浮日暮寒鴉爭擇木天高孤鶴早驚秋書臺屹立人何在斷碣摩挲動客愁

龍泉巖遊集卷之九終

龍泉巖遊集卷之十

古今體詩三十首

潮安陳龍慶芷雲氏編

偶歎寄家蘭甫及芷斌兩同年 丙辰

王皞 逸叟浙江紹興

滄海橫流日蒼生落蘀秋（假太白蒼生疑落葉句）苦無結巢處徒欲乘桴游雁草天書疾風回地籟柔神交猶未晤莫寫萬端憂

答逸叟見寄並邀兩同年遊巖 丙辰

陳龍慶 芷雲廣東潮安

登臨虛留約辜負萬山秋揭嶺歸鞭速（先生本約星期日來遊乃因令愛病恙拜六回揭遂至改期）龍溪畫舫浮他鄉聚萍梗詩教寫溫柔但得羣賢至蘭亭豁滯憂（此會擬摘蘭亭序廿九字拈韻故假王玄之蘭亭詩酣暢豁滯憂句）

答逸叟見寄次原韻並柬雲叟 丙辰

王道正 少斌廣東潮安

遙盼高人跡蒹葭一水秋安排陳榻下想見載舟浮揭嶺煙雲遠蓬山草木柔何時同聚首杯

酒濯離憂

龍巖雅集分韻賦詩得羣字 丙辰

陳寶珩 蘭洲廣東潮安

山勢拔地起巍然迥不羣嵯峨磊怪石孤高插天雲下有大海之浩蕩上有紫氣之氤氳萬里河山鍾秀色一臺屹立獨稱尊此中自昔隱奇士胸羅偉烈勇絕倫洞壑幽深高臥處曬書石上滋苔紋靖難無人神鬼泣隻手擎天急扶輪記功廟堂垂萬世山河銘刻留舊勳明祚滄桑三百載遺風猶自此間存憑闌臨風俱有託登高訪古挹前芬潛園吾宗深同契年年着屐酒盈樽眇絕頂垂釣綸醉倚巖阿顏墨灑折柬邀朋齊嘯傲拈韻分題繼斯文我來摩挲長太息前不見兮後未聞數聲清磬隨流水幾株老樹傍寺門山靈寂寞天沈醉菩薩低眉野鹿奔君不見方今天下正紛紛島夷荒服競妖氛猛歌大風思將士千秋共惜飛將軍

前題得賢字 丙辰

顏謙 澤民廣東南海

聞道龍巖勝跡傳書臺遺址認前賢未登雲岫先忘俗纔到蓬洲便欲仙疊菊傲人欹仄徑山茶供客試新泉壯遊佳興渾難盡歸路迢迢起暮煙

以遊侶拈鬮之前八字再綴一首 丙辰

顏謙 澤民廣東南海

天風吹下雲之君神龍飛雨何紛紛擘開巖洞奔雷霆獨立衆壑誰與羣騎鶴仙人出洞天九華怪石凌蒼煙飛輊未逢玉女面聯袂忽遇竹林賢我來登高逾九日重陽佳興猶未畢山徑千層劍石稜清谿一轉雲峰失山靈兀立笑人至莫登絕頂防顛躓有時攀躋欲上天忽然下臨眞無地昂頭擬作龍虎嘯對此茫茫動悲笑泉水在山忘濁清青山亙古無老少松風泠泠振天響提筆四顧驚蒼莽南天日月且流連北極風雲任消長潦倒詞人爛白衫天涯萬里駐征帆欲學青蓮夢天姥且隨仙侶聽雲咸聞道西陲兵未戢買山歸隱恐不入海外風景如許長悔不招邀來此集

龍巖雅集分韻賦詩得畢字 丙辰

盧卓文 民 悔廬 廣東新會

我到龍巖遊重陽後三日雙槳破寒煙一帆飛鳥疾主人陳無已愛客亦豪逸握手笑相迎乍見如膠漆咄嗟羅樽俎恭敬陳棗栗鄉味隔已久大嚼寧能尼須臾聯袂遊攀崖石底出跼步凌煙靄尋幽還躡郅山危石恐墜徑仄足防失人語山鬼膺松老遮寺密剔蘚讀殘碑字滅半不識淒涼讀書臺風雨空蕭瑟斯巖亦何幸得賢而名溢告歸述此篇愧乏生花筆景亦有時盡悠悠情未畢

前題拈得至字韻 丙辰

葉菊生 餐英 廣東梅縣

我昔居汕島夙抱遊山志矯首望靈巖翼然在天際丙辰暮秋月上澣纔過二猥承蓬萊客揮手相招致良朋五六人揚舲共西淅艤舟南郭外仰首見坤境主人久候門一一問名字朱顏幸親炙珍厨復饜飫示我紀遊篇琳琅幾爲皆名山信有靈斯文應未墜爲趁腹笥便各遑腰脚利行行二三里歡喜涉初地登高作勝遊訪古寄遐思風景飽領署名跡探奇異始登讀書臺纔入香積寺古洞實清幽磴道盤透邐榻上牛青苔摩挲一長欷斑斑石上痕手澤猶未昧名賢倏已往芳躅誰能繼遙遙四百年俯仰生感喟天道本循環有如日中昃巖石鬱穹窿字跡久既晦聚訟者紛紛囂能出精詣陳丈雅好古搜訪及隱秘抉微而闡幽有若撥雲翳後世有子雲足音欣所嗣我來値良辰風日殊晴麗瀟灑滌塵襟徜徉散俗慮游目忽東望樓臺相櫛比炊煙起萬家狀若明星概白日漸西趖涼風颯然至去去各下山奮迅如飛騎時光不可留扁舟作歸計茫茫煙水中一葉如浮蟻勝會原不常斯遊豈能替主人意良厚感此殊內愧浩然發清歌聊與相鼓吹

前題分韻得少字　丙辰

許雲濤　以字行　粵梅縣

主人太丘長佳客集羣少風日幸晴和登山探奇奧未蠟阮孚屐（時余將至星架波坡爲大風報招股原於前二日成行因輪船展期始獲赴茲盛會）且學蘇門嘯悵然懷古人既往誰能紹遐哉蓬萊鄉會見德星耀

前題分韻得長字 丙辰

陳任楨 笑儕 廣東梅縣

龍泉名巖鬱奇特耳震其名夙嚮往欣値陳子招我遊（芷丈令郎遁徇）一葉扁舟懸五兩中流吐納空氣清塵心去盡塵襟爽且談且笑樂未央報消蓬洲城在望吾家高臥有元龍息影林泉甘韜養吟壇著譽廣結納遠近咸稱太丘長登堂拜謁挹鴻儀霽月光風難彷彿殷勤欵洽羅酒漿高朋滿座心譜賞良辰風靜日晴和且喜追隨適莽蒼層巒疊石壯奇觀古洞逶迤僅容顙前賢遺跡今尚存遐哉翁公深景仰誰能繼軌迪前光闡幽抉微推陳丈白日西傾涼風至載賦歸歟蕩雙槳名山名士兩不朽末光竊附吾能償蓬萊清淺自何年陵谷變遷發深想我賦長歌三歎息平生能着屐幾緉海內名山如有緣再續天台與雁蕩（芷丈有意遊天下之名山大川深願附驥）

前題分韻得咸字 丙辰

陳予齡 无那 廣東潮安

拔地奇峰劍出函怪石突怒勢巉嵒靈竇獨闢山之嵌老樹覆翳綠垂髟禪室僧扉任啓緘危磴屈曲廢削劖書臺榛莽誰刈芟緬古燃薪有畢誠幽宰壁碑誦諵詁摩𡁠丹朱新鐫鑱爛熳紅杷日嘶饞清虛爽氣透輕衫登臨況續竹林咸纘性眞欲謝塵凡夕照流輝遡西銜日歸日歸語何讒更誰停屐問甘醎仄徑飛步疾奔驅卻顧冷翠撲空巖天風吹墮影巉巉

前題分韻得集字 丙辰

王道正 少斌 廣東潮安

甲寅九月秋，羣賢同宴集相率巖上遊臨風良久立容易兩三年秋風又習習陳子貽我書邀我情轉急童子五六人詩友八九十重陽後三天名山約重入得書速安排攜笻兼戴笠從諸君子後追隨恐弗及石徑犖犖高振衣同拾級泉水涓涓流一掬同飲吸山景固依然山光猶可挹席地而談天衆情樂且翕興盡方下山詠歌各一什快哉子陳子騷壇牛耳執前集乍成書新詩又續輯盡日為詩忙無慮不暇給

前題分韻得此字 丙辰

楊敬師 雪立 廣東潮安

吾潮地勢東南圮東南名山拔地起山名桑浦千萬峰羣峰馳突如鞭捶滄海迴瀾波浪瀾山障中流作柱砥天開世界湧龍泉龍泉奇巖孕山趾我今再汲龍泉來憶昔及門曾會此銅琶鐵板唱大風氣吞煙雲走虎兕四年三度到斯巖東道頻向潛園指前度有序記重游此會可不以詩紀巖前有樹已參天根幹盤鬱蒼松擬巖泉有聲流石塢彷彿古琴鳴澗底摩挲石壁讀舊題湘潭殘碑尤可喜弔古步上讀書臺襄毅英風長已矣籌邊壯略今尚在邊陲已無完壁壘鮀江市舶日紛紛歐美倭人羣戾止門戶何為竟洞開禍自道光五口始國家積弱豈無因瓦釜雷鳴黃鐘毀讀史曾慕翁太師北逐俺答南交阯吁嗟乎北逐俺答南交阯奈何空讓

前人美地傾東南山屹立國傾禍危人心死我今嵩目擊時艱西歐風雲漸東徙投筆籲天天夢夢水自橫流山自峙我心何樂乎遊山我情何暇乎玩水遊山玩水不徒然我於翁公深翹企況有詩人陳芷雲殷勤爲公護遺址招邀詩侶作重陽賓至如歸頻倒屣堯羹舜牆且寄慕龍泉刻曰公梓里雖然遊巖必遊巔振衣千仞曠瞻視濤捲海門爭噴薄雲橫澳島競逶邐極目萬壑與千峰都在蒼茫一望裏世路崎嶇險於嶺夷險斯能安素履居然飛步凌風翔碧雲在下天尺咫滿天秋色動秋思日暮霜猿啼未已欲將秋思寫新詩萬言未能效馬倚澹園主人詩中豪主人登壇執牛耳分曹拈韻鬭尖叉愧我荒蕪多塵滓僨臺高築爲事牽還詩但期矛牴訾詩壇諸公皆健將揮筆濡毫如振綺名山何幸得主人前有襄毅後陳子編詩殺簡壽巖阿襄毅遺風猶密邇會看繼起有英才杖策籌邊湔國耻

前題分韻得地字 丙辰

余鴻儒 少銘 廣東饒平

久耳靈泉名頻讀靈泉記萍梗走風塵足跡未能至風月本多情湖山不我棄陳子今詩人詞壇樹一幟吟詩互唱酬訂交由文字民國作重陽不隸滄桑慨復作主人翁折柬勞再四共飛金谷觴盤飧有兼味一年一登高人生貴適意豈效窮途哭莫隕牛山涕賓主美東南便便五經笥絕頂快攀躋秋深横老氣巖石自嶔崎獨具干霄勢襄毅讀書臺巒出層巒翠恍聞讀書聲涓涓泉流恣曬書石尚存印痕留標識仰觀揭陽嶺衆山皆入畫俯瞰大海濱滔滔浩無際

靖寇憶觴邀斯人渺難致景慕溯前徽山川皆附麗人事幾變遷夕陽剩古寺長嘯來蘇門一聲空天地

盛會未赴主人代拈有字成詩以應

丙辰 吳之英 夢秋 廣東澄海

造化之奇無不有龍泉蜿蜒歸海走羣峰到此勢截然巖洞忽開五丁手前遊彷彿已如夢夏有櫻廚秋菊酒（庚子九日及丙午夏初兩遊斯巖）一刹那間十餘年試問山靈相識否星移物換歲丙辰風雨滿城又重九登高能賦集羣賢折柬相邀勞畏友會當衣振千仞岡長嘯海天付潮吼清狂不減杜司勳人世幸逢開笑口茱萸徧插事偏違雅約坐令竟辜負空谷何故少足音幾卷經方懸我肘陳蕃虛設徐孺榻猶呵好辭續韲臼韻鬮尖叉代拈得尺素催詩魚腹剖巴人勉和陽春曲槃槃大才慚八斗文字但教無債臺休論揚前與揭後劍南往者作重陽開甕故遲一月久佳節距今只經旬龍山況復堪回首羣公觴詠劇風流奚啻蘭亭會癸丑附驥倘能使名彰文章距愁覆醬瓿即今中原尙多故頃刻白雲變蒼狗吾曹丁此將何爲大雅扶輪賴不朽異時梨棗畢殺青藏之名山齊二酉鬼神呵護虎豹嘷桑浦巍巍與俱壽

前題分韻得崇字

丙辰 王祖蘭 伯文 廣東潮安

有約龍巖攜短笻一層隱伏一層崇閒拖遊屐頻尋白淨洗飛塵不染紅澗水鳴琴音上下雲

山掛虹影西東荒臺霧鎖蘿緣壁蕭寺涼生樹作幢玉瀑潺湲驚倒峽霜林燦爛欲燒空摩挲健筆神君碣覺浮名佛子鐫詩擬粲花懷曩日經緇貝葉藉秋風曬書舊迹留苔外對局誰人入橘中曲徑衝煙凌鳥道危峰過雨豁鴻濛相期嶺海將文物孰向邊疆紀武功小帽防吹猶憶孟長纓請繫敢忘翁城頭返照寒兼暖屋角炊煙淡復濃榼挈太丘全地主龕供彌勒繫天工騎驢得得來騷客叱犢嗚嗚數牧童薄醉傾樽輕富貴狂歌倚劍弔英雄登高何必循重九明月清泉夢也通

前題分韻得山字　丙辰

李青　仰蓮　廣東潮安

一從匹馬下禪關（乙巳遊巖即宿寺中曾題一詩於門樓）福地重來會總慳（自乙巳後屢思重遊而未果）國士久經還漢社仙人復自戀家山（先生曾宦遊閩省余以序文送行不久即請假回籍辦學）摩崖字跡應猶在（曾題沁園春一闋於壁）壽世文章莫等閒（先生有待梓之書甚多）偏是主人情意重開樽追憶舊鷗鷳（其一）

自笑年來兩鬢斑鏡中非復舊時顏林泉有約期常在歲月無情去不還結社高風留化育懷人雅韻記追攀（君刊百懷詩集余為之序）多君一再催詩意聊把微吟獻魯班（其二）

前題分韻得峻字　丙辰

吳之藻　夢蘭　廣東澄海

多君邀我訪靈泉此地山崇嶺復峻況有脩竹與茂林雅會何必蘭亭儷我因俗事苦紛羈少長咸集讓豪俊片寘頭上當催詩君又拈韻柬余信雖然漁父未重來山水當年經一瞬翁公昔有讀書廬彷彿猶能夢裏認扶疏古樹繞寺門落葉橫秋紅作陣怪石嶙峋古洞開振衣竟上闌干仞上有白雲下甘泉雲影泉聲心與印年來久已別名山寄語山靈相問訊

龍巖雅集分韻賦詩得嶺字 丙辰

溫廷烱 季文 廣東大埔

龍泉勝跡久擅名今日重遊跋峻嶺東道陳君意殷勤引人入勝我心領石室忽然現巖上同儕六七皆遊騁此是先賢讀書處塵寰安得此幽靜沙鳥風帆遠眺間撲蠶紅塵忘晝永怪石嵯峨突我前日落西山榕倒影重陽節已過十天涼風颯颯入衣冷雖欲久坐更不能徘徊路傍覺榛梗蒼然暮色靄前途扁舟返棹看潮打

餘意未盡依前韻另成一章 丙辰

溫廷烱 季文 廣東大埔

蓬洲山水清且奇不入中原入揭嶺蜿蜒山脈走海濱遠望奇形我引頸十二年前憶舊遊山僧猶在禪門靜盤根錯節有古榕搜覽留題盡日永石上曝書跡宛然佛無香進燈無影憑弔翁公碑碣留追想當年風骨鯁人生在世爲留名富貴榮華成俄頃陳君今日主名山兩柬邀遊躬何幸晚風習習送我歸歸途籬菊發新穎

龍巖雅集分韻賦詩得茂字 丙辰

羞勃廣東潮安 楊尚炯

詩友招遊蓬城右中有天梯石棧交連之巖岫此山應是石罅鳴泉飛玉龍萬古潺湲鳴奔溜我來九月正秋深携筇聊逐諸君後白雲紅葉山徑寒迎面古榕蔚然秀想見三百年前高人手植長不凋一草一木直配山川壽天然古寺天然龕一尊南無彌勒居石竇秋吟正苦霜雪堆𩯭髭歡喜佛似笑我瘦手摩碩腹自便便相傳貯米無量將飢救山僧缽空悔噬臍齊東野語何荒謬平生不與佛因緣譏彼沙門爲佛繡佛閒此處有高臺曩穀當年工結構讀書習靜避塵囂胸藏甲兵羅星宿此山乃若特因此臺重今胡山在臺荒無與守從來勝地藉人傳山有傳人山不陋臺畔鳥聲鎮日啼書聲歇絕誰與明句讀滄桑變遷紅羊灰風霜剝蝕神默佑曝書留影莓苔不敢侵文德武功懋哉懋欲爲翁公敬奠酒一盃主人開樽殷勤向我授狂歌當哭祝英靈澗中琴筑笙竽翕然奏太息邊塞把纛氣伊誰平夷敵愾同享此籩豆行樂及時消杞憂平陂往復底事多偎懶寺僧獻茗解煩襟甘露沁脾風生袖摳衣更上巖上巖巖洞幽邃雲封竇石牀石凳無人蹤若非窟宅神仙便是巢賊寇蛇行猱升愧未能冒險縋幽讓猿狖手撥煙雲伏以窺差幸偏人無禽獸山頭彳亍日影斜秋風寒吹毛骨透泉飛瀑布聲淙淙松濤蕭颯昏白晝聯翩遄返山寺中旁有幽室數椽偶獲殘碑覩摩挲字跡一章詩宰澄王公留題昔鐫就此公善政流風志乘光到今共誦湘潭華宗冑波磔嶄然硃色新石碣黝黑仍其舊

應是吾友寶護前賢遺澤功刪誤訂訛勞研究星移物換傳聞又異辭考據詳明正疏漏吾友不愧此山主人翁奄有龍泉之巖不用一錢購收將風月餉羣賢役使山中草木煙霞泉石將酒侑名士足令名山傳大名當繼翁王二公垂宇宙此遊我得附青雲分韻題詩篇幅富唱予和汝暮煙閑石上掃苔思刻鏤勝遊人傳紀遊詩共願千二萬年山不騫崩松柏茂

前題分韻得林字 丙辰

饒闕常 簡師廣東大埔

龍泉名勝共登臨古寺清幽蔭古林雲鎖危崖藏法相水流石罅響琴音千年曬簡分明認一局殘棋仔細尋我欲留題酬厚誼秋風黃葉助高吟（其一）

拈筆抒懷感不禁名山鐘鼓久銷沈蛛絲網挂空禪院鳥篆碑遺舊士林一座書臺風雨冷千層古洞薜蘿深翁公已去猶存蹟題壁教人淚滿襟（其二）

路轉山前荊棘侵行行且眺總關心稿苗野外祈天雨黃菊籬邊佈地金集詠泉巖編書閣園看花鳥羨雲林同人遊罷情難舍返棹鮀江夕照陰（其三）

次和簡師遊巖第一首原韻 丙辰

丘煥樞 星五廣東大埔

爲愛名山再一臨西風獵獵振空林樹梢影現人如畫澗底泉鳴石有音寺老僧空憐寂寞書亡巖在費追尋我來無限滄桑感兀坐蒲團發古吟

遊巖三律第一首用脩字韻 丙辰

王皞 逸叟浙江紹興

浮槎不覺到蓬洲枉說山重水阻脩登岸雲開呈鷺嶺入門花笑見龍丘潛園歡讌先投轄大集貪看久倚樓感激故人情懇摯酒闌命駕導犖游（其一）

穿雲飛屐造巖間笑把黃花興灑然鶴瘦身宜披鶴氅龍團茶愛煑龍泉掬流洗耳龍吟後挈伴尋幽鶴導前長嘯一聲滄海立蹴鼉驚躍夕陽煎（其二）

愛客君應似孟嘗探幽我也慕重陽千巖萬壑呈奇景瑤草琪花競晚芳倦臥神僧坐禪榻懶登蹇毅讀書堂三年舊約今方踐笑語山靈漫築場（其三）

龍巖雅集分韻賦詩得竹字 丙辰

丘福煥 星五廣東大埔

龍泉山靈與我十載以前已相熟（丙午歲曾與涂雲史王少瑜諸君率學生遊此）龍泉主人是我十年以長兄事屬主人招遊歷四年恨我未能相追逐蓬山不遠隔十里盈盈一水波濤伏曾無風引舟不是隔大陸胡爲乎欲往不能閱數載毋乃山林無緣少淸福今歲國家遘陽九中原多難群爭鹿世途荊棘不可行我欲入山將髮祝忽憶舊遊地疊巖多石屋緬懷鄉先達此心常私淑翁公事業著青史當時曾在此間讀憑弔遺跡低徊徘復古人不作仰天一哭幸有陳子今之賢遠紹淵源受鍾毓五百年間名世生移家來住此山麓一門似魯多君子

蓬洲滿城蒜脩竹斯巖寂寞幾星霜逐發幽光耀人目重來山靈應不識逝水年華眞太速秋風吹我髮種種况經變革頭已禿因擬乘便託空門及早解脫棄儒服縋幽鑿險窮搜羅忽躡嶙峋忽幽谷有時據石高呼聲裂雲有時摩挲感慨對古木巖前雙榕幾百年閱盡滄桑世變局當年曾伴翁先生令欲與汝慰幽獨吁嗟榕兮顛否與我伍幸毋飛柯折輪掃游躅主人應許作介紹舊僧散去新僧續有志何難竟有成古今萬事如轉燭正恐慮願不能償學佛無成骨相俗斯遊須備未來事一似靈均將居卜主人殷勤具雞黍陶然一醉德果腹座中佳士符作者（是日遊侶七人）酒後潛園同賞菊遊罷示我遊巖詩多年累積成卷軸讀詩恍如遊此巖佳句紛呈歎繁縟愧我無才學步趨蛙鳴難答鈞天曲擱筆黃鶴樓自量才不足東施强效顰醜顏費膏沐侍婢學夫人舉止終瑟縮幸得名山助吟興滌蕩胸中塵萬斛歸來連夜不成眠放膽操觚攄積蓄有如江流滚滚挾沙石衝過三峽下巴蜀又如懸崖萬丈立石壁滂沱大雨溜飛瀑詩成回首望龍泉黃葉西風秋氣肅

龍泉巖遊集卷之十終

龍泉巖遊集卷十一

潮安陳龍慶芷雲氏編

古今體詩二十七首

郭心堯　饕雪　廣東揭陽

盛會未赴主人代拈叉字賦呈　丙辰

臘，客訪潛園挨過年關候欵飲酥醪香導遊靈巖秀石塊硐玲瓏天光時一漏出洞復穿洞鑽頭入雲磴蘭若松團陰石𣘺苔蘚繡翁公讀書臺曬痕石上皺搜僻考古碑摩挲稽篆籀芳草抱裙腰山花簪石獸偶值流泉源淙淙巖上溜時逕野梅風陣陣寒香襲我因叩禪關惜無生蓮咒梁塵飛蝙蝠龕燈羅𩪘馳帆影天際飛濤聲雲外吼斜陽排墟落人煙寒橘柚興隷賦歸來炯佛別故舊鮭菜貧郎家吟樓臥燈豆（余所居樓名）忽忽轉鵨蜂勞勞私累圍僕僕渡河津茫茫海天逗容易作重陽秋風欺短袖名山原在望思登好巖岫無奈素心違歸期逼婚嫌嫁女向平愁吟詩沈郎瘦（九日在鮀江賦感懷四章）拙作淹我公明發伻來騃惜哉齊濫竽不克備左右雅集既無分爾韻代拈叉愁絕鯉魚書有章須急就賤子襪線才此才非天授況乃萃翠仙琳琅天府富屈宋豈衙官王前懼盧後雷門布鼓敲割肉鉛刀奏自笑唧唧鳴敢與錚錚鬬譬彼翠鳳噦我獨含音轂儻許梨棗附奢望金石壽底覺羼聾言用以答高厚

前題得有字　丙辰

馮嘉鑄　印月浙江仁和

風雅繼蘭亭飛觴佳節後千仞讀書臺勝蹟流傳久昔居東澥翁今得潛園叟拈韻索新詩課虛以責有巖岫倦登臨故人意辜負憔悴病維摩臨風獨搔首（時值臥疾故不獲赴會）

龍巖雅集分韻賦詩得清字　丙辰

張應暘　仲琪廣東大埔

元龍負豪氣騷壇夙主盟好客座常滿名山傲公卿居鄰龍泉巖探勝心常亨至樂與人同伐木歌嚶鳴鮀江作寓公神交會嵇康雲樹結遙想三載心懸旌今歲重陽後秋高天氣清聯袂赴雅召沿流買櫂行岸葦森畫戟微波漾綠萍登陸詣仁里桃源風與衡城郭繞山碧俗醇讀且耕造廬識荆州風采一座傾談論心相印茗甘雀舌烹酌我青梅酒餉我嘉肴羹攜遊覽名勝殷勤導前程磴途披蒙茸嶙峋戒履輕鳥道經百折豁眼風物明如入山陰道入勝妙難評如登羣仙域攜手上蓬瀛潺潺石泉流如奏雲和笙天風扇叢木如聽海濤聲桑浦蜿蜒亙蓬洲陌縱橫俯視萬頃疇花芬秋稻秔遠望鮀之湄盈盈水一泓闤闠煙霧中莫辨飛甍俯仰襟懷曠思古心怦怦翁公讀書處巖穴尚留名棋局曬書石芳躅傳編氓摩挲認碑碣仰止欽者英憶昔三河遊萊草弔芳菁（兹曾於三河鎮謁翁公墓）乾坤爛大業閱世猶崢嶸思齊發遐想無成慚歲更行行憩古寺榕蔭青四榮風霜任百歷不改秀雙撐我佛大慈悲法相巍

然呈捨身苦救世功德莫與京我無濟世術愧對佛力宏蹉跎感遲暮鞭影懍且驚勞勞風塵裏日邁月斯征奚如澹園主園居道安貞花鳥堪娛適讀書課雨晴瀹智育多士著作席豐盈搜羅纂今古牙軸擁百城盍簪分雅韻霏屑玉瑽琤表彰前明哲山川重光榮聞風輒興起千載振聾盲歸途無限意回首暮雲平感茲尚論心省躬愧汗幷思滌往者非日新求自營種種昨日死種種今日生期不負斯遊殷殷東道情一笑問名山能否許我成

前題分得流字韻　丙辰

曾傳經　籍雅廣東大埔

韓江汨汨懸長流羣峰挺拔凝素秋一丘一壑足佳致奇境夙耳龍泉幽無緣得問肆搜覽空抱遺憾留荒陬何期乘興得雅集翩然一棹飛蓬洲澹園主人詞壇伯久作斯主勤探搜時召賓朋作佳會偉有著述名山留茲來備見逸興在嘉肴美酒殷綢繆欣然醉飽感盛德導我更上龍巖遊輕裝緩步出西郭紆迴百步躋丹丘森然古木蔭樓觀靈境得此神悠悠拾級更登石磴去別有幽洞如方舟云是東涯讀書處卓然想見廊廟猷嵌空怪石仗神斧古壁鉤錯蟠螭虯訇然石扇闢天柱蒼翠一徑撐松楸萬方此日懷秋氣聯兵決鬭成讐仇伏屍萬里徧流血舉目慘淡黃雲愁我獨晏然得縱覽際此良會誠難求因時修政古所急要使農工惠普乘卒整備勤苗蒐年豐民贍國以固方得騁我遊足開雙眸靈區徧歷衆亦倦日色欲暝風颼颼少憩盤石冷侵骨更欲縱論其無由攜手下山覓歸棹波濤萬頃翻銀鉤勝遊自須有述作枯

腸莫貽山靈羞天然巽日得所假還來酣醉元龍樓

遊巖補賦激字韻 丁巳

林廷玉 醉仙 廣東惠來

丁巳上元後一日蓬島峰頭雲氣濕張陳二子許同遊先遺奚僮荷箬笠筠籃茗盌細安排龍泉巖前同拾級我時伴兒童踏沙礫攀藤蘿撫苞櫟直登襄穀讀書臺古碣殘碑看一一臺前煙樹萬人家風帆沙鳥鮀江側巖邊澗底聽鳴琴寺外榕陰垂古碧前山瀑布出丹崖一局棋盤誰拂拭幾行裙屐拜僧龕合掌觀音藏石室眼前氣象日萬千我乘天風來遊歷吁嗟乎人傑地靈信不誣襄穀勳名垂赫赫不成功業煥乾坤那有遊人尋古蹟煙雲萬里入胸襟我思古人多奮激

遊巖補賦湍字韻 丁巳

張倫 少游 廣東普寧

龍巖多怪石到此共盤桓樹影藏深壑泉聲瀉急湍讀書懷往哲弔古闢吟壇人去臺仍在碑存字半殘於今留勝蹟亙古播奇觀蕭寺頭陀老蓬洲眼界寬鳥啼迎客至風起怯衣單童冠同遊易耆英赴會難（去年盛會恨未與）題詩金管秃對酒玉杯乾和靖三更夢（此韻本爲林彥卿先生所拈得）元龍百尺寒（信宿芷雲世伯書樓）作人歌棫樸交誼契芝蘭（留東時與少雲兄同校少雲曾任敝校教員）補足重陽韻春秋一例看

附少游游後贈別詩云○雲出無心任去留十年三度到蓬洲陳濯投轄交情摯林積還珠德業優（時與林醉仙先生同寓）有味詩書欣誦讀（蠖廬藏書甚多芷公復以詩集見示）無情歲月感遷流蠖廬風物潛園景小住能銷萬斛愁

盛會未赴主人代拈映字賦答　丙辰　溫廷敬　丹銘　廣東大埔

龍巖山色佳遊人暮秋盛陳子主名山年年舉觴政遊詩積成帙拈韻更分詠緊余夙昔遊此會難應命裙屐喜聯翩湖山想輝映山靈可致詞中缺落帽孟良遊本未預賦詩忽須令心追幽鑿奇目極遠天淨九原語翁公讀書風已夐

前題分韻得帶字　丙辰　張之衡　守仁　廣東大埔

龍泉名勝地一水隔衣帶曾聞游者言先達遺跡在吁嗟三百年嬗變幾易代獨此名山名至今猶未改斯人久不作山色日沈晦景仰讀書臺能無增感慨不作汗漫遊臨風自瞻拜山靈知我心點綴尚有待

餘意未盡不拘韻再賦呈遊客　丙辰　張之衡　守仁　廣東大埔

爲問羣公興若何詞壇咸奮魯陽戈怡情且莫談天寶韻事差堪繼永和酬酢共傳今雨衆風

流寓讓古人名龍泉山色時縈夢惜我無緣買棹過

次和守仁東龍巖遊客大作 丙辰

溫廷炯 季文廣東大埔

嗟君懷抱意如何隱跡山林孰枕戈勝會詠觴聯玉趾佳章清宛奏雲和龍巖景色塵寰少鮀浦人才卓犖多搔首問天頻看劍蓬萊縹緲記曾過

逸叟赴會代拈左字賦呈雲叟 丙辰

吳穟疇 稼生廣東豐順

龍巖擅名勝西望何巍峨結念從之遊至今願猶左徙令夢上山山靈應笑我潛園賢主人遊集等身夥褎然主名山騷壇客歡歌愧我未識荆神交寄許可緬昔東涯隱巖扉白雲鎖一朝霖雨施蒼生賴肩荷國步日趨危生民墮水火安得起斯人一掃目前禍伊我嘆虛生進退胡未果終願入茲山幽棲適疏惰會當訪潛園載酒凌風舸

右字韻未有所屬再賦一首 丙辰

溫廷炯 季文廣東大埔

蓬洲有名巖龍泉稱爲首陳君招我遊同行六七友信步到潛園相見欣握手示我遊山集清奇濃淡有亭我以佳殽頻酌菊花酒主客各盡歡感激主情厚行行重行行登高補重九我本好遊人追陪風雅右古寺藏深林石室隱巖口羊腸多荆棘攀越苦掣肘石罅湧泉流峭壁天

風吼佛相現莊嚴留題有蚪料搜尋曝書石光潔無塵垢翁公未遇時讀書不窺牖一旦風雲會勳業燭牛斗我今已强年鬱鬱猶株守曷藏七尺軀轉愧漆園叟感往古來今金石眞不朽人生若浮漚惟名可持久焉得潛園主著作名山壽

是年勝遊一舉于重陽後三日一舉于重陽後十日初次赴會者爲陳蘭洲顏澤民盧悔塵蘗菊生許雲濤陳笑儕陳无邪王少斌楊雪立余少銘諸君後次赴會者爲溫季文饒簡師王逸叟丘星五張仲琪曾籍雅諸君他友因公冗未與初遊決議摘蘭亭序羣賢畢至句起映帶左右句止拈韻賦詩景地頗屬切合當場拈鬮者十六人餘則代拈分寄荷蒙贈詩絡繹滿目琳琅殊深欣感激字韻未鬮送王慕韓湍字韻則屬林彥卿乃慕韓適遊京師彥卿臥病未愈此兩韻虛懸無着丁巳上元林醉仙張少游來遊遂補成之相距僅四月餘故先後羣從寬假將激湍兩韻插於映帶右左之上使蘭亭序成語順排而下亦一趣事也回憶數十年前來同遊者約千數百人以詩入集者百數十人乃人事變遷諸遊侶或歸道山或隔異地或爲政務學務所牽不獲再着吟屐區區者僅分得二十九字俯仰前塵不勝今昔之感已　丁巳上元後五日編者識

依韻分答諸友各五古十八韻　丙辰

陳龍慶　芷雲　廣東潮安

○○酬家蘭洲先生得羣字

去年龍溪校賞菊將韻分拈鬮三十韻平聲上下勻一韻一詞客珠玉落紛紛今我遊龍巖青山無垢氛難得佳賓集風雨慰離羣字摘蘭亭序詞取王右軍境物頗相合競運成風斤君拈得首韻高唱遏行雲甲寅喜君來記事撰鴻文荒臺思大將曠野弔孤墳轉瞬倏兩載時事嘆紛紜帝制忽復活象齒忽自焚山川笑人忙元氣自氤氳君家名孝廉（艮珊先生君之令兄也）彊記復博聞名譽震寰海窮經乙夜勤未着謝公屐山靈盼望殷君來彌缺憾塡篋一例云開緘讀佳什如親蘭麝芬

○○酬顏澤民先生得賢字

我聞張夢臣（名起巖元史有傳）丰度何翩翩方頤復美髯雅量青史傳又聞有髯蘇赤壁聳吟肩淸風明月夜不挂杖頭錢（鄭允端東坡赤壁圖詩留得淸風明月夜網魚謀酒付髯蘇）二公人中傑髯飛地行仙古人未由見圖畫壁間懸今人幸見之鴻雪訂因緣推窗遲來客遠望數羣賢疑是皮僊來遊山再着鞭（商業學校教員皮僊先生髯與君似甲寅秋遊侶也）近觀知非是握手遜名箋居官有善政續頗有雲煙與君別數日贈我詩連篇騷客即循吏仕學兩精專將澤民亦澤（君號澤民大作登報時署號則曰澤髯）身世忍虚孱似吟茗雪行長髯紗帽便（晁補之詩日出隔溪聞打衙長官長髯帽烏紗）似讀黃庚詩掀髯到吟邊（黃庚詩鏡裏從渠白髮添吟邊抵掌復掀髯）童稚認裝假（小孫少見多怪謂係裝假髯）先生曰不然且把吟髭撚眞贋判天淵

○○酬盧悔盦先生得畢字

昔讀送春詩丰神何俊逸今讀遊巖詩結構何奇特譬如名畫師晴雨分兩筆遙知落想高自爾揮毫疾甲寅邀吟鞭君因清恙尼帆影未臨江文光先照室（其時人未至而詩已來）豈因五嶽遊須待婚嫁畢紅豆寄相思兩年心如壹一朝幸識荆談心宜促膝勝地遇名流數逾建安七縱自南門來旋向西門出願隨長者後兒童喜氣溢（每次遊山幼稚兒孫均極踴躍隨往）鳥聲自嚶嚶蟲聲亦唧唧分韻把鬮拈催詩將鉢擊讀報得君詩彩煥紅窗日險語破鬼膽驚得睡魔匿（余慣午寢報紙到則急起讀）推枕起徘徊秋氣悲蕭瑟白露與蒼葭伊人復遠隔

○○酬葉菊生先生得年字

我昔賦閒居餐英將門誌（現在之潛園當廿二年前由餐英別墅改作之）我今遇詩人餐英隱名字（登報詩文署號如此）世無屈左徒花落鮮知味天生我與君澤畔行吟至撫膺救國心揮灑憂時淚一度復一度政體攉專制君有如椽筆三千毛瑟利時局賴維持國民資鼓吹乘興訪名山涼飇吹兩袂龍穴探流泉羊城熄烽燧長嘯天地空斜陽烘古寺塵榻下陳蕃片帆歸賈誼惱他破浪風負余投轄意聞君工倚聲詞學推淵邃轉瞬成一闋淋漓殊盡致我填八景詞曉風殘月裏慚我依舊譜請君出新製逸響遏行雲白雲滿天際

○○酬許雲濤先生得少字

美哉中華國偉矣大風報政府受監督國民賴指導時當三月間政令苦顛倒急切籌出板子夜雄雞叫羽毛未豐滿資本怕消耗狐腋集成裘明鏡光長照君任招股員高瞻復遠眺汽笛渡南洋華僑眩衆妙成行未有期先鼓舵江櫂赴我遊山會登高舒長嘯贈我五言詩撫琴彈古調君似許宣平我愧王逸少寂寞弔荒臺玲瓏穿石竅可有許由瓢挂樹聲喧鬧可有許邁廬窮居心亢傲又聞旌陽宰斬蛇馴虎豹讀書思古人華宗殷則傚古人不可作仰天還一笑

○○酬家笑儕先生得長字

君有陰那山山勢如仙掌五指揷天高形勝世無兩高僧號了拳結廬闢林莽東坡賦遊詩擲地金聲響自宋迄有明遊客頻來往餘姚新建伯（王公守仁）賦詩發遐想兩詩壽梨棗（府志載之）讀之胸襟爽君家住梅州遊蹤遡曩紀遊必有詩可許吾摹倣今來遊龍巖惜無陰那廣僧侶久逃亡昔提憑想像此山與彼山未敢爭雄長君乃錫佳篇風骨蘇王仿日月再光華坤、乾自泱漭幸哉笠屐遊慰我山斗仰次兒忝同袍親炙讀書幌瞻君賜切磋拜受讜言讜太乙老人來奇光發藜杖

○○酬家无那詩兄得咸字

吾宗叅搖公（陳公忠諒）剛直受讒譏（公以明直忤上官令蒲城逾年落職）撫寧晉薦牘依舊着朝衫（公罷職後以薦復官改任撫寧在任二年報最晉升戸部主事）無何悲陟岵宦海急收帆廬墓石城頭（公葬其先德世俊先生於石城頭鄉外築墓廬居之與殿撰林

敬夫尙書翁東涯朝夕講學其地學者宗之稱公爲碧洋先生郡人吳縣尹繼喬有訪石城齋詩附錄於後以傳鄉粹其詩曰海國風濤壯巍然見石城苔痕侵地綠嶺氣接天靑路鎖朝霞靄江橫夜月生悲風驚樹杪龍臥渴蒼生）慕木拱松杉講學集羣英遺書啓石函歌聲出金石世味異酸鹹築室僅期年九天下巫咸公在文明盛公去日西銜嗟哉鄉圯廢松扉夜不緘廬舍成阡陌農父荷長鑱但期稻粱熟忍將花木芟考古發幽想愁多潘鬢髟此地今何在密邇龍泉巖喜君着遊屐怪石履巉巉讀君紀遊詩超然出塵凡勝會成新詠摩崖覓舊劖（借處集句）吾宗有叅行絮語燕呢喃彼此仰宗風懷賢發至誠（借用陸龜蒙句）

○○酬王少斌同年得集字

戊辰三同年吟詠富篇什三人分三省（少翁同省同縣外有劉君稚安則湖南長沙人王君逸叟則浙江紹興人）交誼膠投漆劉晨採藥歸相思常於邑逸叟訂神交恨未瞻顏色惟有龍溪叟過從較親密幾度顧潛園花鳥舊相識君詩旣冰淸君身亦玉立朱顏未蓄鬚勝余老日拙前番訪名山夢繞生花筆高吟十八章增光龍巖集今歲折東招涼颸正習習捷足上靑雲帝座通呼吸遊罷賦新詩淋漓傾墨汁燈花冷焰騰籬菊寒香裹永朝宜永夕遊侶催歸急伊人願追遙白駒空維縶鼓棹近黃昏行露歌厭浥愁絕送行人瞻望苦弗及

○○酬楊雪立先生得此字

龍溪雙鯉魚帶來書一紙香露盥薔薇和風拂桃李（君爲龍溪高小學校校長）記得甲寅

冬旃旗郊外指甯樂霞巖阿餘音猶在耳今秋惠然來秋容澹如此朱而瀰園門後濕蘚虒几三兒求法書書成乾墨水開篋出聯箋瓊瑤難比美（賜三兒聯幅是日由尊紀攜來）一笑出西郊徐行緩舉趾（他客先驅余與先生且行且談瞠乎獨後）布席坐山門綠陰淨如洗滌煩雀舌茶解渴牛心柿遙指洗布坑泉清石齒齒願君共尋幽再躡飛雲履君言雙十節慶典待料理（本日爲十月八號越二日爲雙十節各界籌備慶賀）會當訂後期華宗同戾止登峰須造極吟肩聳雲裏換得踏青鞋（此次新舄不利於山行）山徑平如砥小別促歸舟渡江采蘭芷

〇〇酬余少銘先生得地字

君吟落葉詩雅人具深致命意既高超遣詞尤細膩利韻苦無暇愁病方交瘁（日昨君以落葉四律索和適家人多病日日調醫秤藥吟興索然）急遣中書君抄向報館遞誰知彩雲箋竟鼓凌雲翅大索已三日相思分兩地江南一枝春往還勞驛使（余將尊作投大風報編輯部極表歡迎當欲刊載時原稿不翼而飛大索不得乃郵書向君索抄）從今公同好洛陽紙價貴微君龍巖游讀君鸞箋寄一字一珠璣一韋一旗幟猶憶去年冬訂交不我棄彼此累奚童吟筒日三四室有換鵝經門無題鳳字羨君鴻博才便便富腹笥一片雅頌聲休明賚鼓吹試問君前身玉皇香案吏秋老蓼蘋風歲寒松柏意將詩呈古佛古佛應醒唾

〇〇酬吳夢秋先生得有字

名士作名醫無獨竟有偶（令弟夢蘭與君齊名）詩界集詩人有譽自无咎勝地溯前遊佳句流傳久戊申來蓬洲謝朓稱良友（戊申陪君遊巖者爲謝君卓權）名相入鄉村病夫穿戶屜多君三指功海宇登仁壽邀君三度遊唯唯還否否縱怯乘風舟汽車仍可走祗恐快遊觀累人齊仰首求醫星火急此意難辜負函謝到灊閣詩成意孔厚光彩燭重霄包羅涵萬有霜天曉角哀禪室蒲牢吼一朔仙樂鳴蝶夢醒莊叟扶病和君詩精神倍抖擻願共棗梨傳千金享敝帚滄海納細流泰山容培塿俚詞君莫笑大張彌勒口

○○酬王伯文先生得崇字

龍溪多詞客詞源九派通仙溪多吟侶日夕遞詩筒蘭甫雖讀禮勝遊未能同猶記兩年前有詩入集中佚叟興尤豪泱泱歌大風八律詠八景一詞氣象雄古今重三王（世以王僔王章王駿爲三王）復得伯文翁兩番折柬招願陟崇山崇君方渡澄海霜葉冷江楓及君旋歸棹雁陣正書空新詩繫雁足吹落夕陽紅排律十六韻妙語奪天工遊詩創新格（全書中七言排律僅君一篇於是無體不備）結想樂無窮明珠走玉盤長劍倚蒼穹去年鼓浪嶼徵詩急鱗鴻一曲虞美人詠物到花叢（菽莊鐘社去年以虞美人排律徵詩）悔不招君作紛然楚重瞳王播倘成詩准備碧紗籠

○○酬李仰蓮先生得山字

宋室勤王者盛稱文文山道經雙忠廟（廟在潮陽）忠義兩相關一闋沁園春題壁字斑斕

(附載文丞相詞以竇大忠輸墨詞曰爲臣死忠爲子死孝死又何妨自光岳氣分士無全節君臣義缺誰負剛腸罵賊張巡愛君許遠留取聲名萬古香後來者無二公之操百鍊之鋼嗟哉人心翕歘云亡好烈烈轟轟做一場使當時賣國甘心降虜受人唾罵安得流芳古廟幽沈遺容儼雅古木寒鴉幾夕陽郵亭下有奸雄過此仔細思量)君遊龍泉巖襆被宿仙宮一詞復一詩奮筆白雲灣讀之生慨慕開我醉中顏從此訪詞客萍蹤惜緣慳川島幸謀面唱和雅且嫻賀我女校開送我宦情閒江郎五色筆夢裏彩花殷忽忽十二載遊轍認迴環白雲自舒卷黃鳥聽綿蠻折柬索君詩深林月一彎詩成山靈笑此公鬢漸斑詩筆老愈健騷壇奏凱還周天一歲星吁嗟天步艱滄桑傷變幻民物憫痌瘝招隱顛君來扶杖快躋攀

○○酬吳夢蘭先生得峻字

庚子君來遊叔度半神峻難弟復難兄機雲推才俊更有吾宗盟胄系出虞舜(謂陳君衡浦印以湘非吾家之衡甫也)愧余未奉陪斷絕花間信君亦無留題爪跡鴻泥印君胡闕爾音哀時心如疢拳匪亂中原紅燈照綠鬢一日聯軍來民旗書效順神龍苦播遷胡馬勢蹂躪嗚呼古帝國一老不遺慭憂憫滿胸懷吟鞭退不進方今國運新刧火收餘燼雲雁叫長天請君排筆陣龍巖淵舊遊廿年如一瞬佳氣仍鬱葱人事幾悔吝松徑白雲封苔鞋黃葉襯君詩清且漣詞河瀉餘潤願君策游鞭再騁周王駿

龍泉巖遊集卷十一終

龍泉巖遊集卷十二

古今體詩三十八首

潮安陳龍慶芷雲氏編

依韻續酬諸友各五古十八韻

丙辰〇激湍兩韻則丁巳

陳龍慶 芷雲廣東潮安

〇〇答溫季文先生得嶺字

鵾鴃正驚秋啼聲入耳警楊柳臥平隄梧桐墜金井所思人不來臨江望帆影白蘋紅蓼間乘風飛舴艋兩舟六詩翁溫嶠風神整照水好燃犀水怪技難逞君辯公言報筆挾風霜冷摘覆復發奸社會深猛省公餘豁吟眸躡屩蓬萊境兩番雁足書（本函邀重陽後三日來遊因公務未遑再訂後約）幾曲羊腸嶺策杖恣遨遊粧罷山容靚仰觀天際雲俯察村落景白雲變蒼狗時局增悲哽村落起炊煙歸棹寒潮打感君意殷殷令我情耿耿映字代拈韻詩向難兄請（令兄丹銘先生曾經遊此雖未與會由君代拈映字韻）讀報誦君詩如啖紅綾餅翦燭和君詩且喜秋宵永

〇〇答楊羞勃學博得茂字

葉公好假龍龍乃出苑囿蜿蜒至西郊高臥千年壽龍眼樹成團龍涎香乍透豢龍慚溺職追

遂陟巖岫石骨揷天高相驚龍形瘦（君前常與葉春圃茂才遊此故借用葉公好龍事）葉落秋氣森空山鳴猿狖（葉君仙去久矣）登臨思故人額蹙眉頻皺我慚愁病多君亦春秋富芙蕖出水清松柏經霜茂君詩老益工縱胸廿八宿和我八景詞管城輝錦繡倚聲復步韻如聽鈞天奏回憶少年時春社燈如晝隱語爭方朔鼓聲和蓮漏此景在眼前撫今倍思舊鄉曲苦睽離客邸欣邂逅（常晤君於吉祥旅舍）投書殷洪喬浮沈何悖謬（晤面深談乃知前投函件多被某號擱置）聯牀且說詩忘卻雞鳴候（君精神甚健常徹宵不寐）

〇〇答饒簡師先生得林字

君族饒英發國會歲星臨爲國持大體消我杞憂心我慚才具拙衰病臥雲林龍山吹帽落霜雪鬢絲侵君居言論界鼓吹力能任風行海內外萬衆得南針感君不遐棄訪我到煙潯時值重陽後衣杵急寒砧秋高天氣爽勿疑朋盍簪有詩請君定（是會以先編成之龍泉巖遊集請遊侶審定）有酒爲君斟流連名勝地底怕日光沈巖阿瞻古佛泉水滌塵襟老樹當門罩枝上集珍禽惜哉神龍睡辜負濟時心桔槔灌溉勞農父正呻吟晚穀恐不登穀價貴黃金君詩清似水紙上起層陰願潑一斗墨化爲三日霖

〇〇答王逸叟同年得脩字

未會騷人面雲山悵阻脩幸握騷人手風日喜和柔當君來仙島一日當三秋訪戴憐多病賓王庶解憂龍溪有佚叟思慕亦難休願假茱萸會遙聯耆綺儔兩會乃相左讓我識荆州先看

遊山集佳句卷中留後着遊山屐叢林郭外求寺空僧散盡何處覓丹丘剩得蒲團在參禪許我不名山洞一席世界同一漚坐久忘賓主詩成互唱酬烏呼泥滑滑輪展路悠悠陷淖愁欒范掀淖出晉侯（君於是晚八時乘車返校車夫不慎竟陷於淖）君乃賈餘勇三章雅韻流太白清平調篇數與君侔待畫旗亭壁雛鬟囀歌喉

○○答丘星五學博得竹字

未讀遊山詩先借照相櫝吾宗基茂君先生之高足題名勒石頭撮影停芳躅先生今來遊舍舟始登陸趺坐秋樹根此境良不俗悔不攜具來映出眞面目茵席布山門涼風振巖竹一夢到華胥撲去塵萬斛四度遨吟旌鱗鴻勞往復可人慰所期足音來空谷詩成急示余如頒公府牘奇氣薄雲天豪情雜歌哭詩界革命軍舍君將莫屬當時王嗣宗聯翩訪林麓良友契苔岑諸生森蘭玉（丙午年先生與王少兪涂雲史二君率明誠學校諸生遊此）距今恰十年滄桑感時局前遊好風清後遊秋氣肅可有舊作存願賜山人讀

○○答郭餐雪學博得又字

去臘故人來正我相思候五載慰神交一朝歌既覯乘興訪名山彷彿登靈鷲長歌暮靄橫雅樂鈞天奏邀君觀鄉儺二月春光逗君乃不果行儂尤切懷舊重陽讀君詩汕島移船就急足招君遊山靈思邂逅我方擁鑾纔君已思歸又君家住棉湖卓越神明胄兄弟姊妹間詩成爭錦繡伯塤引仲篪君尤出其右拙韻十餘疊（未訂交之前先生偕諸弟妹用秋感韻至於十

餘疊鈎心鬬角盡態極妍經編爲吟秋詩集）秋聲送檐溜勝遊缺孟嘉拈韻寄卓茂魚腹剖藏書蟹螯持介胄（與華胄之胄字異據字典彼收歸肉部此則歸冂部）壁壘既森嚴騷壇任馳騁誰拍洪崖肩誰挹浮丘袖讀君花會行（先生近有花會行一首痛陳花會之弊害尤極與人心世道有關）梨棗應同壽

〇〇答馮印月詩翁得有字

君籍住杭州風景西湖首名勝甲中華誰能出其右我有遠遊心俗務偏纏糾半生結想勞八景馳名久峭拔龍泉巖可配西湖否餐英善倚聲三影八叉手（余塡意難忘八関賦龍巖八景菊生以齊天樂和之）甲寅君來遊名句炙人口登高今賦詩韻分二十九簪萸少一人拈韻請君受短篇成大觀錦繡羅胸有記得五年前彼此賦秋柳唱和往來頻木李換瓊玖（余和君秋柳詩後蒙和雜感四章均見粤南報是爲結文字緣之始）臘鼓送殘年欵關來詩友嗣後過從密溪東魚麗留說詩聯君牀解悶飲君酒小別寄相思紅豆搜林藪君方勤著作德言三不朽他年大集成共此名山壽

〇〇答張仲琪先生得清字

三河有雄鎮山深水且清間有翁公墓石馬臥縱橫今古幾詞客憑弔詩滿籯昔年君展謁曾否以詩鳴（君曾謁襄毅公墓）今來陟蓬島讀書臺畔行松風秋謖謖似聽讀書聲彼地哀公死此地藂公生生死非偶然國家倚長城俯仰增捩觸滄桑屢變更詩成書在紙珠玉共晶

埜甲寅我送春拙句四章賡蒙君賜和韻慕藺未識荆訪君花捐局願結歲寒盟花落東皇去求友鳥嚶嚶（是時君往鳳城不晤）識面今恨晚談心杯共傾詞源三峽水時局一棋枰無計留君住有志待君成黑暗世界中從此放光明（君因報務急於回歸黃昏渡海）

○○答曾籍雅先生誤用清字韻

出山泉水濁在山泉水清古人言如此宦海我抽身委懷臥巖壑結想薄簪纓丁未九月杪揚帆角石行楊修與何遜（時楊季岳何旭初兩先生同遊）攬勝動吟情是年五月朔湖山君遠征八首賦新詩仙樂奏咸韺讀報契神交彼此記姓名（君詩登於丁未十月初四嶺東報拙作則同月初六報）心儀已七載汕島幸識荆（甲寅冬月喜晤君於兆順行中）臨風飄玉樹對月撫秦箏潮汕汽車中情話又心傾荷君顧儆廬請君進一觥乘醉陟龍巖太白詩早成高岡風日麗如聽鳳凰鳴君來情先慰楊柳灞橋迎君去情難恝蒹葭秋水賡暮雲想顔色落月照屋楹相逢還相揖長守車笠盟

○○詩成知誤改不勝改重作流字韻以答

兩詩酬一老異源竟同流生花慚老眼劃界遜鴻溝分韻集詞客牙籤廿九籌名山爭着屐廣座競拈鬮因誤翻成巧龍溪賞菊侔（此次酬詩視龍溪賞菊時短一籌今因誤而成整數恰與相等）符合革車數中興學衛侯（衛文公元年革車三十乘季年乃三百乘續編時分韻加多亦未可知）複沓君休笑疏忽我增羞君居中學校講席布瓊樓校長吳師道（謂稼生

先生）同僚王子猷（謂逸叟同年）彼此均詩人晨昏樂唱酬爲樂正未央苦我臥荒陬寥寂無可語吟侶遠方求讀君遊山詩詞壇騁驊騮丘壑胸中滿煙雲筆底收撫時增慨歎蠻觸幾時休故宮禾黍感官舍稻粱謀酒爲掃愁帚花作釣詩鈎會當買桂棹同泛五湖秋

〇〇丁巳元春答林醉仙明經用激字韻

和靖詩中豪騷壇占特色橋梓茂詩林雲錦天孫織（橋梓詩林爲尊大人及先生之詩集）一部寄蓬廬披吟忘寢食誦詩未識荆思慕情何極陣陣好風來催君挂帆席握手叙寒温傾談攄胸臆夜坐愛更長朝行忘路仄龍巖賦遊詩詩成催頃刻題壁欲其高（遊侶據神案依壁先生乃登案疾書）磨墨欲其黑把稿無錦箋紙錢卻替得（寺中有筆墨而無紙借佛前之銀錠用之）吟詩與佛聽觀音應感激聞君在家時蘭閨通翰墨知音何處尋吟向粧臺側此樂勝王侯此情勝琴瑟願效英與皇渾忘庶與嫡豔福自年年威儀自抑抑葵江路阻長何時遊樂國倘拜女相如使我塵襟滌

〇〇又上元節後答張少游詩兄用湍字韻

上元好時節燈景足盤桓鄉村與市鎮冷熱本殊觀人方趨炎熱君乃喜淸寒（上元日君由汕入蓬是夕汕中燈景熱鬧君乃恝然不顧）訪我到蓬島約我陟煙巒即此見高尙與俗異鹹酸我聞狄武襄高登大將壇夜奪崑崙關座客盡騰歡又聞劉子政習靜厭呼讙閉門勤夜讀藜火吐杖端建功及修業寸晷不容寬金吾雖弛禁遊興自闌珊君自東瀛歸愛國心常丹

憫人溺功利政海急奔湍道在正人心興學挽狂瀾訪此讀書臺摩挲碑碣殘悠悠思古人則傚料非難拋卻九華燈來振九霄翰天風吹袖袂脩然俗慮殫

○○丙辰答溫丹銘明經依映字韻

乙巳滯遊鞭炎熇苦夏令（是夏既至蓬洲矣欲遊不果有詩載第二卷）丁未賦遊詩奇句盤空硬今秋胡不來辜負兩延請迢遙十餘年赴會未能更豈因黃岐山招遊曾方命（乙卯春月君邀兩逸叟及鄙人遊黃岐桑浦惜未暇應召）遂教李杜才不率巢由性實則撰述忙民史閱明鏡（民史爲君報中署號）殷勤教育心金山又應聘報界與學界得人交相慶來往困輪蹄周流如孔孟（每逢星期三之郡星期六返汕）君身雖未臨君詩已先詠詩成籠碧紗巖穴文光映遊侶問行藏山靈識名姓我塡八景詞難得諍友評宮健辱君褒節拍爲余正願師晏平仲善交持久敬和詩蓮漏長飛蛾撲燈檠昂首望銀河玉宇無塵淨

○○又答張守仁先生依帶字韻

邀君作重陽臨汀望旌旆值君歸故鄉大風歌豐沛君昔惠陽遊西湖風景最攬勝百花洲一水縈如帶朝雲墓已蕪六如亭不壞更有梳粧臺風流傳佳話讀君四首詩脩然出塵壒令我慕遊蹤如在白雲外夢筆喜花開停鞭將酒酹我鄉有龍巖置酒作高會棋向室中敲書經石上曬黃菊簪帽檐古榕橫暮靄君身惜未來君詩已先句彩毫張旭揮奇石米顛拜法曲獻仙音詞壇鳴天籟山靈未識君讀詩聆謦欬野老倍思君雞鳴風雨晦爲問金鑑堂何以匡不逮

○○答吳稼生校長依左字韻

君家順恪公（吳公六奇）閭里陣雲鎖吾家陳朁否（名君謨守鷗汀寨以拒海寇邑乘列入忠烈傳）墓在龍巖左（見邑乘塋墓然余欲求其蹟而未得）今古幾人才緯武經文可人在名烜赫人去事叢脞（朁否亡則鷗汀破）上下千百年尙論口爲哆人才何代無鍾毓如輠柁先生宏遠願造就人才夥法政講堂開中學皐比坐三載客鮀江奇花結美果桃李滿公門夜燃藜杖火公餘勸君遊凌風乘一舸平原萬木號遠飛雙鬖鬌君雖不果來詩篇遙贈我織成錦繡文開出珊瑚朶終在箕潁心巖壑披蓬顆蘇臺野鹿遊漢苑流螢墮慷慨發悲歌游談聽炙輠一醉問劉伶此鍤幾時荷

○○再答溫季文先生依右字韻

東坡赤壁遊兩賦分前後曷若溫子昇一遊詩三首七言類瓊瑤五言類瓊玖自慚桃李薄多君贈答厚君兄號漢秋詩界馳名久高傲不逢時厄運丁陽九齎恨入泉臺墓木拱林藪留傳九首詩令當銘座右君與四令兄著作才八斗機雲作弟昆軾轍皆師友君近强仕年儂愧皤然叟西抹復東塗祇恐覆瓿甑有劍不繫腰有印不懸肘高居百尺樓夜聽天風吼硯田怕荒蕪良辰忍辜負歲歲作重陽斗酒謀諸婦難得衆吟朋黃絹雜虀臼殿軍得君詩藏山應不朽

讀雲叟寄崇字韻詩次韻奉答 丙辰

王祖蘭 伯文 廣東潮安

遊山展重九龍溪雙鯉通書到稽遲臥游託郵筒山靈應獻誚雅會悵未同敢學災梨棗濫竽厠集中珠玉聯翩落俯首拜下風恥以巴人曲上擬詩中雄清新慚佚叟俊逸讓蘭翁雷門鳴布鼓歎爪謝推崇半牛無佳作得句笑吳楓吟餘每獨醉但願酒不空五斗解影醒髮白顏渝紅留名惟飲者格律詎能工詩腸枯莫潤搜索嗟技窮厲入龍巖集糞壤塵蒼穹附驥亦足彰心事付征鴻願早畢編輯卷帙定成叢勝遊如我與巖景豁雙瞳勿待時光逝老眼花霧籠

擬訪潛園不果讀茂字韻酬詩次韻奉答　丙辰　楊尚炯　羲勃廣東潮安

龍德祝飛天曷以潛名園豈曰廊廟功不若山林壽此中大有人易旨應參透我別樸老歸扁舟學蓬屾將贈太平橋臨存視肥瘦（初二惠函言清恙兼旬）責問龍泉巖只合巢猿狖奈何潛乾龍雲波萬重皺捷徑非所期徒供詩料富若使出爲霖蒼生慶繁茂志尚肥遯高嚴陵猶客宿舍意正躊躇晚霞餘綺繡日暮朔風寒流水鳴琴奏（是時傍晚北風凜冽舟逆難進）黃帽促棹回（舵工以夜寒風逆催歸）相思達旦晝殷勤推轂心慚不愧屋漏老雁趁斜陽瓊瑤韻酬舊衷曲託郵筒唱和如邂逅願發潛德光敢糾勿用謬涉趣倘窺園稚子門前候

芷公重九招遊適歸家未與盛會長歌以答　丙辰　李寶森　谷僧廣東大埔

君不見太華峰頭作重九東坡佳句傳人口又不見龍山皁帽落秋風孟嘉韻事紀簡中古今

名流常住日登高攬勝將毋同今年重陽多逸興扶筇直上帽峰頂憑高四顧樂悠然歷歷青山入我眼縹緲煙霞繞足生遊心造化仙乎仙興盡下山宿禪院更與古佛證因緣日昨艤舟至鮀浦旅館懽然逢舊雨共言九日遊龍泉元龍權作江山主召集羣彥契苔岑拈鬮分韻發清吟九天鸞鶴聲相和傾耳如聽仙樂音恨我未得與斯盛空勞折柬來相訂一觴一詠暢幽情此中聚會有前定山靈應笑我緣慳一別迢迢忽十年迴憶龍巖好風景眙眀心目情宛然大石磊砢懸瀑布濃陰上有千年樹藤蘿苔蘚蔓荒臺道是襄穀讀書處曝書卷帙跡可求模糊殘刻壁間留盤石尚存人已杳殘棋一局問誰收泠泠鳴泉澗底響太古元音空自賞破寺荒涼象教微佛龕密挂蛛絲網吁嗟乎此是乾坤何等時衣冠文物變於夷三教九流傷共盡誰爲訪古誰題詩願祝我輩壽而康年年菊酒醉重陽龍泉巖畔長相會風流文采生輝光主持風雅永不歇載賡陽春和白雪他時勝地更重臨把酒笑看海天碧

長歌答谷僧先生 丙辰

陳龍慶 芷雲 廣東潮安

噫吁嘻嗟哉白日照耀黃金臺（先生常住金臺旅館）間有似僧非僧似俗非俗之人首屢回一別十年顏色淸如許相逢應指霜雪鬢邊堆重陽佳節君遊帽峰去我方折柬招君遊蓬萊蓬萊清淺栽桑好茫茫大海揚塵埃惟有龍巖山容長不改一年一度結伴詠歌來底恐天風吹得烏帽落誰僧誰俗費疑猜山中有薇蕨石上有綠苔薇蕨久存招隱意綠苔似逕題詩

才君身同日不能遊兩地新詩遠寄無待山靈催比年以來推行新曆廢舊曆蟾圓常與月份乖誰是中秋誰重九詞人擱筆幾徘徊年年辜負新詩料朔雁銜悲候燕哀我乃命儔嘯侶重陽日催租無吏樂無涯詩數首酒千盃着屐復着屐登高韻事快追陪與君且訂來年約菊花時節陟崔嵬

龍泉巖寺留題四韻　丙辰　潘贊成　子勷　廣東澄海

龍氣接蓬洲泉聲日夜流巖巔雲出岫寺側徑通幽留別增振觸題詩似唱酬四方荏金革韻事讓潘脩（八句橫書以題字冠於各句之首）

讀雲叟詩詞賦贈　丙辰　馮嘉鑄　印月　浙江仁和

才隷模山範水篇詩情衰柳咽秋蟬年年勝蹟登臨興輸與襄陽孟浩然（余生平於山水詩極少作蓋避所短而不犯也讀先生題龍巖詞八闋及此次酬和諸同遊之作流連景光名篇絡繹遙望大巫居然氣喪矣）

遊巖後成秋日感事詩柬雲叟　丙辰　葉菊生　餐英　廣東梅縣

惆悵吾生閱世棼茲遊何幸挹清芬知君早負藏山願慚我曾無驅鱷文北極浮雲方日長南

天逸史恐遭焚（一作北極浮雲多變幻中原旗鼓正難分姑兩存之）釣遊合向滄洲老時事於今不忍聞

次和餐英秋日感事詩　丙辰

陳龍慶　芷雲廣東潮安

庸臣謀國治絲棼青史誰留百世芬方矩員規房伯武（後漢書黨錮論河南尹房植有名當朝鄉人爲之諺曰天下規矩房伯武）先憂後樂范希文虎頭食肉憑誰託象齒亡身忽自焚勝地登臨無限感悲笳陣陣隔江聞

龍泉巖題壁　丙辰

王𩿉　逸叟浙江紹興

澗水流紅葉巖扉鎖白雲山僧何處去猿鶴怨離羣

雲叟將編遊集函問里居賦答　丙辰

葉菊生　餐英廣東梅縣

淼淼程江水一涯陰那峰下是吾家桑麻雞犬雲中出風景桃源莫浪誇（其一）

簾捲西風瘦骨清黃花幽契結三生野人本未通朝籍敢學知幾以字行（其二）

溯從覽揆庚寅日正是龍蛇紀歲時卌六年華如水逝此情惟有白鷗知（其三）

不爲浮名始讀書此生端合老樵漁布衣且學程夫子堪署煙波一釣徒（謂吾鄉程旼也余

從未應試）（其四）

餐英詩示里居次韻奉和並謝和詞八闋　丙辰

陳龍慶　芷雲　廣東潮安

茫茫學海本無涯李杜蘇韓共一家壽世文章才子氣萬言倚馬事非誇（其一）

菊花天氣曉風清正是幽人應運生籬畔白衣頻送酒酒酣且作醉歌行（君生於光緒辛巳年之九月）（其二）

讀君八闋齊天樂夜月江樓得意時從此龍巖傳八景夢窗心事草窗知（吳君特有夢窗詞周公謹有草窗詞）（其三）

鯉腹傳來一紙書柴門臨水我爲漁落英徧地晨餐熟省識行吟屈左徒（其四）

途經月浦遠望龍泉巖　丙辰

潘贊成　子勸　廣東澄海

出郊原見空谷深林歸鳥遲絕頂飛雲速遠眺已如逢故人何必近觀誇眼福

遊巖將匝月矣寄懷芷雲先生　丙辰

盧卓民　悔庵　廣東新會

憶昔寄我百懷詩纏綿悱惻何瑰奇似子至情世所稀一回披讀一神馳世風不古劇可悲誰

重交誼到天涯我亦飄零在海湄恨不早識龍之姿今秋遊巖招我隨握手殷殷道相思拈韻分題即景詞累君和答斷吟髭一朝分袂別笛吹夢耶眞耶費猜疑咫尺天涯痛別離張敏有夢夢相期所悲世道多險巇安得蓬洲結倭簃話談風月莫傷時酒罇盡處折花枝

訪吳稼生王逸叟兩先生賦贈 丙辰

陳龍慶 芷雲廣東潮安

幾年傾慕吳中復兩地相思王子猷學海無涯登道岸靈巖有約豁吟眸風潮乍喜金山息雪印還從客邸留宦海升沈何足問閒情且狎水中鷗（其一）

溫楊兩叟壽而臧（座中喜晤丹銘季岳兩叟）白露蒼葭水一方民史先徵才學識奇書熟讀宋齊梁（楊叟得廿四史全部板極精良逐句加圈尤見心契）清虛庭院詩鐘響（楊叟喜敲詩鐘謂不獨淑性陶情且可延年卻病）縹緲仙山吟屐藏（本年邀二叟遊巖均不果來）下榻故人情繾綣（逸叟挽留甚切）歸舟催我渡汪洋（其二）

兩遊龍泉巖賦呈雲叟 丁巳

柯楙 希士廣東潮安

兩度靈巖作勝遊山空木落叫鵂鶹百年老樹當門立一掬寒泉自隙流勒石謝公悲宿草讀書囊穀剩空樓振衣直上峰千仞萬里煙雲入望收

龍泉巖遊集卷十二終

龍泉巖遊集卷十三

詞四十三闋

潮安陳龍慶芷雲氏編

浪淘沙　重九登韓山憶龍泉巖

光緒甲申　陳龍慶　芷雲廣東潮安

雲雁叫河梁作客他鄉客中猶作看山忙鷓鴣碑前人悄立惆悵斜陽　籬菊故園芳落帽風狂龍泉巖翠共蒼蒼料得登高兄弟樂分我茱萸

沁園春　題讀書臺故址

光緒乙巳　李青　仰蓮廣東潮安

一角懸崖潦倒舊軒是誰書堂說三邊著績空前絕後（就潮州而論）轟轟烈烈史策流芳地不鍾靈山還作笑嵩目烽煙自激昂遙思想想日俄競戰英美爭强　此身未得鷹揚歎湖海飄零願莫償望神州板蕩腥羶臭觸宦途炎熱憔悴民傷故地長存英風不再回首當年欲斷腸憑闌看只空山葉落獨對斜陽

前調　和仰蓮題讀書臺故址

光緒乙巳　陳龍慶　芷雲廣東潮安

寂寂巖阿蓊見荒臺蝠飛眼前想當時四友橫經鼓篋今朝一碧蔓草寒煙方叔南征（指翁襄毅平交趾事）林逋西去（謂林敬夫殿撰）風透疏欞月印川韶光逝嘆年湮代遠棟折榱偏　君來緩步花磚將弔古情懷託杜鵑記吳剛揮斧身依桂樹（謂吳孝廉）陳蕃下榻手把芸編（謂陳進士）文獻無徵英雄易老往事重提思悄然徘徊久聽疏林啼鳥暮柳哀蟬（聞諸父老云當時讀書此地者不僅翁襄毅復有林公大欽陳公思謙及吳某孝廉三人林海陽之山兜鄉人襄毅之連襟也大魁名顯今有東莆先生集行世陳爲鮀浦橋頭社人嘉靖乙酉舉于鄉丙戌成進士授蒲城令有善政晉戶部主事沒祀鄉賢縣志列入名臣傳吳則石城頭鄉人今其鄉圮廢名字不傳亦文人之厄也因採訪以補斯臺之歷史云）

江城梅花引　呈遊巖詩友　光緒丁未

陳龍慶　芷雲廣東潮安

是時以二律招友遊巖屆期遊侶甚盛佳篇絡繹而來余藏拙而無和韻謹塡此闋塞責

重陽時節快躋攀憶名山訪名山好得嶺南詞客共盤桓閩浙有緣萍梗合通名姓鬬尖叉墨未乾　揮毫不覺漏聲殘豹一斑月一彎手盥薇露吟妙句賡和爲難休令龍行虎步笑邯鄲夢裏江花憔悴甚藏予拙任毛施舞袖寬

長相思　香江客邸紀事　宣統己酉

陳龍慶　芷雲廣東潮安

燈無光月無光霧裏看花花不香游蜂且莫狂　風送涼雨送涼彷彿龍巖選佛場令儂思故鄉（龍巖當每月朔望及施孤之盂蘭會亦覺衣香鬢影士女如雲）

賀新郎二闋　寄子丹觀察　宣統己酉

陳龍慶　芷雲廣東潮安

重陽日晤家子丹觀察蒙贈雨霖鈴一闋且訂適館授餐之約情長語重致足感也惜因事未果二十日宴余於榆園陳說黃泥涌故事悲涼慷慨愛國之心溢於言表廿二日匆匆告別惠贈多珍塡此誌謝並訂龍泉巖遊約

又是重陽節喜陳蕃珠江停棹令儂怡悅準擬繡詩樓上住親炙識時豪傑藉可答故人情切靑鳥傳書音信鬧把幽居當作通眞闕機關部難重設（時因與水師提督衙門有公文往來訂定以鴻安客棧爲通信處未便移寓）　咸同往事休陳說赤柱山無端租借國魂凄絕大好湖山憑牧馬海外遺民悲噎剩村落炊煙明滅（謂黃泥涌）中有高人棲隱遯（陸灼文先生隱居於此觀察盛稱其爲人）告山靈與我通談屑歸舟緊暫離別

○前調

景物榆園好有吳姬殷勤勸酒玉山頹倒蕭瑟涼颷吹短鬢頓覺爽人懷抱曆劫裏一聲長嘯（榆園在萬山中松風謖謖令人目曠神怡）十載神交今幸會撫瑤琴彈出相思調倩明鏡將心照　故鄉古蹟龍巖妙比年來登高作賦臨流垂釣舊是四賢讀書處遺址猶堪憑弔待

與子醉眠芳草牛背牧童吹短笛好風光收作新詞料憐世界方擾擾

雨淋鈴 贈芷雲先生 宣統己酉

陳步墀 子丹 廣東饒平

芷雲參軍神交十載今秋過港舟中話舊次柳屯田韻送君羊城

涼秋淸切乍相逢處談笑難歇期君更盡杯酒河梁握手匆匆舟發十載萍緣莫定見時正悲噎問此去何日歸來目斷珠江綠波濶 無人不道傷心別況淒風苦雨重陽節知音落落誰是當喚汝是天涯月好放團圓應照陳蕃臥榻懸設爲尙有千斛愁情待向徐孺說

蝶戀花四闋 紀龍巖竊案 癸丑

陳龍慶 芷雲 廣東潮安

龍泉巖住持燈光募化多金爲點綴名山計窖藏巖穴被人偸去疑係某傭所爲訴諸檢察廳廳長何朶壇先生因無左證備公函下問余以未能確知答之從此修葺無資臺荒僧散亦山靈之厄也戲塡四解以紀其事

一瓶一鉢空門遯募化多金魂夢難安穩點綴名山開粉本肯致膏郤豺狼吻 慢藏誨盜嗤愚蠢啓請財神暫作潛龍隱滿地青蚨飛去盡盜風更比秋風緊

〇前調

竊鉤竊國神人憤匍匐公庭緝捕求諸近變起蕭牆難隱忍可疑惟有關門尹 高飛黃鵠如

秋隼席捲潛逃不賦愁歸引黑霧空濛新月偃愁儂徧歷羊腸坂（發覺後門者卽久假不歸）

○前　調

剖開魚腹音書至問道於盲難把南針示淵底驪龍原善睡雞鳴狗盜知誰是　滿天疑雨風吹霽菩薩低眉粧點愁無計過眼繁華如水逝黃金散盡袈裟敝

○前　調

從今四海雲遊去寺廢臺荒惆悵斜陽暮我似髯蘇頻小住欲留玉帶憑誰取　婆娑大樹當門舞花落花開噤是名山主夜靜牆陰發對語子規啼徹三更雨

早梅芳　甲寅重九遊巖

甲寅　陳龍慶　芷雲廣東潮安

達尊三來賓七共着遊山屐徐熙寫照不及騷人一枝筆長天雲糾縵萬壑風蕭瑟奈匆匆歸棹渡過秋江碧（金雨耕君先歸）　老子筇安期舄採香幽徑山柿成林遇詞客（山柿敝處極多不甚愛惜无那詩兄珍若珠球璧攜歸爲校中植物標本）書堆青玉案川瀉丹砂液待王喬來講養生術（本會與龍溪逸叟唱和最多因有懷山陰逸叟山陰王叟深於道書少號囘陽子故以王喬比之兩叟皆與余同年）

拂霓裳　重陽後五日遊巖

甲寅　陳龍慶　芷雲廣東潮安

菊花天龍泉巖上會羣仙晴日麗大家齊泛剡溪船香山圖九老名勝壽千年拂花箋讓吟朋先着祖生鞭（此會余不居原唱地位待遊侶吟成而後次韻和之） 勝遊難再萍蹤聚散誰憐留紀念題名巖石勒燕然低頭穿曲徑序齒儕諸賢（題名以齒序楊季公後則及余）外交權喜英倫學士列班聯（同遊題名英人皮儷先生與焉）

賀新郎 遊巖後懷思故人 甲寅

陳龍慶 芷雲 廣東潮安

同是蓬萊島數前遊晨星寥落祇餘遺老（屈指連年遊侶祇來楊季岳光生） 洞口桃花開復謝卻怪劉郎蹤杳（謂劉稚安同年久回湘西原籍） 歎時局紛紛擾擾聚散萍蹤原靡定問山靈可也增煩惱相思味誰知道 新交猶似舊交好宴瀞園談今論古金樽傾倒滄海桑田君莫問且看麻姑手爪擘麟脯蔡經先飽（主人先醉） 醉着吟鞭西郭外落帽風吹得詩眸瞭占一席臥芳草（時皮儷在巖竇席地而睡）

西江月 贈遊侶 甲寅

陳龍慶 芷雲 廣東潮安

是年十月又作第三度勝遊倚聲以贈蔡劍秋明經及其令孫門弟子

辜負重陽時節何人下顧瀞園臨江遲客悄無言卻喜遊蹤尙健 攜到童孫高弟恍如翥鳳翔鸞吟成妙句駁騷壇王謝家風未遠（令孫令徒雖在青年均嫻吟詠有詩入集中）

金菊對芙蓉　贈龍溪全校員生　甲寅　陳龍慶　芷雲廣東潮安

花外旌旗柳邊軍樂依稀大將登壇數金蘭舊誼玉筍清班扁舟直達蓬萊島七十人共快躋攀良辰美景賞心樂事盡興盤桓　空剩一角危欄惜讀書聲杳棟宇摧殘問雙柑斗酒風味誰酸（是會人各饋以雙柑而無酒）斜陽暮靄催歸路最難堪分手河干（送別至鮀濟河之太平橋側）銀蟾影裏溪風凜冽底怕衣單（時當冬至後十二日悔不以洋氈假用）

意難忘八闋　賦龍泉巖八景　丙辰　陳龍慶　芷雲廣東潮安

都會省會各郡縣及杭州西湖多有八景由來舊矣龍泉巖蕞爾微區戲擬此名未免被西湖騰笑然識大識小亦文人好事之結習也塡此賦之並請龍溪佚叟賦以八律載卷九中

○○寺門古樹

老樹當門是千年神物錯節盤根參天杲黛色歷刦帶霜痕楊柳岸杏花村憐轉眼成髡曷若玆離拔古幹撐住乾坤　炎天最怯晴暄當涼亭一座安我吟魂不教紅日漏但覺綠雲翻風陣陣夢昏昏似中酒微醺待醒來整冠束帶拜此將軍

○○幽室殘碑

石刻糢糊讀王喬妙句字字成珠硯池奔渴驥烏影化雙凫詩一首撚吟鬚是玉佩瓊琚庸詎

知魯魚亥豕訛舛堪虞 至今輿論交孚緬流風善政不盡欷歔人亡遺愛在訂誤屬吾徒稽志乘飾丹朱趁日暖風徐願後賢時加愛護寶此區區

○○澗底鳴琴

澗底龍吟聽流泉幽咽如鼓薰琴荊卿歌易水擊筑發商音泉滴滴德愔愔帶冷氣蕭森入夜來疊更蚓笛共鬧煙潯 空餘一座禪林問老僧何往飛錫山陰（前僧燈光移住靈山）齋魚長寂寞粥鼓久銷沈榕樹白雲深容獨坐披襟任遊人濯纓濯足無礙登臨

○○荒臺弔古

寂寞荒臺自南征兵去蛛網盈階前賢棲隱處憑弔有餘哀明史傳數邊才羨造物生材纔自今昔沈響滅棟宇成灰 也曾修葺軒齋惜無人居守依舊傾頹滄桑留片影過客重徘徊名勝地闢蒿萊掃滿眼塵埃祗贏得春秋佳日踏徧芒鞋

○○曬書留影

苔蘚難侵看曝書形象直到而今林泉名士福誦讀古人心驅脈望送幽禽惜運甓光陰豈鬼神時時呵護鑒此精忱 我來正值秋深賴楊修道破（此影由楊季岳明府發明）指示南針郝隆休曬腹諸葛自長吟千載後有知音鼓一曲牙琴且任他風露剝蝕古蹟堪尋

○○瀑布傳聲

雲擁峰巔喜翔龍行雨瀉出飛泉（鑄錢洞之右龍泉巖之左雨後有瀑布如匹練故土名洗布坑）洪濤空際落逸響耳邊傳千尺瀑自濺濺似匹練高懸問可同水簾洞口玉碎珠聯

我原陸地神仙着葛巾野服閒步斜川蒼茫煙樹裏誰放下灘船吟眺遠望長天與碧漢遙連願從今枕流漱石謝絕塵緣

○○石局彈棋

西望長安歎舉棋無定一局初殘敲枰來石室心共白雲閒風料峭水潺湲笑盛夏生寒是甚人談兵席上勝敗相關　少年名列朝班賦方員動靜壽溢天顏秘傳誇十訣軍勢壯三單天欲暮凱歌還似拔幟詞壇問王質斧柯爛未袖手旁觀

○○頂巖禮佛

石室春回有彌陀遺像笑口長開滿腔悲憫愁對此且銜盃裙屐輩踏青來費幾度疑猜但見他焚香禮佛禱福禳災　金陵十二金釵看桃花人面徙倚閒階東山攜妓女北海罄樽罍誇豔福漫追陪休擾我吟懷且消受峰眉波眼小住爲佳

東風齊着力　謝丹銘正拍

丙辰　陳龍慶　芷雲廣東潮安

顧曲周郎當場正誤壽溢雙鬟霓裳節拍傳播到人間自笑巴歈俗調氍毹裏倉卒登壇翠仙會新粧甫卸燭淚偷彈　方寸雜悲酸愁難着萊衣五色斑斕瑤池阿母尸撤手塵寰回憶蟠桃舊宴擎杯向郭外秋山滄桑變年華易逝巖翠依然（先生本年爲其太夫人祝壽慶則當辛亥秋萱堂見背家庭幸福判若天淵讀楊季公丁未遊龍泉巖詩有先遊璧水後瑤池酡顏

健步相追隨，句爲之愴然）

憶難忘八闋 和芷公龍巖八景次原韻

丙辰

楊尙炯 羲勃 廣東潮安

〇〇寺門古樹

辭淡山門剩婆娑綠，爲露葉雲根年年看，羽化節節起鱗痕，無老樹，即新村，嗟國秃民髡，獨護仙輪，囷偃蹇，濤配乾坤，南天夏熱春暄，迺龍巖笑佛，冷寺銷魂，撐空揮日退，拔地聽濤翻，濛白晝，似黃昏，我醉夢猶醺，訝何來風瀚，鼓盪萬馬千軍。

〇〇幽室殘碑

古碣糢糊，欲摩崖搨本難得驪珠，王喬騎鶴去，何處問雙鳧，修舛誤，斷吟鬚，想字字瓊琚，恐轉埋廬山面目，點竄唐虞，精誠金石能孚，怪山靈太懶，殘缺堪歔，風霜憑剝蝕，呵護待吾徒，勤考訂，爲施朱，料落筆舒徐，八句詩流傳手澤，屹立南區。

〇〇澗底鳴琴

巖畔閒吟，訝何來逸響，調叶鳴琴，豈須絲與竹，流水有清音，行樂耳，爲愔愔，聽冷韻蕭森，正不煩勾挑剔撥，曲奏重潯，鏗然也繞疏林，共晨鐘暮鼓，警覺光陰，聖賢川上逝，富貴易銷沈，拖蠟屐，入山深，時倚石披襟，無待求成連，海上浪湧風臨。

〇〇荒臺弔古

寂寂荒臺看殘霞斷瓦落葉鋪階東涯人往矣百代尙榮哀新世界孰邊才歎大厦無材忍令他樑傾棟折刼火餘灰　吾寧繡佛持齋恨書聲歇絕戎馬廹隤英雄原不死故址足低徊重補葺闕嵩萊那有補涓埃不過供詩人墨客小住雲鞋

○○曬書留影

雨灑煙侵訝書痕印石往古來今雪鴻猶有爪泥絮本無心消滅也疾飛禽兒閃電光陰料必經千磨百捏堅白明忱　山靈愛護良深兒先賢苦學杵可成針斑苔驚遠避頑石解長吟楊德祖善知音似鑿下聞琴勿良甘十寒一曝迹象堪尋

○○瀑布傳聲

躡足巖巔望危峯插漢直瀉寒泉眼簾雲練挂耳鼓雷濤傳羅袖冷似飛濺乃玉瀑遙懸少囧疑白龍作戰一串珠聯　癡心欲問神仙豈銀河啓閘奔下晴川泝流空有夢飛渡恨無船新雨後日當天乍曲鼓成連借佛海驚波駭浪盪滌塵緣

○○石局彈棋

聞道長安竟置君如弈一局方殘功名空競逐心難付消閒屍徧野血潺潺我自觸心寒到不如談兵石上性命無關　山頭方罫班班豈斧柯爛處曾覩仙顔輸贏爭一着戰守列三單拚死仗慶生還儼大將登壇剎那間興亡成敗壁上參觀

○○頂巖禮佛

萬物春回看巖巔紫閣日暖雲開名香拈　炷好茗薦三杯誰家女拜如來儘簇擁無猜向大慈嘤嘤告禱降福消災　慵鬟墜折鴛釵悔誠心未辦羞下禪階送卿旋玉聲容我酌金罍斟美酒倩僧陪慕太古無懷渾不知貧窮富貴得醉殊佳

齊天樂八闋　和芷公題龍巖八景　丙辰

葉菊生　餐英廣東梅縣

○○寺門古樹

槎枒老樹當門立撐空綠雲如蓋碧葉濃藏青苔密護幾閱江山興廢蒼崖欲墜作萬頃風濤喧騰無際涼月黃昏空山驚起驪龍睡　炎天無那煩惱問穎川詞客吟魂安未夏日融融春陰曖曖儘向此間眠憩一枝穩寄歎我類飄蓬腳根難緊倘續前遊追隨能附驥

○○幽室殘碑

風流賢令遺碑在摩挲令人神往宦海遊蹤半生心事都向此中標榜追隨下上更有個前修安排書幌名宦鄉賢是間勝跡應無兩　扁舟容爾瀟散儘題詩載酒五湖爲長入世推遷星移物換剩有湖山猶曩空懷想像歎乾道名流今成絕響百載悠悠低徊生景仰

○○澗底鳴琴

名泉瀉出招提境潺湲似聞清韻泛玉浮金引商刻羽譜出琴心如繪鍾期既遇聽流水高山會心言外細響丁東步虛聲裏聞環珮　在山泉水清冽悵吾生多故風塵褦襶濯足滄浪振

衣絕頂消盡胸中塵壒炎凉世態看內熱紛紛飲冰誰耐寂寞僧房空餘清磬在

○○荒　臺　弔　古

朱明二百年來事滄桑幾經翻覆燕子南飛龍鑾北去國事有如棋局幽居暗卜便依石爲樑因樑作屋抱膝長吟書聲搖曳出林麓　名臣棲隱巖穴與千秋傳說同留芳躅一代文章萬般經濟應記草茅誦讀甲兵滿腹數文武當年邊才有屬莽莽中原而今方逐鹿

○○曬　書　留　影

曝書臺上三生石依稀尚餘兆朕錯采成文因方爲矩畫出棋枰井井靈蹤未泯任剝蝕風霜斑痕猶整大地山河前塵影事今重省（山河大地影事前塵出楞嚴經）　詞人更有朱十向由拳城側書城管領（秀水朱竹垞晚年築有曝書亭其詩文均以此名集）　地以名傳名因人立遺跡後先彪炳天留勝景恨此日登臨未攜菱影攝取書魂柴門消晝永

○○瀑　布　傳　聲

懸空素瀑如飛練浪花一白無際石室峰邊水簾洞側堪與幽人點綴滔滔東逝作入海波濤崩騰澎湃一道飛泉跳珠濺玉應難制　名山清福緣分數天台衡嶽游蹤都未積石飛流匡廬壯采風景是間無二徒縈寤寐恨我輩來游失之交臂一抹斜陽羈人增旅思（晴時無瀑）

○○石　局　彈　棋

中原棋局紛難定西風幾驚刲角石上敲枰橘中對弈何似此間安樂清談間作任利鎖名韁

此心難縛黑白縱橫箇中原自有韜畧　斧柯王質觀爛便千年七日尋思如昨項蹶劉興唐顛宋覆都似一盤六簙九州鑄錯看全局紛紛祇遺一着誰捉獨見硬將全子掠

○○頂巖禮佛

靈巖古寺何年立堂空祇餘佛相笑口常開脩眉濃覆道是慈悲模樣風和日暢有士女偕來乞將靈貺儂意誰知背人私祝心魂漾　迦陵詞客風致細修來豔福紅裙偎傍老去壞詞空中傳恨樂事知君未忘懺除綺障拚不動禪心茶煙空颺玉帶山門護持深倚仗

滿江紅　遊巖後再用集字韻填此　丙辰

王道正　少斌廣東潮安

巖上秋高喜賓主東南翠集剛認得靈泉流處一瓢同吸石徑崎嶇行且止洞門屈曲横穿入讀書臺景仰昔賢蹤寧追及　君攜杖儂戴笠登絕頂緣階級望江城煙樹如村如邑大海波中船遠去斜陽影裏人昂立整余冠莫若孟參軍風吹急

龍泉巖遊集卷十三終

龍泉巖遊集卷十四補遺上

潮安陳龍慶芷雲氏編

雜文四篇
古今體詩五七首

生員林士英芸閣廣東海陽

遊龍泉巖記 同治癸酉

龍泉巖者舊傳翁東涯先生讀書處也去吾家六七里余思遊屢矣今年秋偕二客造焉寺外有古樹一株鹿蔭數畝而葱蘢鬱勃倍於他樹立未定覺滿山風雨颼颼淅淅而起始歎昔人風吹古木晴天雨之句爲入神也推扉入有吠彤聲如豹僧制之止徐步進周其堂廡畧有前人留題處然皆塵垢漫滅不可以卒讀從側門轉而左見小池一方山泉泚然落清可鑒影緣爪徑而上得石室大可容數十人坐而彌勒佛含笑居左方余戲謂二客曰此古先生嘻嘻然得非喜東涯去後世無與爭此境耶適緇流烹茗薦僎言曰先生誤矣往者溽暑方張時蒸洲人連肩接踵而來池雖小有沐者浴者樹雖輪囷盤錯有坐而臥疲而倚者石室雖紛脊廊廡雖頹敗則亦有飲者弈者簫博者鼾睡者揮麈而閒談者拋笠鋤擲樵斧以假息者日凡幾輩安得謂翁尙書去後遂無人焉過間哉余笑而不答時日已西跌仍循舊徑出二客從而後松風謖謖殊覺此身有瀟灑出塵之概夫東涯往矣吾不知其居時作何狀而藏焉修焉游焉息

焉猶可於一涉足之下髣髴想見其爲人則未始非茲寺之幸而別有以長游人之志也至於寺之廢興泉之甘冽負衆山之靈淑面大海之汪洋蓬洲人概能道之余不復贅

紀翁公萬達之勳績

光緒戊申　末附韻言

蔡鵬雲　柏青　廣東澄海

翁萬達鮀江人生穎異沉毅能謀嘉靖進士出爲梧州府後督宣州大同修邊牆八百里寇不敢犯安南莫登庸之亂公討之從容坐定以戰功進尚書謚襄毅著有稽愆集平交紀畧二書行世鮀江龍泉巖公未達時讀書處也

鮀江翁山涯嘉靖成進士總督宣大時肆樹戢明史嘗討莫登庸登績覔大著邑中龍泉巖是其讀書處

右蓋採諸澄海鄉土歷史教科書第三册柏青現任景韓官立高等小學校校長從遊數百人肄業十餘班爲辦學之巨擘嘗編是書時取便於學童誦習故文義尚顯豁不尚高深經提學司審定推行甚廣洵後學津梁也　編者識

遊集編成贈芷雲先生序

丁巳

許挹芬　味餘　廣東澄海

懽愉之辭難工而窮苦之言易好昌黎序荆潭倡酬集之言也吾嘗持此意以觀古今之作者而信其言之不誣也夫古今才人之尤著者固莫司馬長卿太史公劉子政揚子雲若矣然是

數子者或病於貧或中於法或見忌於權門或委蛇於亂世大抵牢愁抑鬱然後慷慨著書其辭之所以工其窮苦之積愫有以致之也有唐一代詩人最多然達者祇高適一人子美之播蕩流離飢餓欲死者姑勿論矣卽如次山摩詰太白龍標下至長吉樊川溫李冬郎輩亦皆身世蒼涼都無佳趣卽此以觀漢唐二代之才人皆窮苦之輩也昌黎之言顧不然哉顧不然哉雖然天下事事物物有常例卽有變例懽愉之辭難工窮苦之言易好此常例也然有時懽愉之言亦復能工者卽其變例也晚近十年來潮州人士肆力於詩歌者至夥賾難更僕數矣然其主盟壇坫著書最多者則首推二陳二陳者繡詩樓主人子丹先生小蓬萊主人芷雲先生皆雄於貲財達者也然皆工於詩詩可歌可泣膾炙人口抑豈非昌黎韓子所謂性能而好之者邪乂豈非吾之所謂變例者邪子丹先生寓公香江重洋阻隔未獲瞻其道貌惟時誦其佳作徵有文字因緣而已若芷雲先生則家住蓬洲距縣治僅三十里時得於城中相見詩筒酬答更無間歲月文字因緣之獨深者也先生所著書叢刻者已十有餘種，近更發刻龍泉巖遊集若干卷備載數百年來關於茲巖之文字詩詞其意興久而彌豪其文章老而益粹殆所謂才全而能備者也長公云著書多暇眞良計從宦無功漫去鄉先生在季清時嘗一涉足宦途已卽棄去之而銷磨其歲月於零縑逸竹中，其有味於長公之言者蓋至深且切此宜其富貴通達而獨能爭雄於翰墨之苑也抑豈非所謂人豪者耶中華民國六年十二月四日澄海許挹芬偉予甫序於鳳山學校

遊集觀成贈潛園主人序 戊午

翁輝東 梓關廣東潮安

居恆慕太史公之為人壹其遨遊乎名山大川得以增長其學問經濟惜余也咿唔佔畢雪案埋頭足迹不出國門何有遊之可紀什曾游學禺山游宦淛水春和景明秋高氣爽亦一振衣着屐逸興遄飛娑惟嘯傲雲山品評木石固未足以言遊也余於是知吾人之游苟徒怡情於山巔水湄以快其游目騁懷之樂而忽然於家國種族之思並無文字以永之朋輩以張之則游樂之餘事過情遷皆成陳迹雖遊亦等於不遊嗚呼澤畔行吟痛三湘之淪落新亭下淚悲兩晉之衰頹夫乃嘆古人之一遊一詠其會心蓋別有在也蓬洲西郭有龍泉巖焉故老流傳家乘紀載先五十六代叔祖襄敏公讀書其中嗚呼襄敏往矣迄今三百餘年而龍泉巖獨巍然與薛行人之中離山林殿撰之寶雲巖後先輝映倘所謂人傑地靈者非歟余祖由蓬遷潮於今十五世矣囘憶少時隨諸父後至蓬祭祀暇即登斯巖而遊覽焉其時智識初開忽畧經過於襄敏公之遺跡往事漠然不知更何論於家國種族之觀念嗣讀襄敏公傳不禁廢書而歎曰襄敏公之擁護祖國力闢異族其豐功偉烈足以炳史乘而昭日月者無非醞釀於斯巖讀書時也而後始自笑少時之游殊太辜負然則余之游固不足以言游游之事亦無可為紀載而獨於是集出版之日則棖觸焉而不能去諸懷是集為前輩陳子芷雲所編輯夫陳子芷雲固先余而遊且又私淑襄敏公之擁護祖國力闢異族而游者也自其封翁全德公遷居蓬

城若有取乎高山仰止景行行止之義爰就其釣游之地作東山之絲竹爲沂水之流連蠟屐聯翩集國家之碩彦悲歌慷慨懼種族之淪胥故於其游也天下士聞風而來聯袂以至詩文絡繹弔古傷今迨薈萃成書而龍泉巖之名直傳播於燕趙吳越視中離山寶雲巖而更顯讀是集者無論遊與未遊均有俯仰低徊而不能自已之概然則斯巖之膾炙人口者固不爲無因也昌黎有言莫爲之前雖美弗彰莫爲之後雖盛弗傳陳子固善於表微闡幽者既美且盛彰而能傳行當與斯巖而並壽矣故於是集之成也因題此以贈戊午春月翁輝東撰

招邱仙根工部遊巖

光緒甲辰　○以下詩

芷雲廣東潮安　陳龍慶

登高弔古爲名臣一席名山俎豆新明社興亡關戰守漢家宮闕半灰塵荒臺屹立雄南服峻嶺孤撐倚北辰撥亂雄才方繼起敢將經濟薄今人

芷公招遊不果以弔翁公墓詩索和

光緒甲辰　廣東敎育部長

仙根廣東鎭平　邱逢甲

落日青山虎氣沈河流還遶故城陰地埋一代名臣骨天鑒三邊守將心人物嶺東前史在關山直北戰塵深英靈異代應相感一片寒雲繞墓林

次和仙根工部弔翁公墓詩

光緒甲辰

芷雲廣東潮安　陳龍慶

三河渡口將星沈虎嘯空山古柏陰塋域未詳澄海志（墓在大埔故澄志塋域門所不載）洪流如寫濟川心人欽偉畧懷思切帝葬賢臣震悼深一塚長埋家國恨寒鴉陣陣噪霜林

偕張六士謁翁公墓追次滄海君韻　丙辰

德庵　姓名籍貫未詳

不共朱明帝業沈豐碑芳草正春陰三河猶咽征笳響九地寧慚裹革心虎踞雄阡生氣凜馬馱殘照古痕深（墓前石馬古色斑然）滄桑無限前朝感滿眼蓬蒿繞墓林（其一）

四海荒荒大陸沈沙場雄鬼哭天陰玄黃百戰爭新血功罪千秋見寸心（時唐蔡首義滇川交綏）魏武塚空遺土臭田橫島古感人深興亡欲起英靈問萬點寒鴉落墓林（其二）

擎天隻手緊升沈叱咤風雲絕塞陰當代勳名公占首萬方多難客傷心釜湯魚爛兵氛烈篝火狐鳴鬼氣深安得九原今可作早擒梟獍向中林（其三）

按邱工部一號倉海君又號南武山人卒後有嶺雲海日樓詩鈔行世甲午清廷割棄臺灣工部建議獨立組織臺灣民主國推唐景崧爲總統會撫標譁變事敗不願隸日籍遂內渡寄籍海陽繼入籍鎮平粵省光復被舉爲教育部長復被推爲粵代表南北統一爲參議員當主同文學堂講席時與余爲文字交甲辰余因有招游之作因事不果嘗以全稿商摧去留讀之雄豪沈鬱實嶺東詩界之雄也是書援卷二列載與鮀江蓬洲有關係之詩故例特刺取數首附載如左〇其乙未鮀江秋意云海上瀛洲已怕譚浩然離思滿天南西風一夜

蘆花雪鮀浦秋痕上客衫〇又丙申重遊鮀江二絕云琴劍蕭然尙客游海天容易又經秋渡江人物消沈盡誰識當時第一流淪落天涯氣自豪故山東望海雲高西風一掬憂時淚流向秋江作怒濤〇又庚子舟次鮀浦疊初發韓江韻見寄云一夜東風送客旌海門人暫駐征程山迴閣石青連岸江繞蓬洲綠到城看雨酒樓呼客醉冶春官舫載花行同舟共濟艱難日未免茫茫百感生讀此可見一斑〇又客汕島題蕭秋南明府醉李白圖云天寶年間萬事非祿山在外內楊妃先生沈醉非無意愁看胡塵入帝畿此詩余亦有和作因詩鈔刻本所不載故亦補入

雲叟以詞招遊不果賦贈二律

宣統己酉　陳步墀　子丹廣東饒平

未得還家樂心先思故人望雲化時雨（君長瀹智學校）對月悟君身宜着萊衣綵應添蘭砌春商量陟蓬島來與德爲鄰（其一）

昔日文場共神交十載知無緣聚萍水有約爽花時（遊巖之約在籬菊初開時候）老去猶貪酒歸來但賦詩一封付魚雁應笑我襟期（其二）

次和子丹觀察去年見寄詩

宣統庚戌　陳龍慶　芷雲廣東潮安

詩債經年負開緘見故人有緣敎育會無福宰官身世路崎嶇險公門桃李春陶然思一醉載

酒問東鄰　（其一）

相思不相見魚雁兩心知東閣賞梅日書堂停課時無心雲出岫（春月趁年假渡閩）乘興雨催詩流水高山曲知音待子期　（其二）

呈瑞鳳綸分轉並邀遊巖　宣統己酉

陳龍慶　芷雲廣東潮安

未入韓公座先詢李白名（公任潮十餘載尙未修士相見禮日前晤家子丹觀察言中香江至汕時與公同座蒙以詩人相許愧感交并）泰山容土壤流水試琴聲蕉鹿虛前夢蒓鱸澹宦情讀公投贈句仙樂奏咸韺（子丹以公見贈詩相示）　（其一）

國士慚相許詩人漫見推素懷羞管晏青眼出皋夔貧海方多事（近來鹽斤加價問題尙未解決）和羹自有期丹楓紅樹裏翹首望旌旗　（其二）

折節下交久（家雁初叔與公通譜）應推大父行冰霜覘氣概風月費平章國裕民常樂官閒句也香（公餘以詩文著述自娛）新煙明萬竈如入白雲鄉　（其三）

未修相見禮投贄借新詩孔壁藏書久（公所署甲辰大事記尙珍藏篋中）班門弄斧遲鉛寒添酒盞守歲鬬殘棋預約重陽日登高玉杖持　（其四）

次和芷雲參軍招遊大作　宣統己酉

兩廣鹽運同知　瑞誥　鳳綸　滿洲

參軍吾舊識（雖未晤面久有詩函往來）海上有詩名不謂斯文喪猶聞雅頌聲感時多激切於己每忘情寄我新詩讀清如列五瑛（其一）

重道輕軒冕（君宦閩未久即回籍辦學）清才衆所推文章漢司馬詞翰宋姜夔（君倚聲得白石雋逸）莫爲賣漿隱詎存空谷期朝廷方納諫聞豎直言旗（其二）

海內論知己天涯幾雁行人才判新舊舉世薄詞章臘盡寒梅綻（此詩成於除夕）春開越酒香榮枯忘物競即是華胥鄉（其三）

四十猶卑宦空吟餽歲詩立身慚古節薄祿久棲遲名字三朝舊江山一局棋來年下陳榻杯酒爲君持（春月屈駕抵衙齋一叙然後結伴往遊）（其四）

有負寵召賦詩奉贈兼述近況

宣統庚戌　兩廣鹽運同知　瑞誥　鳳綸　滿洲

堂開瀹智覺斯民馳仰高風拜下塵進退難消高上志忙閒總是自由身茫茫世路知交寡落落門庭畏客頻老去莫抛閒歲月異材特爲佐維新（其一）

蓬洲咫尺竟暌離一紙書憑驛使馳坡老胸懷杜陵句相如文賦楚騷詞丹青濡染閒拈筆黑白縱横戲布棋寄語陳蕃莫相問詩人自古出分司（其二）

廿載微名累一官居然大纛涸衣冠騂騮疲駑勞垂耳（相距七十餘里此遊誠恐舟車勞頓）鴻鵠騫騰落矯翰最耻因人爲冷熱敢云與世異鹹酸恩深未忍躬耕去慚對遼東老幼安

（參蔭亭龍巖之林泉清福余愧弗如）（其三）

汲泉澆竹抱甕持靜裏閒參玉版師不惜俸錢收舊畫無他公事只吟詩風來小院落桐子雨過山城熟荔支好是日長棋乍歇自煎佳茗品槍旗（其四）

謝瑞鳳綸分轉惠詩　宣統庚戌　陳龍慶　芷雲廣東潮安

郇雲一朶下蓬萊多謝公卿解愛才入座春風原有約（公邀春讌）出山泉水本無猜登龍名士三朝重叱馭孤臣兩度來賴有昌黎開雅化絃歌聲起鳳城隈（其一）

詠罷椒花歲月新大千世界四時春海牙有會銷兵氣（時中國方赴海牙弭兵會）曉角無聲靖寇氛偃武修文民自樂官山府海國非貧鹽梅相業從今兆社稷端資一介臣（其二）

廿年嶺海鼓催衙生佛由來說萬家大許湖山歸管領（郡治西湖當較龍泉巖爲勝）地多泉石足清華（署內復有假山池亭）光明恰似芙蓉鏡毀謗無傷薏苡車舊是玉皇香案吏（借舊句）公餘健筆走龍蛇（公尤工於書惠賜聯幅多種）（其三）

何幸鯫生竟受知階前盈尺許揚眉淩雲作賦逢楊意舊雨班荊說項斯講演焦勞三寸舌（慶在校須兼教科）苦吟撚斷幾莖髭近來宦味清於水莫訝閒雲出岫遲（其四）

再邀伯瑤詩丈遊巖　宣統庚戌　陳龍慶　芷雲廣東潮安

一別音容一載餘雞鳴風雨意躊躇巖前曾着謝公屐戶外偏停長者車（四月十七日邀公盃敘未蒙光臨越日枉顧於聽濤樓中慶又返棹矣）辦學事繁歸棹急吟詩人去夜窗虛（竹朋詩老入瑞分轉幕府）春風桃李花開日（借舊句）猶種官梅帶月鋤（其一）

矍鑠詩翁老據鞍唾壺擊碎劍光寒砧敲夜月烏啼急簾捲西風蝶夢闌唱和遙通情脈脈關山難越路漫漫願公重鼓鮀江棹百萬軍中拜一韓（其二）

次和芷雲參軍招遊原韻

宣統庚戌　廪貢生　蕭璦常　伯瑤廣東南海

西望蓬洲十里餘雲天搔首獨躊躇緣慳詩席陪三雅學羡書堂載五車夢裏舊游巖雨冷醉中陳迹晚篷虛（丁未之游酌酒賦詩已三載矣）我慚香草潛幽谷幸不當門任世鋤（其一）

橫矟何年再據鞍披裘五月不知寒歲華荏苒須看鏡海市瞳朧獨倚闌離索日多懷惙惙溯洄人去路漫漫龍泉巖上重烹茗莫說艱虞到馬韓（其二）

春日遊巖呈芷雲夫子郢政

甲寅　陳纘英　偉才廣東潮安

人世幾無乾淨土斯巖合號太平山桃花萬樹春如海儘許漁郎日往還（其一）

殘碑字跡漸銷沈訪古遊人慨慕深不是吾師殷考訂讀詩誰得指南針（其二）

隔林遙見鷓鴣斑可欲飛騰霄漢間聞道哥哥行不得崎嶇世路萬重山（其三）

往歲曾遊甘露寺老僧指引出迷途今朝仄徑盤旋徧一蟻能穿九曲珠（其四）
干戈擾攘幾時休避世應從物外遊山恐不深林不密高風畢竟慕巢由（其五）
政海波濤不必譚汲泉煑茗有餘甘近來詩思清於水洙泗淵源許共探（其六）

雲叟招遊未赴賦詩奉贈 乙卯

林家驊 一穆 廣東澄海

芷雲先生今健者卓立詞壇振風雅江淹彩筆少陵才興酣競向毫端寫先生原是濟世倫道德文章迥出羣萬樹棠陰歌遺愛十年木鐸醒斯民循吏儒林希往哲先生立志何高潔卽今老臥南山雲湖海豪氣猶蓬勃謫仙胸次劇恢奇壯懷一一託諸詩事業名山千古在三唐兩宋足追隨澄江有客仰山斗搔首天涯瞻望久忽寓招遊一紙書探山釣水意良厚登高作賦神仙侶樗櫟庸材何足數遙瞻蓬島滯行旌空向雷門撾布鼓先生才大不我棄佳句琳琅贈千里塵海知音合感恩刺船悵望何時已

遊巖後贈潛園主人 乙卯

郭心堯 餐雪 廣東揭陽

頻年折寄隴頭梅殘臘相逢笑口開（廿四日）黑獄原爲名士設（君曾因公受累）錦帆應喜故人來雲山有約供吟料塵海無端換刧灰記得今晨酬司命談瀛猶覆掌中杯（其一）
移舟訪戴海灣彎明發何甘遽告還六載相思縈夢境五朝挨過了年關剪燈寒夜私彈指弄

斧斑門舊汗顏攔路千戈行不得憑闌愁對鷓鴣山（山在龍巖之左）（其二）

潛園人指是詩家我到潛園玩物華嫩蕊茶開時豔冶古枝葉秃勢欹斜嘉肴絡繹郇廚出故卷叢殘鄴架誇吟到夜深誰作伴玻璃窗外一庭花（其三）

海客疏狂撥棹輕我來剛值曉潮平滎陽公子多聰俊飯顆山人太瘦生珠玉連篇徵妙句（示詠虞美人排律六十韻）煙波催夢踐前盟蓬洲詩老今尋得不負殘年有此行（其四）

夢遊龍泉巖　丙辰

潘贊成　子勤　廣東澄海

行行出蓬洲巖在深林裏信步自登臨驀見僧隱几揖入談人情彼道薄似紙何如隱此間領畧濤淨理須臾松風生濤聲震兩耳匆匆急告辭若墮澗邊水翻身遊魂歸五更敲未已追憶幻夢時歷歷空仰止

孟春謁蟆廬主人越日遊龍泉巖即事　丁巳

劉選雄　仲英　廣東潮安

煙波十里遠浮天晴日和風滿客船雲樹蒼茫迷極浦青山橫臥夕陽邊（其一）

謝郤浮名賦遂初綠楊城郭隱樵漁分明一幅桃源境多少高人此隱居（其二）

幽雅樓臺無俗塵桃花流水總清新高人久已簪纓謝山水爲家花作鄰（其三）

遠行廿里謁門庭底恐程公夢未醒春日融和晴雪化徘徊門外把車停（其四）

好客孟嘗久擅名流連詩酒聚羣英飛觴醉月添新興底恐題糕句未成（其五）
滑滑春泥信步來鳳凰城上木棉開門前古樹如人老掀起龍髯午夢回（其六）
芳園闃寂戶常扃採得名花插膽瓶樹上黃鸝如迓我嬌聲百囀靜中聽（其七）
青青青徧嶺頭枝萬壑千巖秀且奇明媚如粧開笑臉山光最好是春時（其八）

九日寄懷芷公問遊巖近狀 丁巳

王道正 少斌廣東潮安

思量不復上峯頭老去吹冠短髮羞愛菊獨採三徑早臨風飽覽九天秋詩文手把龍巖集（已從報中裁出裝釘上冊）煙水魂銷鱷浦舟一席名山君占盡羣賢曾共舉盃不

次韻答少斌同年秋日寄懷詩 丁巳

陳龍慶 芷雲廣東潮安

良朋過我疊樓頭龍正潛淵鳥養羞擬闢東山邀謝傅敢因北史訪華秋（用北史華秋傳重陽蔡劍秋君四人來遊預訂十三重遊之約僕本欲於十三往郡弔李友既有後約因不果往並託劍老代邀玉趾迨十三日劍翁偕數友來乃知恐僕北行致未邀請）路穿松徑迷人跡水涸梅溪阻客舟（韓江壅塞連日濬河者千百人）講學河汾宣木鐸揮毫曾賦洞簫不

龍泉巖遊集卷十四補遺上終

龍泉巖遊集卷十五補遺下

潮安陳龍慶芷雲氏編

古今體詩六十九首

久不得乙符明府音訊三疊適園韻招遊 丁巳

陳龍慶 芷雲廣東潮安

論親我似拜兄忪（見釋名釋親屬）交誼況同膠漆濃萬里風雲馳一劍半生山水倚孤笻南來未得鱗鴻便北望遙知城闕重何日硯池騰墨氣釀成霖雨慰三農（其一）

桑梓乂安鶴夢閒舉盃聊破酒腸慳心如皓月常穿戶身似孤雲不出山笑我黃冠披草服知君紫綬映朱顏年年辜負重陽節籬菊花開樹葉斑（其二）

風塵跋涉久疏音問蒙賦詩招隱次韻奉答 丁巳

侯節 乙符廣東澄海

久稽修候意怔忪遠問多君友誼濃塵世茫茫悲短鬢勞生僕僕付長笻千山黯淡霜鴻杳大海迷離雪浪重我欲呼犁歸學稼樊須甘作老村農（其一）

吏隱浮沈意氣閒丹砂勾漏願偏慳人從厭世多逃世吾本樂山喜入山月照龍巖思佛界（龍巖多次盛會恨未與）雲依蓬島憶仙顏何時重展耆英會笑玩籬花玳瑁斑（其二）

重陽訪雲叟再遊龍泉巖 丁巳

蔡鍔鋒 劍秋廣東澄海

訪舊彌欣續舊遊，幾彎窄徑細尋幽。高峯無恙形如昨，老樹依然色不秋。佇立牆陰摩古碣，同從巖隙挹清流。我來笑向山靈問，曾記當年到此不。（其一）

重陽風景憶蓬洲，乘興重登最上頭。巖畔臺荒黃葉落，林間寺古白雲留。題糕孰得驚人句，插菊猶添作客愁。極目煙雲多變幻，一聲長嘯滿山秋。（其二）

重陽後十日遊龍泉巖四首 丁巳

謝國藩 屏珊廣東揭陽

重陽日偶客金場，擬與林雪帆諸君同游，不果，有願未償，心殊鬱鬱。十日後方着吟屐，覩山川之佳麗，悵時事兮蒼茫，聊占四絕以償素願，工拙所不計也。

平生夙具看山興，此日來登蓬島游。洞裏風光閒領畧，青山無語笑人愁。（其一）

落帽高風過十天，龍山在望意纏綿。攜朋載酒登臨去，信是名山第一泉。（其二）

寂寞荒臺屈曲籬，名賢自昔此棲遲。地因人重留遺跡，芳草斜陽讀斷碑。（其三）

時事蒼茫變態殊，山川無恙長蘼蕪。秋風似有留人意，萬木蕭蕭啼鷓鴣。（其四）

重遊龍巖賦呈芷雲先生

池鈞鼇 士湖廣東潮安

龍巖與我有前緣乘興登臨年復年莫把床頭金費盡應妨屐折又須錢（其一）
在世原存厭世心高山流水孰知音年來事事都看淡惟有林泉痼癖深（其二）
世事蜩螗最不堪佛惟冷笑有何談涓涓泉水瀼瀼露釀作秋霖草木酣（其三）

訪丁天囚盧卓民二君不值函邀遊巖　丁巳

陳龍慶　芷雲　廣東潮安

盧仝七椀賦詩豪丁令歸來老鶴巢天許騷人壽梨棗（二君佳作多見諸報章）我慚野老臥蓬蒿扣門未慰瞻韓望鼓棹應憐訪戴勞願約龍巖重着屐風鳴古寺聽松濤

汕江訪友不晤賦此招遊　丁巳

陳龍慶　芷雲　廣東潮安

名山一別歷三秋白露蒼葭詠溯游懷刺禰衡方作客渡江王粲正登樓那堪室邇人偏遠須識船歸意尚留行邁歌詩禾黍感何時銷釋我心憂

答芷雲先生招遊大作　丁巳

楊敬師　雪立　廣東潮安

滿城風雨幾經秋避世應教物外游賦感新亭空灑淚心懷舊里竟登樓頹唐笑我真成慣（先生今年·壽詩余因事允未和至今恧然）福澤如君足解憂最是鴻泥偏契濶（先生訪余余偕余少銘訪先生均相左）白駒何日再勾留

疊前韻答楊雪立拔萃 丁巳

陳龍慶 芷雲 廣東潮安

黑白棋枰戰弈秋爛柯有客橘中游（南北軍劇戰汕頭君適居戰地）雲迷鳳水懷珂里霧鎖鮀江倚戍樓訪我曾停高士躅思君幸釋杞人憂驪山昨夜消烽火願訂平原十日留

次韻和芷雲先生招遊大作 丁巳

曾傳經 籍雅 廣東大埔

極目風塵澒洞秋靈巖囘首憶前遊劇憐戎馬窮邊客羨煞元龍百尺樓露白葭蒼人宛在箐深林密願少留何期枉得高軒至莫遺承顏一解憂

再疊前韻答曾籍雅先生 丁巳

陳龍慶 芷雲 廣東潮安

萬里悲風鼓角秋（借舊句）願君同入醉鄉遊塵埃淨掃陳蕃榻景物都歸庾亮樓北海開樽新釀熟東山題壁舊詩留登臨勝地神仙福莫爲時艱切隱憂

次和芷雲先生招遊大作原韻 丁巳

吳之英 夢秋 廣東澄海

楓樹經霜送素秋黿鼉疊跨練江遊（近詣棉江三次）到門幸不羞題字贈句還教重倚樓飛鶴笛中聲未奏（壽詩愧未恭和）來鴻泥上爪常留哀時同抱滄桑痛祇有華嚴足解憂

三疊前韻答吳夢秋先生 丁巳

陳龍慶 芷雲廣東潮安

山深四月已成秋記得龍巖快壯游市上懸壺江上月花間買醉竹間樓敲砧寒夜誰家院賞菊名園到處留自有神方治痼疾造朝難飾釆薪憂

雲叟過訪蒙招遊巖賦答二律 丁巳

黃太初 未之廣東大埔

年來江海別無限故人情覽刺心先喜深談感忽生前塵如夢幻知己負君明一日三秋意言中數不清（其一）

此日知何世偷閒一唱酬滄桑嗟轉眼風雨話前頭板蕩原天意馳驅亦自謀名山君獨占附驥可容不（其二）

次和偉姿明經惠贈大作 丁巳

陳龍慶 芷雲廣東潮安

讀罷新詩什故人無限情乾坤悲戰局鼎革怯餘生雁陣秋風冷（子文弟屢言南旋現尚未到）龍巖夕照明避秦尋古洞游釣待時清（其一）

似得忘言契難將俚句酬才高習鑿齒名重賈長頭夙具千秋志聊爲獨善謀登臨申後約着展再來不（其二）

喜晤餐雪次陶賢昆玉賦贈 丁巳

陳龍慶 茳雲廣東潮安

浮沈書札笑洪喬（前投餐雪先生書晤談時乃知爲郵人所誤）一斛珍珠慰寂寥（餐雪惠壽詩四律）軾轍齊名孚物望機雲入洛想丰標龍巖着屐襟懷爽（次陶於九月十三日來遊）虎帳談兵氣勢驕日暮笳聲吹徧地南天烽火幾時銷

喜思鶴重來汕島賦此招遊 丁巳

陳龍慶 茳雲廣東潮安

令威化鶴賦歸來城郭人民看幾回籬菊傲霜疑帶淚焦桐佇月有餘哀生當亂世神先悚人到中年志易灰猶幸名山無恙在願君同醉紫霞杯

疊次原韻和雲叟 丁巳

龍廓 思鶴廣東南海

初秋謁雲叟於潛園喜其道貌沖夷粹然隱君子也文酒流連相見恨晚會人事牽率弗獲踏屐龍巖未幾余回原籍越月餘重來汕島懷雲叟而未見昨承以詩約遊次韻和之

遊戲人間兩度來烽煙歷歷認多回未官幸抱虞翻骨傷亂難消庾信哀帆影滿江流不盡角聲動地刼餘灰百城一舸憑誰下笑把霜鋒淬酒杯（其一）

曾聽生公說法來包胥猶自乞師回驚弓漫惜垂天翅疊石空啣入海哀酩熟黃壚知有約文

逃秦火又燃灰瀦圜歲月羲皇傲遲我梅花飲百杯（其二）

遊龍泉巖有感　丁巳

玉坡廣　東潮安　陳步鑾

半生南北困輪蹄老我歸田路未迷且喜名山千古在憑人谷隱與巖棲（弱冠入都供職部曹旋復改守安徽客裏光陰不知銷磨幾許）（其一）

一室高深勢豁然上無櫟棟下無磚何年劈自巨靈手奇石分開作洞天（其二）

時局滄桑已怕談戰場底事又天南（蘇詩且喜海南州自古無戰場今不盡然）槍聲驚醒驪龍睡噴出商霖四野甘（苦旱百餘日十月杪乃雨）（其三）

兄弟同遊憶舊題前塵影事認鴻泥墓門宿草芊綿處悵望鴒原夕照低（丙戌秋月與芷雲鏡濂兩弟同遊今芷雲老健惜鏡濂下世久矣）（其四）

謁鄭曉屏先生賦贈並邀游轍　丁巳

芷雲廣　東潮安　陳龍慶

容膝居然審易安（先生所居曰易安精舍）鄭公鄉裏任盤桓岐途讓我辛勤問門額憑人子細看冬日滿庭殊可愛春風入座不知寒精神矍鑠鬚眉古馳騁騷壇且據鞍

元方當日賦弓旌嶺海文光照水明（家兄玉坡太守爲同文學校會辦時登堂求主該校講席）高士世欽陶靖節經師人拜鄭康成幸從客邸贈鴻範（前年於韭香齋得親道貌）未

向公堂酌兕觥（去年六秩榮壽僅以詩賀）通德門前延佇處葵花向日已心傾
高山流水奏牙琴一曲絲桐博賞音（此書由民甦報按日刊登報紙到金山時先生先索觀此闋）和靖愛梅悲冷落（昨天同弔林彥卿之喪惜因先後相左）謝公着屐待登臨（敬請來遊以觀書不如着屐之實際）雲與海岳羣龍戰（本月朔潮汕戰事方息）雨足郊原萬馬瘖（雨後水滿戰壕北軍因凍僵致敗）避世桃源同卜宅琴書瀟灑滌塵襟
不堪汽笛促歸程行色匆匆趁午晴春夢一塲蝴蝶醒（問道於鶴臂巷莊宅意者爲亡友諧譜明經之故居乎）冬山千仞鳳凰鳴（至火車站與令郎晤英年碩望足徵家學淵源）琴彈遺送添新興（導我迷途）花放將離動別情庭砌幸多書帶草時時晤對寫眞誠

芷雲先生以詩邀遊賦此代簡　丁巳

鄭國藩　曉屏　廣東普寧

憶昔讀君龍巖詩煙雲滿紙神爲馳十載論交在文字幾囘雲樹想丰儀門前喜賦高軒過古道照人光入座貽我新詩邀我遊掃苔欲索山靈和龍巖襄敏舊遊處過客摩崖多奇句上頭況有崔顥題任是太白敢輕污聞君遊集詩正編槧散肯收老鄭虔虛懷待下陳蕃榻拊髀誰着祖生鞭四顧神州煙塵起閉戶纓冠無一是與君試作方外游結鄰秖合桃源裏桃源避秦亦寓言世間豈有天外天但向白雲深處去山林小隱即神仙龍巖地僻紅塵隔終古惟見萬山碧絲竹觴詠集名流梓澤蘭亭已陳迹翻得山歌郤贈君留俟他年銘陋室

遊蓬洲龍泉巖即呈芷雲老伯 戊午

葛啟昌 景周 江蘇如皋

頻年浪跡徧天涯，莽莽乾坤處處家。畢竟嶺南風景好，桃符影裏看桃花（禮月令二月桃始華，雀賓月令三月桃花盛，農人候時而種，乃嶺南則正月已花矣）（其一）

醉罷屠蘇態欲仙，訪尋名勝到龍泉。翁公去矣荒臺在，泉韻書聲兩渺然（其二）

峯巒重疊接雲霄，拾級登高眼界遙。四顧蒼茫天地濶，狂歌驚醒武陵樵（其三）

異姓弟兄聯袂遊，含情脈脈立芳洲。淮南此去三千里，何日重乘訪戴舟（其四）

喜晤黃東銘先生特邀吟屐 戊午

陳龍慶 芷雲 廣東潮安

叔度汪汪千頃波，結交卅載賴磋磨。詩情崔顥題黃鶴，書法右軍籠白鵝。頻執教鞭宏化育，願邀遊屐陟巖阿。獅山聳翠龍泉潔，勝日登臨足嘯歌（其一）

回首師門涕淚漣，桂林花謝一枝鮮。詩鈔示我蠅頭字（蒙君以手鈔家定甫師詩草見示，師以通判官於桂林，壯年謝世，誦其遺著爲之泫然），酒盞留人鴻爪緣。同硯良朋悲宿草（謂蔡五黃君），德門壽母寫華箋（客臘朔弔黃式予君之令堂，見先生所撰哀章寫作俱佳）。是誰吟出驚天句，醉後狂歌答朗然（君誦某報與朗然道人醉後狂歌語極奇闢，又常誦余少時遣懷上下平三十首，記性高而愛友切，然以拙作常挂齒頰，殊深慚感）（其二）

記同醉酒詠黃花粉壁於今籠碧紗一別三年人事幻寸心千里客途賒干戈擾攘驚鳳鶴泉石淸幽噪暮鴉莫怪憂時儕屈子行吟澤畔答悲笳（其三）

兩疊招遊原韻先後答詩六首 戊午

黃序鏞　東銘廣　東澄海

情如秋水濟文波卅載神交勝琢磨當路君同出櫪驥臨池我愧寫經鵝詩吟天保貽多福報國民甦守不阿有日攀龍齊矯首泉巖幽處且高歌（其一）

風行水面碧珠漣結網臨流待小鮮逐鹿寰中豪傑夢觀魚濠上釣遊緣覺來近事都新戲寫出閒情付短箋醉後狂歌君莫笑斯人吟詠本天然（指與朗然道人醉後狂歌）（其二）

無聲冷露溼桃花綠意紅情透碧紗學海經年詩負債巾山千日酒頻賒昌期應運占鳴鳳倦鳥歸林集晚鴉一片昇平歌雅頌何妨明月聽吹笳（其三）

南浦遊魚出綠波新詩題贈鏡初磨函分洛社拋珠玉陣布騷壇整鸛鵝此夜燈光逢令節何時風景訪崇阿陽春一曲人難和步月閒吟踏踏歌（又一）

詩情靈運涉漪漣玉潤珠圓又碧鮮未向巖泉尋勝跡先從文字結因緣名花野徑吟芳譜春草池塘展綠箋贈我琳琅何可擬瑤琴三弄韻悠然（又二）

萬株火樹燦銀花月滿窗前玉映紗卅載名場頻會合百年世事半交賒登龍有志休題鳳繡虎無才愧畫鴉和罷新詩天不夜（後作成於燈節）誰家羌笛答胡笳（又三）

遊龍泉巖雜錄 戊午 有序

陳龍翔 雲帆 廣東揭陽

丁巳冬月由民甦報得讀龍泉巖遊集見吾宗芷雲參軍與時賢唱和諸大作心嚮往之愛其詩益思遊其地校務羈絆未能也越明年適主玉井鄉華國學校講席距巖不過數里課餘擬偕校長林采堂先生乘暇登臨以償宿願因買舟歷鮀浦抵蓬洲謁參軍於螺廬參軍爲余道是巖勝跡詳且悉遊興愈覺怦怦然動矣是夕翦燭談詩開樽論文爲樂靡極侵晨登臺遠眺則龍泉巖適現於廬之背乃與林君出郭西行是時春光和煦春草葱蘢環顧尖峰鵲鴣諸山或巍然挺拔或蔚然深秀全山以石勝奇形異狀碩大無朋而古樹參天靈泉瀉地者則巖之正面也入寺門四壁多詩人題詠由寺右拾級而上登翁襄毅讀書臺石壁鐫翁公書院四字曬書石即在其旁臺址荒凉益慨然想見古之豪傑再上數十武穿一洞石室天成縱橫可二丈許豁然別有天地眞奇觀也相與盤桓久之出洞凝望但見風帆沙鳥煙雲竹樹遠近明滅隱約迷離氣象萬千罔有紀極而且汕島之波濤壯濶馬嶼之鎖紐嚴固洵吾潮金湯也回憶翁公經濟文章淩轢今古斯巖爲發軔之地豈偶然哉百世下騷人逸士擷苕吟詠把酒臨風憑弔流連豈特妙句得江山之助興盡歸來參軍索詩爰拉雜而成凡絕此調不彈久矣率爾操觚毋乃貽山靈笑乎還請參軍正之

文章經濟仰翁公剩得荒臺夕照紅漫說臺空人已杳山川輝映古今同　（讀書臺）

借得秋陽逐蠹魚當年曾此曬奇書雨淋日炙痕猶在疑是鬼神呵護餘（曬書石）

碧峰飛瀑下巖巔百尺拖來素練妍火力奚如水力便何堪白種着先鞭（歐美利用瀑布以運轉機器省卻許多煤炭）（雲外瀑）

鑿破天荒異想開玲瓏石洞隱山隈登高載酒重陽日多少游人去復來（天然洞）

天開一洞一西天降下彌陀現半邊堪笑世人多佞佛我心即佛即眞禪（石佛相）

巖前一碧與天齊樾蔭留人滯馬蹄百尺古榕枝幹老寒鴉飛倦夕陽西（巖前樹）

出山泉濁在山清貪盜忍教汚令名佇望滄浪聽妙句歌童唱出濯纓聲（澗底泉）

龍船飛渡畫橋西一道靈泉路不迷從古詩人都好事徵文考獻費參稽（謝安臣明府勒碑巖右謂茲巖爲龍船嶺出諸縣志之誤實則龍船嶺在縣北志稱另是一地）（訂誤碑）

柬李谷僧先生 戊午

陳龍慶 芷雲 廣東潮安

君居汕島我適苦瘡痍訪戴舟停水一涯我遊汕島君乃還珂里（去年十月上浣兩次晉謁不晤）停雲落月徒然想丰儀一別那堪七八載人生行樂須及時豈是素娥防我相聚肆褒貶故教彼此參商不自持（君有罵月笑月諸長篇寄慨時事余以二律奉和）暝日想君容開眼誦君詩君詩乃如神龍之戲海渴驥之奔池情眞語自摯氣盛言乃宜癸丑君曾序我百懷集勞卻如椽筆一枝丹桂香中開壽域多君壽我酒盈巵（去年八月蒙惠和壽詩筆有神

助公言民甦（丙報競刋登之）我今刋刻龍泉巖遊集乞君爲我發題詞年來政海起旋渦驚濤駭浪費猜疑扶得東來西又倒天心如醉復如痴北苦水災南苦旱繪圖鄭俠寫流離傷心四境干戈起烽火連天急鼓鼙戰雲彌漫潮梅境霜天曉角倍凄其風聲雨聲乃與槍彈聲相應一將成功露布馳報社無端遭巨刼蕭條四壁皺雙眉地方元氣還未復轟然地震苦阽危浩刼餘生神慘淡此情惟有夜猿知潮安已無石坊表南澳祇存康氏祠死者長已矣生者欲何之風餐露宿穴居而野處祇恐周餘黎民靡孑遺回思履端後二日龍泉巖石亦傾欹料是祝融戰後共工敗頭觸不周缺地維否則項王奮起拔山力楚歌垓下別虞姬不然胡爲人禍天災相繼起梁鴻太息歌五噫令威化鶴飛渡鮀江水人民城郭是耶非金臺夕照蒼茫裏燕京八景已陵夷（金臺夕照爲京師八景之一借以喻君常駐之金臺旅館該館於十月朔與報社同遭刼）羈人到此增振觸一盞醇醪一局棋（君賦重來鮀江旅館誌感讀之殊增感喟）讀君笑歌我也精神爽破涕爲笑解人頤六百餘言驚神復泣鬼爲問深宵撚斷幾莖髭蘇海韓潮不能喻其壯瓊琚玉佩不足喻其奇驅使毛錐如點將拔幟易幟耀旌旗顯君乘興直搗黃龍府驚醒驪龍睡眼迷噴出飛泉作霖雨藉慰三農息怨咨（時久旱龍泉將涸矣）

遊巖偶成　戊午

陳瑤　瓊之　廣東澄海

揭嶺西來庚嶺東荒臺徙倚弔英雄名山畢竟生名世大陸何人詠大風擾攘中原爭逐鹿凄

涼四澳爲哀鴻（地震時南澳受災最鉅）此間饒有林泉福願結茅廬百歲空

二月廿四日遊巖感賦 戊午

陳龍慶 芷雲廣東潮安

年年載酒作重陽令値清明陟北邙蝴蝶花開莊夢醒紙灰飛過暮山蒼（其一）

不與神州共陸沉一臺屹立到於今滿山風雨松濤響猶似當年誦讀音（其二）

內訌擾攘外交難蒿目時艱不忍看當世恨無襄毅出空教政海湧狂瀾（其三）

護法雄師夜出征誰將輜重送軍營巖阿竟作逋逃藪多少挑夫避地行（其四）

陵谷滄桑幾變遷蓬萊清淺問何年地球震動山崩陷浩劫應驚洞裏仙（元春三日地震奇災別山石陷裂者巖雖歷刼尚幸無大損失）（其五）

人心國是亂如麻末路英雄扼腕嗟賈誼上書三痛哭淚痕染出杜鵑花（蓬洲向無杜鵑花柯希士先生言巖右有之其向有而今始發明歟抑今日始發生歟）（其六）

幾經樵斧不爲薪幾歷颶風不壞身老樹雙株千古秀長留樾蔭憩行人（其七）

山中七日當千年小住名山息萬緣待至出山重入世樂他舜日與堯天（其八）

勘誤 卷一第七頁作銘之兆麟係吳姓饒平人卷六第八頁之翁麟卷七第五頁之蔡甲龍均係澄海籍誤作潮安卷十一第七頁下面第十二行第卅五字躪誤作躙附此補正

龍泉巖遊集卷十五補遺下終

附錄一　潛園詩集

蓬洲陳龍慶芷雲著

湯蟄仙爲浙廣路事至汕各界開會歡迎迨傳單到已逾期矣望塵不及良用歉意即用君過香港贈陳子丹原韻奉酬二律

一

渡江會上繡詩樓，廊廟山林各白頭。老去吟詩深格律，古來啟聖本殷憂。史魚直道空千古，蘇軾豪情倒五州。日暖風和天氣好，蘭亭契事問誰修。

二

虎視眈眈分外明，路權喪失數難清。蘇杭粵漢魂方定，魚肉俎刀舊有名。內地若無團結力，外人終肆覬覦情。支持危局擎天手，遙祝雙輪萬里行。

任初由東瀛卒業回國就津門高等學堂教員賦詩見示步韻奉懷

河山憑弔泣漣如，箕子故封落照餘（君過朝鮮有五古一章，極增感慨）。從古亞東多俠客，只今江右失夷吾。文章聲氣孚中外，酒賦琴歌想疾徐。還喜學成歸祖國，篋中無限救時書。

喜晤黃任初賦詩一首書於蓬扇以貽之

握手言歡能有幾，特將舊柄改新裁（將舊象牙扇柄裝新，以示互相把握之意）。梓橋普出春風化，葵藿常應向日開（尊公蘊石先生鄙人常親德教，次男猶存又幸遊君門）。幾度南薰千里月，片帆北渡一聲雷（君將應殿試）。炎涼世態君休問，具效黃香扇枕來。

任初以王壬秋全集惠贈詩以謝之

新學喧騰國學亡，誰從學海訴流光。故人投贈情偏重，大著刊傳句亦香。怒放文心融漢宋，高騫風骨邁齊梁。分科大學相須切，底事征車懶束裝。

馬筱洲處群疑眾謗之交賦詩見示作此慰之

從古道高毀易興，銷金鑠骨事難憑。三人市虎增多口，百尺元龍最上乘。醉眼易迷金谷酒，此心原似玉壺冰。周公尚有流言日，破斧東山涕滿膺。

聞林偉侯將辭勸學所總董賦此勸駕

一代人才推巨擘，三饒學界最傾心。梓桑義務肩休卸，苗藿縶維句共吟。如此江山深感慨，許多棫樸待成陰。孫陽一顧驊騮出，馳騁康衢萬馬瘖。

讀天漢報寄懷許偉余侯乙符

故人天末費相思，開卷臨風喜不支。錦繡文章誇眼福，英雄事業付毛錐。道行南國嚴褒貶，曲譜東山怨別離。如此秋宵如此月，照人衷曲兩心知。

哀潮州柬陳子丹

光復之前，砍我榆園酒，贈我雙溪詞。光復之後，未見君之面，未讀君之詩。彼此睽違如隔世，落月屋梁照阿誰。見從香江來，道嘗杖履相追隨，華堂賜宴情款款，竹窗話舊漏遲遲。金鈴十萬群花笑。酒酣耳熟，儒染大筆何淋漓。異鄉之樂樂如此，故鄉現象知未知？風高月黑群猿嘯，明火執仗是生涯，道途蔓荊棘，路人嘆險巇！截河爭搶劫，棫廚枕伏屍。爭長儼同赤白帝，聯盟颺出烏紅旗。老三點與新三點，同胞煮豆燃豆萁。國法不足畏，與論不足師。陸地賭博官所禁，泛舟中流決雌雄；花會到處均有廠，求神搗鬼費猜疑。地方秩序何紊亂，如此危局誰支持。官吏木雕及泥塑，養奸貽患咎誰屍。豺狼不受麒麟管，鴟鴞反把鳳凰欺。破壞容易建設難，我聞斯語心骨悲。小人道長君子消，我讀義經發長噫。共和！共和！未受其福先受禍，刑亂用重反輸專政時；吁嗟乎！不料共和反輸專政時。國民程度何參差？豈是共和反輸專政時。官吏治事太癃疲，政體原非有流弊，官民負疚實難辭。賢哉吳督辦，雷霆一震懾狐狸。惜哉吳督辦，勃勃怒氣忽怡怡。路哭何如一家哭，火烈水懦此理定深思。吁嗟乎！倘若泯泯芬芬長如此，自由幸福安可期！

再賀大東報出版

東山月出白如霜，東閣梅開送晚香。主人握管東窗下，心如明月照梅堂。風雲頃刻亞東變，西鄰冷眼窺其旁。誰教政府受監督，嶺東一紙達中央。燦爛有如東海日，扶桑一出群陰藏。沛然有似東皋雨，腥羶蕩滌暮山蒼。雄雞一聲天下白，又如啟明出東方。江南江北成一統，兵氣銷爲日月光。漠南漠北化蒙古，取銷獨立民國昌。東土無憂空抒曲，民生主義賴提倡。東國儒生爭進化，民智宏開道益彰。鼓吹國民誰之力，僉曰報紙力最強。我祝民國億萬歲，我祝貴報壽無疆。

次韻和稚安同年弔黃花岡一律

簇簇黃花映碧穹，惜無碑碣記豐功。登高作賦懷詩伯，爲國捐軀弔鬼雄。石馬長埋千古恨，睡獅驚醒一聲鐘。河山光復鮮明甚，猶染當年戰血紅。

賀無那端午舉男

雛鳳聲清正引吭，降生恰好值端陽。他時列國馳名譽，到處人稱小孟嘗（田文亦生於端午）。

餘意未盡再成長歌一首

君不見王家鎮惡生端午，乃祖謂足興吾宗。廓定咸陽平湖陝，將門出將聲隆隆。又不見信明崔氏懸弧處，五色異雀集庭樹。錦繡文章太史占，聲名赫奕播當路。武則壯侯著戰功，文則學士賦雕龍。經文緯武世無雨，惡日何足病神童。堪笑葫蘆江上棄，臺司竟屬黃家裔，天寧節序改何爲，徽宗未免多忌諱。潁川昨夜誕寧馨，珠光劍氣透疏櫺。雄雞一唱天下白，鐘毓早秉山河靈。山川靈秀龍溪聚，一輪明月生南浦。江頭奪錦逐遊龍，門外辟邪懸艾虎。湯餅筵中角黍香，大家同醉紫霞觴。薰風座上德星會，話君家世語偏長。君屬竇桂第五株，冰雪聰明玉肌膚。翩翩濁世佳公子，落落江湖舊酒徒。詩情早入劍南室，寫生又得徐熙筆。振來木鐸擁皋比，滿門桃李春風拂。英物何妨號五兒，特秀故事君應知。鄉府省殿名皆五，重五生辰遇合奇。俚歐聲出梅花屋，洪範陳疇膺五福。當年六索我得男，降生乃值六月六。天貺何如蒲節佳，蘭湯試浴鳳鸞儕。蘭臺有日標清望，惹得老夫笑口開。

信宿萃園贈主人玉珩六弟

一

玉堂今夕會群仙（累夕與柯氏賢昆玉歡聚），賓主東南四美傳。如此名園如此月，此身恍入大羅天。

二

一朵名花出葉檐，夜深香氣透重簾。朝暾未上花先合，生性原來慣避炎（凡花皆自花心結蕊，此種偏於葉杪吐出，夜開朝合，香色甚佳。來自外洋，無以名之，名之曰葉尾花）。

三

夜半敲門笑語頻，故交過訪苦吟身。老夫亦有神仙福，暫借名園作主人。

四

春草池塘水不波，秋來吟興問如何（仲攀言六弟能詩爲之欣慰）。聯床會訂説詩約，娓娓清談破睡魔。

五

蘧園景物太淒其，棠棣叢中折一枝（五弟玉經於六月六日逝世）。太息孤雛方幼稚，開篇忍誦蓼我詩。

六

蓬園接壤是潛園，結得芳鄰課子孫。開序天倫真樂事，塤篪響撤隔溪村（蓬園爲四弟玉鏘所居，潛園爲十弟玉潛所居）。

七

極東閭里訪喬林，無數黃鸝弄好音。處處電燈明似月，樹梢不怕夕陽沈。

八

聞説詩翁就屋居，登堂參拜百花舒。門前餘地盈千畝，時有人停問字車（遯愚老伯近始移寓於此）。

九

故人家近錦江隈，十扣柴扉九不開（借舊句）。澤畔行吟緣底事，憂時憂國淚盈腮（爲林偉侯編次行吟集初成屢訪不值）。

十

年來劫數苦紅羊，何處避秦費酌量。海外桃源今始到，澆愁宜薦九霞觴。

慕韓新闢韭香齋索題齋壁長歌奉贈

去年找謁子王子，王子僑寓擁書廬。有山有池有花木，且喜圖書萬卷列四隅。其時君方箋註五代史，鴻才毅力非區區。無何應聘潮陽去，萃園景物足相娛。丈夫四海爲家耳！寧同局促轅下駒。況君才名震環宇，行將居史館而何天衢。君乃時作亡是聽，圖遠未能竟忽近。勞人草草困輪蹄，新得名山容小隱。不同北地買胭脂，不羨南朝傳金粉。精舍數椽號韭香，百城南面探精蘊。操履端方善屬文，今古遙遙兩王惲。拔劍問天天不應，且把三杯潤喉吻。君不見款友郭林宗，冒雨剪韭意何隆。又不見園叟戒機巧灌韭，不藉桔槔功。薦則傳乎禮記，祭則詠乎國風。世間何物堪下酒，春韭滋味敵秋松。他日訪君鳳城去，願君讓我醉顏紅。我亦嚙得菜根慣，莫把膏粱唱懊儂。不信但看范文正，斷虀畫粥樂無窮。

題家無那寒夜彈琴玉照

朔風獵獵夜漫漫，古調居然竟獨彈。按軫能傳三樂意，揮絲不覺五更寒。鍾期老去知心少，□□歸來容膝安。更羨青年儲宿學，休明鼓吹出吟壇。

逸叟有印章肖錢形周圍篆嗜古知足四字中央以口字爲方孔四字共一口賦此贈之

世界金錢持主義，仲尼原議孔方兄。魯褒作論詞華富，劑寵辭官宦囊輕。嗜好竟能耽古訓，圓通不悄盜虚聲。布衣蔬食尋常事，知足渾忘寵辱驚。

壽鄭曉屏六十

一

花甲初度慶六旬，鄭公鄉里有傳人。春風化雨菁莪茂，瑞雪寒雲松柏新。兕酌頻斟千歲酒，騷壇長住百年身。韓江別後懷芳訊，愧未登堂祝大椿。

二

庸言庸行世稱難，道合中庸隨所安。學界同聲推趙德，征車屢闢老周磐。夫人欣舉齊眉案，文士不沖怒發冠。壽富康寧攸好德，籌添海屋酒杯寬。

三

採芹時節我垂髫，喜見公名榜上標。三戰頭銜榮選拔，半生心跡侶漁樵。天教此老光吾邑，囊有舊詩賦早期。歐亞風雲時局變，壽星長煥九層霄。

謝劉君侯武饋香米

有米有米何其香，空谷幽蘭時世妝。流其雅拔不尋常，一捧入釜氣芬芳。釜中常米百倍強，以少制多米中王。爲問此米來何方，登場農父秘收藏。親朋饋遺承筐將，有錢難買此糇糧。感君移贈聚星堂，既堪適口復充腸。金爐灰燼日舒長，舉箸不覺神發皇。沈檀速降無其良，芳春時節孰分秧。何不移粟負一囊，我將傳種裕倉箱。或春或俞農父忙，賣李鈷核費周章。得隴何堪把蜀望，笑我貪饕毋乃狂。洞口桃花媚阮郎，劉晨亦入溫柔鄉。胡麻飯熟侑壺觴，盍與比米較低昂。

楊雪立惠書護盧長聯歌以謝之

楊君能文能詩復能字，選佛場中張一幟。當年鏖戰入羊城，出乎其類拔其萃。我亦因事馬首東，越王臺畔拜英風。卻喜驊騮開道路。旋驚麋鹿走吳宮。國祚潛移人事變，蟹行文字人稱善。國粹淪亡抱杞憂，巋然剩有靈光殿。一廬高隱臥龍岡，閉户著書歲月長。偶撰長聯寫胸臆，頻搔短須感滄桑。聯成乞君書在紙，范篆蕭行難媲美。工師鉤勒妙傳神，飾以丹雘輝金紫。名山不朽此聯存，斗室居然衆妙門。願君再着遊巖履，秋高氣爽倒芳樽。

檢百懷詩集愴然有作

風雨難鳴詠百懷，知交睽隔各天涯。渡江王粲聲名顯，不第劉蕡遇合乖。仕隱分途成列傳，陰陽異路弔荒齋（書成未滿四年，而集中之蕭遯愚、陳銘圃、黃眉仙、丘少白、陳慕川、瑞鳳綸、陳燕如諸君子已成古人，不禁浩嘆）。人生離別堪惆悵，況乃劉伶荷鍤埋。

喜晤玉坡大兄玉鏘四弟玉潛十弟

兄弟分居各一天，蒓鱸鄉味醉華筵（初七晚與玉鏘四弟同食魚生於劉婿純生寓所，初十玉潛又以魚生饋）。情深屢下陳蕃榻（初七至十一偕六兒宿於蓬園者五夕），才大常揮祖逖鞭。戲水鷗凫機活潑，穿花蛺蝶態蹁躚（弟姒輔鏘女士善畫蝴蝶，侄女淑琴工刺繡）。名園黃菊方開透（玉坡兄屋左有桃園，玉鏘弟屋左有桂林園，足供遊賞），不羨南朝相府蓮。

潮梅克復哀死傷將士及受損之居民

一

救傷紅十字，治療不辭煩。影瘦緱山鶴，聲淒巫峽猿。買棺埋俠骨，制誄慰忠魂。憑弔沙場裏，愁人日色昏。

二

城門驚失火，袂竟及池魚。骨肉流離慘，田園灌溉虛。兵氛騰殺氣，炮彈陷精廬。巢破求完卵，淒然水一渠。

次韻和雲屏十月廿九日夜感事二首

一

操刀宰肉羨陳平（敝鄉以全豬犒師），禱祀豊功一戰成。雨淫征衣寒徹骨，礮煙遙映佛燈明。

二

欲從野老問桑麻，四境蕭條咽暮笳（苦力人以搬運輜重爲險事多有避匿者）。愛國男兒須奮起，匈奴未滅莫還家。

十一月朔兵禍已解雲屏賦詩誌慶次韻奉和

露布草今朝，陰霾見晛消。治軍嚴紀律，奏凱譜歌謠。冒雨征夫怨（十月廿九日大雨連宵北軍淫透棉襖因之致敗），嘶風戰馬驕。雄心猶勃勃，拔劍舞中宵。

題家庭歡聚圖拍攝影有序

余老矣。回思少時角逐名場，恍如春夢。比年，兒輩輪蹄況卒遊學重洋，勞燕往來，未由聚首於一室。今則長男少雲將畢業於日本早稻田大學政治科，鼎革時，揣歸祖國，服官數月，解組歸田；次男道徇修業於廣東法政本科，適值暑假旋里；三男宗鑑畢業於廣東法政別科；婿劉選精畢業於香港拔萃書室。向苦於天各一方者，今則晤對一堂，序天倫之樂事。四男宗錫、五男宗錦將畢業於淪智高小學校，六男宗鍔、長孫衍洙方修業於惇德初小學校，兩校在本鄉，固晨夕相依者也。鄉有女校曰毓秀，其編制爲師範兼高小兩級，固余之所創辦，長斯校者爲荊妻佘雲友，董其事者爲箎室林秋史，亦聚群英；而長媳佘學詩、副媳鄭學箋、次媳林學書、三媳莊學易、長女宗銳與焉，現均將辦畢業。七男宗鈺與女孫採苓、採蘭、採蕭等同隸幼稚園。人無論男女，年無論長幼，質無論賢愚，務求各受相當之教育，以明體達用爲前提，以福國利民爲歸宿，兒輩勉乎哉！由家族觀念進而爲社會之觀念，再進而爲國家之觀念。綠水青山，讓老夫逍遙歲月，是則余之所厚望也。圖成系之以詩曰：

一

東去伯勞西去燕，頻年負笈嘆飄蓬。於今聚首家園裏，吹出塤箎樂乃翁。

二

男女平權教育施，不將巾幗讓須眉。頌椒詠絮尋常事，鼇足原堪補地維。

三

金風蕭瑟近重陽，西望龍巖一進觴。即景成詩休筆，□□□□□□□（以下缺）。

兒輩渡閩蒙良朋和贈詩篇賦此奉謝

壯遊賺得好詩篇，拜賜珠璣意歉然。此去音書無簡略（渡閩後詳敍風土民情並呈日記），由來文字有因緣。光生五色江郎筆，情重千緡鄭縈錢。感激故人多厚貺，一廬風雨擘吟箋。

（按：題中所謂兒輩蓋指芷公三子宗鑑，又名衡甫、猶存等，其曾任福建漳浦縣財政科、博羅縣縣長、奉化地方法院院長等職務，並著有《閩南遊記》，列爲小蓬瀛叢書，未見。）

謝諸吟侶賀生第六孫

四十生孫我賦詩，吟朋和韻筆淋漓（長孫衍洙生時唱和成集）。比來編入同聲集，滿紙光怪與陸離。一塤吹出群篪起，由次而五夢熊羆。司空見慣省辭費，未將柔毫染墨池（衍泗、衍濂、衍澄、衍溪之生皆無詩）。今年兒輩渡閩去，弟兄拜別話臨歧。嘉名肇錫先商定，爲彤爲洛隨所宜。唱罷驪歌剛八日，碧桐又報長孫枝。我借韻言作家信，鯉魚躍到漳州湄。多謝吟朋賜佳詠，班香宋艷撚吟髭。底慚錯寫弄麞字（致丘頊公信誤書兒作孫），老夫耄矣目力疲。頭童齒豁腰圍減，別無才具且含飴。

（按：題中所謂第六孫，即陳衍彤，別號仰周，芷公第二子宗鐸之第三子，接收臺灣時任警備總部參謀軍士隊長等職，一九四八年退休後從商，任中孚公司、中興菜果公司等企業董事長，臺灣區菜果加工公會名譽理事長。）

——以上錄自陳衍彤所輯《祖父龍慶公事跡》

民國二二年元春敬題萬勝老先生玉照

奪幟詞壇百戰身，名山著作有傳人。一經授子推劉叟，五桂飄香慰竇鈞。壽世文章隨處好，耆儒面目寫來真。滿門桃李花開日，相見當年萬象春。

——錄自《黃萬勝課子圖》（蓬洲黃錦鎮藏）

民國二二年敬題若澄先生玉照

君是蓬萊謫降仙，一丘一壑自年年。虛心師竹能醫俗，信手栽花當養賢。泉石高風行樂地，蒓鱸秋日故鄉天。兒童亦有蕭閑意，俯瞰魚籃喜欲顛。

——錄自《黃若澄行樂圖》（蓬洲黃錦鎮藏）

恭賀訥公得孫喜次鵝湖鈍叟韻

一

艾人影裏射桑弧，雛鳳聲清入耳娛。我欲登堂會湯餅，盈盈一水隔蓬壺。

二

李珏當年讀道書（道書：李珏以五月十日生，後得黃房公金丹之道），禪參玉版護龍雛（蘇軾詩：『鄰里亦知偏愛竹，春來相與護龍雛』）。經文緯武箕裘紹，遠勝坡公氣數珠（蘇軾《乞數珠詩》：『從君乞數珠，老境仗消遣。未能轉千佛，且從千佛轉』云云）。

按：訥公爲名儒，克剛世兄將成名將，繩祖武而讀父書，是所深望，外教不足道也。

丹銘先生六十榮壽賦此敬賀

嶺梅開處發芬香，間有幽人酌酒嘗。六十年華宏著述，大千世界任平章。氣淩雲漢天同壽，字挾風霜筆有芒。孺慕情懷老彌篤，分將桂醑獻高堂。

——錄自《溫丹銘先生詩文集》，香港：天馬出版有限公司二〇一四年版

苦　兵

黄巾猶拜鄭康成，何事官軍竟横行。室毁周公偏有厄，書燔秦政太無情。尊師重道忘綱紀，出谷遷喬報友生。容膝易安陶令宅，門題通德倍心傾。

訊鄭曉屏

先生教澤世稱賢，學海涔津在眼前。底惜淫霖懸素練，恐教巨浸濕青氈。雲生硯匣琴書潤，風卷簾旌枕幾偏（蘇軾詩：『夜桌醉中發，不知枕幾偏』）。該戴何時開霽景，鞭絲帽影夕陽天。

按：上兩詩，皆失題，整理者據所見文獻擬其題目。

——錄自《似園老人佚存詩稿鈔錄》，二〇一三年影印本

繹思堂重光謹賦六章題壁

一

五十餘年前，此地建祠宇。崇祀盤省公，繹思義可取。祖既貽孫謀，孫能繩祖武。奕世紹基裘，芳聲滿鮀浦。堂前聚德星，門外來今雨，禴祠與蒸嘗，祀典神明主。氣象最光昌，觀者首爲俯。

二

獅山衣其後，草嶼拱於前。左有爐峰峙，右連髻山連。浩浩榕江水，遠望裊晴煙。河山盟帶礪，形勢本天然。地靈自人傑，此語古今傳。

三

昔者夔齊翁，泮林曾擷秀。海外賦歸來，家園娛旦晝。騤公居近祠，別墅亦廣袤。緊余頻往來，敬仰德音茂。無何家塾開，假座施教授。弦誦聲瑯瑯，文章呈錦繡。敬祖兼育才，不負此堂構。西席延連仙，梅鶴伴清瘦。

四

戊午驚地震，墻壁已動搖。本非陶彭澤，作吏竟折腰。海嘯當壬戌，門外湧風潮。奇災古所無，擊撞氣勢驕。門傾墻亦圮，瓦礫鬱岧嶢。當階釣魚鱉，毀室帳鴟鴞。我賓敬業居，距離數步遙，水退相慰問，浩劫幸潛消。

五

亂極世必治，剝極卦必復。新舊互乘除，盈虛相倚伏。鳩工復庀材，重修宏建築。上以妥先靈，下以序昭穆。把卷誦毛詩，受天應百祿。

六

水木有源本，追遠遵孝經。鼎革有去取，日新法盤銘。興工與竣工，幾度易階蓂。波光繞闌檻，瑞氣靄門庭。雖非南陽廬，豈遜西蜀亭。余亦效燕賀，推敲筆不停。詩成當十月，梅花插膽瓶。

——抄自汕頭市鮀江街道陳氏省祖公祠門壁

附錄二　各家唱和

義軔寄示芷師遺詩愴然得句還答

陳素無那，潮安

一

刧後江鄉到處哀，潛園無復舊亭臺（潛園爲芷雲師晚年退休之所，毀於中日戰火）。鴟鴞毀屋嗟何怨，野棘荒煙撥不開。

二

往事依稀五二秋，遺篇勾夢落蓬洲。師門慚負殷期意，歷盡艱虞早白頭。

三

東來忍道日偷安，師友淪亡但惋嘆。文物恐隨殘刧盡，亂雲西下莫憑欄。

蔡君義軔寄來潛園舊稿謝饋香米長句閲後書尾

劉侯武，潮陽

少年意氣掣長鯨，甞作報人鳴不平。本謂先生具熱血，區區微物亦關情。

讀潛園叟謝詩二章即次近體韻奉和

陳賓梅閣，潮安

九霄降下錦連篇，一笑掀髯倍莞然。畹闢芝蘭娱晚景，陰留梓柱結民緣。陳遵家醉連番酒，趙一文慚不值錢。底事巴人歌郢曲，翻勞珂裏夜傳箋。

猶存兄任漳浦縣財政科雲叟勖之以詩次韻奉和

王道正少斌，潮安

行裝打疊啟門扃，東去漳江江水青。亂後田園寬勒稅，逃余户口薄輸丁。大人蔔兆征熊夢，家學趨承憶鯉庭。錢谷簿書權小試，一官一邑有儀型。

猶存兄任漳浦縣財政科雲叟勖之以詩次韻奉和

王淩漢星帆，澄海

簿書滿處似雲扃，喜見才人入選青。寡過何須投黑子，持廉肯許餉紅丁（陸遊詩密封小甕餉紅丁）。早清賦稅無留牘，時聽絃歌久在庭。不藉蠶絲爲報最，便民雅意仰儀型。

衡甫兄任漳浦縣總務課兼承審員雲叟勖之以詩次韻奉和　王道正少斌，潮安

少年聰敏負才名，辭別高堂賦遠行。轉眼雲山千里隔，隨身琴劍一肩橫。維持法律民無苦，排解紛爭政有聲。自是德門多令子，試聽月旦定公評。

衡甫兄任漳浦縣總務課兼承審員雲叟勖之以詩次韻奉和　王淩漢星帆，澄海

折獄才高妙莫名，只憑公道作施行。羞將暮夜千金戀，總把虛堂一鏡橫。情偽知時無枉讞，平反當處有賢聲。玉壺貯得清冰在，待與閭閻萬衆評。

賀芷公次三令郎之官閩中並得第六孫之慶　郭心堯餐雪，揭陽

才喜二龍騰碧海，又欣六鳳噦青桐。人間難得潛園叟，老境爭如陸放翁。

賀芷公次三令郎之官閩中並得第六孫之慶　陳賓梅閣，潮安

捧檄聯翩拜別時，毛公喜氣上須眉。珠擘掌上冰無滓，獄折臺前鏡盡知。難得梓材呈兩秀，定應麥穗獻雙歧。閩官自是傳家物，棠樹甘分舊日枝。

賀芷公次三令郎之官閩中並得第六孫之慶　池鈞鼇士湖，潮安

一

尺素欲憑雙鯉傳，不期雁足擲雲箋。飛花六出知豐稔，捧檄八閩俱少年。子葉齊榮秋九月，孫枝更秀小陽天。比來學易多貞吉，美滿鳳毛濟後先。

二

漳民塗炭不堪聞，引領油然望作雲。護法健兒將偃武，匡時良佐往修文。祥徵麟趾推公子，慶衍螽斯屬我君。此日周南追雅化（此三句或作鯉庭起化詩兼禮，驛路和聲篪應塤。又有龍孫調六律，特兩存之），含飴坐看奏剤勛。

——以上錄自陳衍彤所輯《祖父龍慶公事跡》

陳芷雲參軍以自題戎裝策馬小照索和依韻奉寄　溫廷敬丹銘，大埔

一別芝容倏雨春，篇章如見畫圖新。參軍蠻語休相誚，儒士雄冠亦本真。東陸風雲今正急，南州豪傑定誰人。梓桑重望猶堪憶，襄敏臺邊倍愴神。

和芷公送春原韻　溫廷敬丹銘，大埔

一

漫道傷春易斷魂，卻因春盡破情昏。賞心恰好盈三月，惜別何能靳一言。匝地梨雲追舊夢，滿天梅雨漲新痕。東君也效功成退，恩怨浮雲任世論。

二

此心未解欲何其，望爾來先去要遲。芳草天涯隨遠路，落花陌上戀空枝。應憐大地馳如箭，卻怪中朝局似棋。到底韶光還有信。一年渾未誤佳期。

三

微聞警信太匆匆，漂泊晴郊類轉蓬。人感年芳誰共挽，家隨春盡總成空。軺車倘許青鸞駐，閶闔難憑綠奏通。收拾東風無限恨，都將付與夕陽紅。

四

蕭條花事過重三，蠖彩蝸居只自慚。長晝此時思極北，送秋同候想天南。一春詩債今番了，疊韻才華故友酣。我愧江淹餘退筆，也隨梁燕話呢喃。

謝芷雲送酒並貽七言長古　溫廷敬丹銘，大埔

聞說麻姑工釀酒，一家眷屬往蓬萊。愧非靖節高人比，偏得王宏遺送來。兩地知心遙把盞，萬言得句想銜杯。酸鹹世味愁難共，瓊玖投成瓜李回。

地震芷雲逸叟各有詩來漫賦三律卻寄　溫廷敬丹銘，大埔

一

國勢倉皇甚，人謀輾轉歧。貪功寧害眾，樂禍自徇私。忽召天心怒，翻愁地軸欹。旻穹誠不忍，蒼庶爾何如。

二

獨使鯨鯢漏，池魚太可憐。罡風旋轉日，大地劫灰年。嗷澤多無咎，微軀亦幸全。餘生蘇未幾，兵禍又相連。

三

半載塵緣謝，孤懷鬱自如。感時惟有淚，憂國並無詩。問訊疏朋友，艱虞積謗譏。疊來琳粲什，浩嘆勉陳詞。

芷翁以護廬八詠索和愧才窘未能應爰題其後　溫廷敬丹銘，大埔

陶令歸閑菊徑開，休文《八詠》出心裁。門窗杵臼皆奇景，只要詩人領略來。

芷公以詩見候次韻酬寄並柬逸叟　溫廷敬丹銘，大埔

一

君詩堪愈病，琳檄恐難如。遠自神仙窟，頒來處士廬。良朋能念我，時事莫談渠。救國諸公在，吾儕遁谷虛。

二

故人有摩詰，隔別半年多。吟苦詩爲命，心清道勝魔。昨來寄鴻雁，奇句駕黿鼉。病體難爲答，書箋字恐訛。

雲叟以令少君衡甫閩南遊記見寄讀竟題後並柬　溫廷敬丹銘，大埔

一

一編寄自小蓬萊，老我蘧廬倦眼開。作賦山川真上選，況優政法實良才。爽心儼讀《虞初》說，問俗應登太史臺。老鳳清聲雛鳳得，白眉年少早相推。

二

閩南舊是嬉遊地，只限方隅咫尺間（余生於閩漳平和之官溪，回里後復往五次，其間曾二至漳郡城，恨未至漳浦廈門耳）。落日芝山曾一覽，秋風葵嶺未經攀。陳王偉績今何在，朱子流風去不還。多少滄桑增感慨，披觀彌復嘆時艱。

芷公亦有詩來賀得孫復次前韻　溫廷敬丹銘，大埔

一

懸蒲才過又懸弧，窮巷幽居亦一娛。怎似詩仙叢盛福，蘭枝繞膝（芷公長余一歲，已有孫數人）住蓬壺。

二

兒尚難教讀父書，況看藐爾此孫雛。眼前陡得添丁累，米貴豐年已似珠。

雲叟以送令子衡甫就職惠陽推事詩見示次韻奉和並寄衡甫　溫廷敬丹銘，大埔

一

興來握管遽匆匆，抒柚何曾空小東（君以此詩已十二疊韻）。名父訓詞期遠大，郎君決獄頌神通。雲生蓬島增門瑞，雨過蒓湖遞驛筒。遺愛甘棠他日詠，人思召伯仰風流。

二

鮀城惜別記匆匆，勞燕分飛西與東。定有名垂追玉局，獨慚才盡等文通（余在省與衡甫同寓，愧未能賦詩送別）。六如訪墓尋遺碣，兩月催詩理舊筒（君賦此詩已二月矣，前曾寄示未達）。群紀締交真有幸，疊從喬梓領清風。

雲叟代張君淑岱元配蔡妙英女士徵詩賦應三疊前韻　溫廷敬丹銘，大埔

病床待訣意匆匆，夫婿分離西與東。星月南烏鶯影斷，關河朔雁藉魂通。閨儀追憶成長恨，芳跡徵題寄短筒。不染時染自由習，家庭賢淑有遺風。

雲叟以紀令郎改署赤溪檢察及題惠州風景攝影詩寄示索和賦應　溫廷敬丹銘，大埔

一

夢想豐湖境，難追玉局遊。忽吟陳子什，如到古循州。十二傳真影，山川勝景留。羨君喬梓福，惜未寫羅浮。

二

惠郡留遺愛，赤溪看量移。名賢同折獄，老父賡征詩。銅鼓傳山響，金門障海陲。孤忠埋骨地，更爲拓殘碑（宋張太傅世傑墓在赤溪）。

雲叟有喪女之戚以詩見示賦寄一絕　溫廷敬丹銘，大埔

情傷白傅金鑾女，況復宜人吉士家。二十八年如夢醒，東風吹折麗春花（女名麗春）。

芷雲以六十一自壽詩見示奉和並祝　溫廷敬丹銘，大埔

我年六十君增一，我已白須君黑頭。兩代滄桑資感慨，廿年篇什盛吟酬。齊眉已慶鴛鸞侶，點領爭看蘭桂儔。垂老孟公猶好客，蒓鱸啟宴海添籌（君喜魚生，屢以宴客，余輒預其招）。

芷雲六十有一壽歌　溫廷敬丹銘，大埔

我年六十君逾一，三十年交如一日。我生十月君八月，桂梅之香各無匹。桂花芳榮梅花寒，兩人身世此焉悉。君早歲薦登文壇，太丘道廣人人歡。襟懷不減黃叔度，詩篇欲儷白香山。家中齊眉等梁孟，小星配月如賓敬。諸子鳳毛盡瑰奇，群孫犀角皆英挺。今秋吳越方歸來，山川大可供詩材。人生世上行樂耳，躋堂且復進一杯。天地剝復循環隨，亂極思治理不欺。與君共作市廛隱，開眼願見太平時。祝君歲歲爲新詩，三十九年到期頤，君到期頤世運夷。

韻古樓雅集贈梅湖主人同守臣芷雲二君　溫廷敬丹銘，大埔

一樽宴會尋常事，十載交遊聚散中。大局不堪談逐鹿，浮蹤宛似印飛鴻。擘箋愧比江家令，好客同追陳孟公（芷、梅二君皆好客）。君是同宗我老友，白頭共座話深衷。

六十初度芷雲詩老以詩見壽賦答　溫廷敬丹銘，大埔

生平誌事百無一，六十年華枉度過。翻得故人來獎借，自憐晚境嘆婆娑。鴒原急難終天痛，駒隙光陰末劫磨。猶有千秋心不死，餘生拚向讀書窩。

——錄自《溫丹銘先生詩文集》，香港：天馬出版有限公司二〇一四年版

苦兵次韻答雲叟　鄭國藩曉屏，普寧

亂世無人秉國成，徒令介胄得橫行。操戈竟伐何休字，落月翻深杜甫情。烽火連天緣底事，江湖滿地感殘生。欲洗乾坤空有願，問君東海倩誰傾。

弔博民疊前韻寄雲叟　鄭國藩曉屏，普寧

雲叟錄省報見寄，略謂英國牧師高善士自博羅抵省對訪員言：戰事發生後，博民逃亡鄉間兩月來，染病死者數達千，民政官陳宗鑑撫卹安集，近日調查回者已六成以上，然皆滿面病容，奄奄欲斃云。

六州聚鐵錯方成，棘地荊天未易行。殃到池魚誰止火，魂歸遼鶴倍傷情。勞心撫字循良在（縣令陳宗鑑爲雲叟第三子，高牧師稱其強毅慈祥，撫卹難民，孜孜不倦），觸目瘡痍感慨生。我亦曾經憂患後，羅浮遠望一懷傾。

雲叟疊寄其送衡甫世兄之任博羅及在博脫險復職始末詩數章索和兼錄省報見示才弱不能一一步酬爰綜前後事跡成七律一章卻寄並贈衡甫 鄭國藩曉屏，普寧

花落訟庭幾度春，博羅又現宰官身。於公折獄情無枉，宓子彈琴化更神。驥足未酬他日志，鴻嗷先溥此時仁。聲名莫道非洋溢，異國人曾拜後塵（省報載：英國高牧師自博抵省對訪員言，衡甫撫卹難民，孜孜不倦，不但博民稱頌，我倫敦教會中人亦讚嘆不置云）。

哀惠民寄雲叟 鄭國藩曉屏，普寧

滿目烽煙殺氣騰，搀槍正照惠陽城。異軍鵜鸛圍方合，大陸龍蛇困尚爭。竭澤苦無遺種處，佳兵空有不祥名。紛紛蠻觸知誰是，一局殘棋未易評。

洪水潰堤陳芷雲寄詩問訊倒步原韻和答 鄭國藩曉屏，普寧

治水今無大禹賢，坐令巨浸屢稽天。刷沙策自堤防好（明潘季馴論治河有以堤束水以水刷沙之句），入海功終浚瀹先（連年增修北堤而海口淤塞宣瀉不暢，陡遇盛漲，汪洋無歸，其勢不得不與人爭地。此地決堤壞橋之禍，所以常見也。昔方照軒帥潮厲禁填海淤種植，今旦有議責淤坪充餉者，不幸實行，潮之人其魚乎，安得官斯土者，關心民瘼捐小利而規久遠也）。拯溺憑誰堙息壤，恤災愧我剩寒氈。江河滿地干戈急，樂土相期猛向前。

陳芷雲索題龍泉巖圖未有以報也函催至再且言題者已十一家矣爰疊前韻代簡謝遲答之過

鄭國藩曉屏，普寧

龍巖圖詠集群賢，畫軸詩篇燦滿前。笑我禪心同止水，愧君刮目到寒氈。文通還錦才華盡，伯玉能文嗜好偏。莫訝遲遲貂不續，江城猶是落梅天。

丁巳八月陳芷雲郵示五十自壽詩索和爰成四首奉寄

鄭國藩曉屏，普寧

一

憶君壽我走詩筒，愧我壽君句未工。一例岡陵隨獻頌，幾回雲樹想高風。神交自昔忘形跡，世事由來重變通。千古滄桑誰管得，大蘇春夢已匆匆。

二

解組淵明久倦遊，琵琶聽唱舊江州。避人地闢煙三徑，樂聖杯銜月一樓。削木曾期公冶對，著書未許子虛侔。秋深南極星增爛，照遍歸雲閣幾周。

三

潛園高臥老袁安，桂樹飄香幾歲寒。人仰盛名歸洛下，天留耆德壯詞壇。五旬夫婦眉齊易，三世兒孫膝繞難。怪底元方常後席，鳳樓雲氣墨初乾。

四

謫仙原合住蓬萊，萬卷人誇著作才。馬帳春風連北斗，鯉庭舊雨接南孩。介眉句就觴同奉，戲采衣多錦織裁。笑我控驪空爪甲，也隨雁足趁秋來。

答陳芷雲代簡 鄭國藩曉屏，普寧

一

好風東南來，吹墮雙飛雁。雁足字行行，讀罷滋慚汗。樗櫟本庸材，翻作便楠看。追琢千瑯玕，照眼寶花鈎。谷王量善下，齒牙隨花爛。置我九天上，青雲倖顧盼。念此不虞譽，坐起增永嘆。多謝拳拳意，後塵儻可勸。

二

聞君構橫逆，啟釁在蕭墻。臨風一嘆息，世態故濤張。睠彼陰陽理，屈伸事靡常。才高忌汎衆，群喙易中傷。中傷亦何害，暫晦發彌光。大蘇文字獄，千古餘芬芳。澄清澆不濁，叔度自汪汪。

慰陳芷公兼悼宗錦世兄 鄭國藩曉屏，普寧

荀氏有八龍，君家少其一。七星看伴月（君七男一女，時號七星伴月），承歡同繞膝。頃歲月光掩，傷春集正刻（前年，君女麗春女士逝世，君爲詩文誌哀，遠近馳函悼慰裒而成集，號曰傷春）。客秋一星

沈，奪錦編又勒（第五少君宗錦去歲八月卒，君哭以詩，並飛函索句，予以事冗，未能下筆也。近一再函催，云得詩二百餘篇，將成集矣，並言擬命名奪錦篇）。孟郊哭子哀，寫懷曾縱筆。父子有天性，情固難免克。不才且酸辛，矧乃才俊逸。吾謂君莫悲，君門方盛極。有子總師幹，有子勤吏職（君第三少君宗鑑前宰博羅，今升建國軍師長）。群季亦聞人，詩書壯行色。蘭桂滿庭前，英英並秀出。君更壽而康，等身勤著述。天地無全美，三多況已得。達哉漆園叟，彭觴皆儔匹。釋氏重真性，久存非物質。尼山有至言，聞道死何恤。修短有定分，奈何自惻惻。老我頽唐甚，思抽慚乙乙。一方聊慰君，色空儻可職。

雲叟貽書錄示所作哭女詩索和謂將有傷春集之刻爰成五言古體壹章卻寄用廣其意云

鄭國藩曉屏，普寧

魚書自遠來，云是芷公付。鄭重開緘讀，一讀一驚顧。上言客子安（來書言其三公子已回任博邑。近港報載，該邑六月十三號又失守，頃得乃子十八號自博所發家書殊無是事），下言愛女故。傷春集正編，飛函遠征句。書盡詩文續，淚痕滿紈素。道女幼學詩，聰明類天賦。毓秀閨媛多（毓秀女校，雲叟所創辦也），一時推獨步。巧識邁回文，清吟等詠絮。語出驚其儔，藝成動乃傅。面試信非虛，不櫛良可慕。選婿得乘龍，瓊花依玉樹。婦道況能修，內外稱賢助。七誡績班昭，老懷常悅豫。忽聞二豎侵，挾醫急奔赴。瞑眩非關藥，修短有定數。韶華剛四七，冥冥竟大暮。滴淚到黃泉，忍聽歌薤露。子夏莫喪明，哀至難自喻。天下父母心，男女豈殊趣。吾謂君達者，斯言無乃誤。有生即有滅，循環理堪悟。流轉大化中，孰是金石固。年年花開落，開落在何處。世界等浮漚，何況漚中附。色相本非有，虛空徒目注。萬劫彈指間，此心定何住。回頭拍手笑，悟徹即自度。

予家被盜芷公書來慰問並錄示逸叟詩書此奉答

鄭國藩曉屏，普寧

三月十二日，喜得芷公書。末附逸叟什，爲我遭盜吁。我盜猶有道，不掠衣與襦。但取阿堵物，跡與叟盜殊。叟刼同洗髓（叟詩有『顧我同洗髓』句，蓋予二月月盡夜被刼，逸叟二月初十夜亦被刼也），竭澤苦魚無。我刼只此耳，幸未馨吾廬。賢宰法如山，捕得即駢誅。軍法安可玩，巧託適自愚（盜四人皆衣軍服，臂纏粵軍徽，深夜踰屋入手，執假公文託言奉命搜搶，因而行刼）。刑亂用重典，止闢自良圖。所傷生命重，盜豈異發膚。坐此非分財，竟喪七尺軀。報贓誠過什，二百亦區區（予初意不報官，嗣念季男景沂前爲高坡巡官，時徽章上書銜名並被奪去，恐有後患，乃報縣存案）。既往不可咎，終夜目長盱。

次韻答陳芷雲

鄭國藩曉屏，普寧

書來才昨日，詩到又今朝。意重語重疊，高誼過王喬（逸叟亦有詩誌慨）。聞我家遭刼，謂是綠林豪。那知戎服士，糾糾懾兒曹。傾囊咨搜索，挽槍當户高。青蚨經歲積，隨手入雲霄。煌煌軍法在，相視等弁髦。飽揚如其隼，門巷黯寂寥。四郊今多壘，憂世目方蒿。奈何威取術，奉同祖不祧。永夜聽犬吠，守望亦徒勞。烽煙遍海內，百六運同遭。甲兵何日洗，天河望眼遙。萑符處處警，密如瓜蔓抄。傷哉弱小民，釜魚安所逃。況乃洪水汎，護堤鼓連宵。潦荒已有象，巧炊難爲淘。可憐魚麗輩，作氣尚龍跳。疇念兵燹後，中澤有鴻嗷。分秧初夏近，欲插恐無苗。天高呼不得，仰首鬢空搔。德音何以報，一曲反離騷。

陳芷雲家藏明人唐解元龍泉巖圖失去八年近始索得自爲圖記徵詩一再函催書此謂之

鄭國藩曉屏，普寧

嘉陵山水三百里，能事獨推吳道子。六如畫品亦入神，模寫龍巖真可喜。側面一圖境尤奇，長松偃蓋柏交枝。樓觀高籠雲霧氣，橋梁倒蹙虹霓姿。亭前飛瀑跳珠白，石磴層層矗天墀。星移物換四百載，什襲君家鬱光彩。忽驚喬烏化鳧飛，一旦歸來價十倍。潛園主人老能詩，自記顛末勸我題。披圖讀記首一頻，二難四美誰能齊。偉哉造化真好弄，劈石掛泉作巖洞。珍重斯圖且度藏，留與他年導飛鞚。憶昔蘭亭入昭陵，寶光難閟終龍騰。神物況乃山靈護，浦珠越石誠可憑。止恐有形勢非久，壁梭津劍執爲守。由來得喪兩循環，平泉木石今何有。晉卿寶繪苦名堂，寓意誰將蘇語詳。陳義甚高理不易，電光泡影空傍徨。世界大海一漚發，何況區區身外物，色相不忘寧非癡，與君細數恒河佛。

芷雲先生五十自壽集同人唱和詩成帙攝影置之卷端走詩索和爲賦七言古一章答之

鄭國藩曉屏，普寧

吾聞在昔長康氏，傳神阿堵妙無比。忽從頰上添三毫，豐采奕奕彌可喜。近世歐人重寫真，憑虛攝影術尤靈。開鏡對人光一閃，千態萬狀無逃形。潛園主人大遊戲，九老耆英變成例。映將道貌入詩篇，萬人唱和當引年。回思宦海升沈日，滄桑閱盡意索然。長樂老人空巧便，龍潛由來勝虎變。高築歸雲作桃源，文苑逸民合並傳。君不見五斗米辭官陶淵明，西疇歸去全天真。又不見王官遁跡司空子，累詔連徵誓不起。千古大義天地間，耿耿丹心照青史。等身著作況如君，過眼富貴本浮雲。他日團扇家家畫，試把見見證聞聞。

——錄自《似園老人佚存詩稿鈔錄》，二〇一三年影印本

寄家芷雲參軍龍慶蓬洲 陳步墀子丹，饒平

一

未得還家樂，心先思故人。望雲化時雨（君爲淪智校長），對月悟君身。定着萊衣采，應添蘭砌春。商量陟蓬島，來與德爲鄰。

二

昔日文場共，神交十載知。無緣聚萍水，有約爽花時。老雲猶貪酒，歸來但賦詩。一封付鴻雁，應笑我襟期。

——錄自《繡詩樓詩》卷四，歲在已酉鐫於羊城

蕭秋南家玉坡席中與吳幹臣家芷雲家壽吾蔡竹銘林印泉論文竟夕歸而有詩柬諸君子 陳步墀子丹，饒平

八座文星會最高，雖無絲竹自雄豪。主人進酒備千斛，我輩談瀛有二毛。聚散定知萍與梗，交遊還報李同桃。更闌月落歸來後，誰動狂吟首重搔。

同芷雲怕照題寄

陳步墀子丹，饒平

十年不見參軍面，今日相逢海上船。莽莽乾坤兩詞叟，蕭蕭風雨五更天。汝無家食能兼饘，我有奚囊可換錢。誰是杜陵誰杜牧，任人來認雪鴻緣。

——錄自《繡詩樓詩二集》卷一，繡詩樓叢書第十種

挽陳芷雲

饒鍔純構，潮安

昨晤郭餐翁，陡聞梁木壞。龍溪逢兆五，備述言又最。年來數友朋，泉下歸成隊。老死固相因，日月行何邁。我亦有情者，感逝寧無慨。鳳城接巾屐，於今兩易代。別後短長篇，珠璣頻見賚。尺素璞初剖，楷法繩頭大。雲皆躬握管，一一出膺肺。平生千萬章，了茲文字債。調高世見疑，句淡人翻怪。著述久等身，垂老愈礪淬。懷人龍巖集，尤爲衆口掛。煙霞夙所耽，投官思早退。豈無一畝宮，潛園足韜誨。冷氈咨偃蹇，功名付兒輩。吾意歲寒柏，經霜晚長在。何期二載強，一往會不再。大雅歇韶澤，青齊失泰岱。老成日就零，章弦將安佩。因念龍泉巖，山水舊所愛。主人今則無，丘壑空明昧。我縱申宿約，欲遊後誰介。

——錄自《饒鍔文集·天嘯樓集》卷五《詩》，香港：天馬出版有限公司二〇一〇年影印本

寄題傷春集並慰芷老　吳澤庵沛霖，揭陽

老去詞人例易愁，何堪更喪女華騮。暗彈一滴傷春淚，磨墨題詩恨未休。

——錄自《澤庵詩集》第三十九頁

芷雲先生濠江鴻雪集題詞　戴貞素仙儔，潮安

到底參軍興不凡，靈巖探後又濠巖。快遊雲物鞭絲裊，雅愛風光燕語喃。臥壑餐霞饒灑落，吟詩刻石任嶄嵌。我今已遜前年健，無復征塵着汗衫。

芷雲先生以遊黃岐山弔月容夫人墓詩並附郭公之奇傳文見示索予和章勉書四絕呈政

戴貞素仙儔，潮安

一

擬將築室傍衙齋，漏涉春光事便乖。最恨紅顏多命薄，淒涼月夜卻香埋。

二

天生妒悍舌偏長，酌彼金□藥暗藏。忍使名花摧折去，兇羆獅吼恨茫茫。

三

黃岐巖下此淪冥，白露憐光照冢青。疑有玉琴長作伴，天然舊調嘆令令。

四

侶雲蕭寺足留連，一往情深豈偶然。題得新詞都感喟，沈吟誰許俗緣牽。

——錄自《聽鵑樓詩草》二〇〇八年影印本

附錄三　陳龍慶相關資料

清分發福建府經歷陳君墓表

溫廷敬丹銘，大埔

君諱龍慶，字芷雲，世居海陽，咸豐甲寅避亂遷居澄海之蓬洲所。祖開運，父承名，君年十七爲海陽諸生，二十餼於庠，三十五爲歲貢生。嘗司汕頭嶺東日報編輯，已乃歸里興學。先是，光緒辛丑以賑災例，封二品，旋以訓導候選，五貢就職。新例頒，入都掣簽得府經歷，分發福建。宣統己酉春，渡閩數月，掛冠歸。未幾，清社屋，以遺民終。君性孝友，少時父病床蓐，夜侍廢寢，奉母至老，色養如孺子。父遺君產，爲兄弟折閱，無怨言。待人寬和，而處事又極明決，此其所以難歟。喜爲詩，與友朋酬唱多至萬首。民國十八年卒，年六十一。子七：宗鎧、宗鐸、宗鑑、宗錫、宗鍔、宗鈺，俱以才顯。宗錦早卒，孫曾十數人。已葬，宗鑑來請文，用不辭而表其墓。民國十八年六月，溫廷敬謹撰、童杭時敬書。

陳芷雲先生墓表

王師愈弘願，潮安

陳子芷雲既歿，翼年葬龍泉巖之麓，用太西人式，蒔花植樹，有亭有廬。潮安王弘願文石以表之曰：君諱龍慶，潮安人，芷雲其號也。嘗以歲貢生就府經歷閩疆，旋棄去。爲人和藹忠肅，上席先業，下多賢子，實人世福人。然嘗耽爲詩，其爲詩學唐白香山，清袁隨園而爲也。故無事不可入詩，無時不在吟詩，模山範水，追香課艷，其身世所歷，朋從之好，一於詩焉，發而所作，至多偶落凡近，而廣大融麗，語博情深，蓋幾無愧於古。於戲！其於文事可謂能也矣。君事親孝，與士信，喜表章前哲，勤勤於興學，蓋嘗以先覺自任，頗皆有所成就矣！而於詩功最，故表告後之人。中華民國十八年吉旦，王弘願謹撰，陳景仁敬書。

先府君潛園老人事略

陳宗鑑衡甫，澄海

先府君諱龍慶，姓陳氏，字芷雲，晚號潛園老人。先世著籍海陽，咸豐甲寅，吳忠恕之亂，先祖父承名公避地澄海蓬洲所，因兩籍焉。先府君幼聰穎，讀書數行俱下，年十七，補潮州府學博士弟子員。弱冠，進上舍生，給庠餼。負笈曾城呂香譜廣文門，文譽日噪。握管爲應制文，深淺入時，書賈數刊入文壇幟中，爲招徠助。徐花農學使琪蒞潮，命舉文行兼優士備歲薦。呂廣文適司鐸海陽，光緒壬寅以先府君爲名上，獲貢成均。年正壯，有志匡時，尤究心鄉邦利病，數上書當道言事。惠潮嘉兵備道山右丁公寶銓履任，復條列興革如榦事以進，丁激賞之。及七赴秋闈屢報罷，自念文章憎命，遂以訓導候選會五貢就職。新例頒，入教掣簽得府經歷，分發福建。宣統己酉，渡閩，以文恬武嬉，手無斧柯，非末秩所能爲力，甫謁大府，即以母老乞終養。辛亥秋，潮州各縣次第光復，議官制，潮州府置軍政長、民政長、財政長，正副各一員。公推先府君爲副民政長，以義師內哄，同列均辭不就職，府制亦廢。是時，義師雲集，往往蒼頭特起，自擅名號，不相統攝，有十三司令之稱，多怯懦無大志，日肆誅求。司令某，夙重先府君，常顧問時事，先府君從容敷陳大義，兼及民生疾苦，以是所部獨戢戢。而四方繹騷，干戈載道，累年不息，乃緘口不言世務。先是，甲午中日戰後，丘滄海先生逢甲，歸自臺灣，與嘉應楊季岳先生沅、大埔何士果先生，設嶺東日報社於汕頭，啟民智。聘先府君司筆政，口誅筆伐，以振聾發聵爲己任。嶺東風氣之開，先府君有力焉！其時，清廷知非育才無以救國，屢詔天下興學，潮人溺科舉見，遲遲未應，先府君奮起言當道。光緒甲辰，廢鄉中寶蓮庵爲校舍，斥家產創辦瀹智兩等小學，兼師範講習所，自任校長兼司講席。昕夕督課，舌敝唇焦，生徒遍各縣。戊申冬第一班畢業；

己酉夏廣東提學使司頒發畢業文憑。全省小學，首南海縣官立小學，次即瀹智，獎勵如例。師範生畢業兩班，各回里興學，衣缽相傳，造就甚眾。復獨力創辦毓秀女子小學堂，翊贊坤化，先後十余年，家爲中落，而先府君亦垂垂老矣。先府君少即能詩，既絕意仕進，益耽吟詠，裁箋選韻，酬唱無虛日。自學士、大夫、女史、商客，至山僧、遁叟，之能詩者，雖遠千里無不引爲文字交。流輩唱和，遊覽之作，日且五六至，必一一依韻以酬，迄丙夜畢，而復寢。其於新進後生慕道請業，有疑難者，未嘗不告以誠，一句之佳，必揚之不絕口（潮安林彦卿先生焯鎔語）。才素捷，每有撰作，援筆立就，時人比之斗酒百篇。曾賦懷人百首，聲韻格律，雅近晚唐（普寧鄭曉屏先生國藩語）。尤服膺白香山、袁隨園，無事不可入詩，無時不在吟詩，模山範水，追香課艷，其身世所歷朋從之好，一於詩薦。發之廣大融麗，語專情深，無愧於古（潮安王慕韓先生師愈語）。所居近龍泉巖，鄉先賢翁襄毅公萬達讀書處也，遊屐往還，日事題詠，久之輯成《龍泉巖遊集》十五卷，梓以行。自賦歸，初築潛園爲休養計，示無復出山意。晚年應聘主講鮀江華英中學，誨人不倦。民國十七年，避亂上海，攬京鎮蘇杭之勝；其冬，以疾卒於里第，春秋六十有一。先府君性孝友，先祖父病痿痺，轉側須人，先府君夜不交睫者累月，先祖父揮去曰：『繞膝人多，若無苦。』先府君潛施臥戶外，達旦觀書，聞床蓐有聲，輒趨入。先祖父彌留際，顧視先府君曰：『祝若多孝子賢孫，以若之事我者事若。』奉母至老，色養如孺子，家本素封，爲兄弟拆閱無怨言。侍人寬和，不立崖岸，雖甕牖窮檐，亦言笑款接，殷勤盡禮。律身嚴謹，自奉淡泊，吟詠之外，別無聲貨賄之好。卒之翌年，葬蓬洲西郊龍泉巖之麓墓園，大埔溫丹銘先生廷敬、潮安王慕韓先生師愈表墓，遺詩稿盈尺，存於家。

陳龍慶先生事略

馬天行

先生諱龍慶，姓陳氏，字芷雲，晚號潛園老人。先世著籍海陽，咸豐甲寅，吳忠恕起義，令祖父承名公（整理者案，馬氏行文至此有誤，承名爲龍慶之父）避地澄海蓬洲所，因兩籍焉。先生幼聰穎，讀書數行並下；年十七，補潮州府學博士弟子員。弱冠，進上舍生，給庠餼。負笈曾城呂香譜廣文門，文譽日噪。握管爲應制文，深淺入時，書賈數刊入文壇幟中，爲招徠助。徐花農學使琪蒞潮，命舉文行兼優士備歲薦。呂廣文適司鐸海陽，光緒壬寅，以先生爲名上，獲貢成均。年正壯，有志匡時，尤究心鄉邦利病，數上書當道言事。惠潮嘉兵備道山右丁公寶銓履任，復條列興革若干事以進，丁激賞之。及後七赴秋闈，屢報罷，自念文章憎命，遂以訓導候選會五貢就職。新例頒，入都，掣簽得府經歷，分發福建。宣統己酉，渡閩，以文恬武嬉，手無斧柯，非末秩所能爲力，甫謁大府，即以母老乞終養。辛亥秋，潮州各縣次第光復，議官制，潮州府置軍政長、民政長、財政長，正副各一員。公推先生爲副民政長，以義師内哄，同列均辭不就職，府制亦廢。是時，義師雲集，往往蒼頭特起，自擅名號，不相統攝，有十三司令之稱，多怯懦無大志，日肆誅求。司令某，夙敬重先生，常顧問時事，先生從容敷陳大義，兼及民生疾苦，以是所部獨戒戢。而四方繹騷，干戈載道，累年不息，乃緘口不言世務。先是，甲午中日戰後，丘滄海先生逢甲，歸自臺灣，與嘉應楊季岳先生沅、大埔何士果先生，設嶺東日報社於汕頭，啟民智，聘先生司筆政，口誅筆伐，以振聾發聵爲己任。嶺東風氣之開，先生有力焉！其時，清廷知非育才無以救國，屢詔天下興學，潮人溺科舉見，遲遲未應，先生奮起言當道。光緒甲辰，廢鄉中寶蓮庵爲校舍，斥家產創辦瀹智兩等小學，兼師範講習所，自任校長兼司講席。昕夕督課，舌敝唇焦，生徒遍各縣。戊申冬，第一班畢業；己酉夏，廣東提學使司頒發畢業文憑。全省小學，首南海縣官立小學，次即瀹智，獎勵如例。師範生畢業兩班，各回里興學，衣缽相傳，造就甚眾。復獨力倡辦毓秀女子小學堂，翊贊坤化，先後十余年，家爲中落，而先生亦垂垂老矣。先生少即能詩，既絕意仕進，益耽吟詠，裁箋選韻，酬唱無虛日。自學士、大夫、女史、商客，至山僧、遁叟之能詩者，雖遠千里無不引爲文字交。流輩唱和，遊覽之作，日且五六至，必一一依韻以酬，迄丙夜畢，而復寢。其於新進後生慕道請業，有疑難者，未嘗不告以誠，一句之佳，必揚之不絕口（潮安林彥卿先生焯鎔語）。才素捷，每有撰作，援筆立就，時人比之斗酒百篇。曾賦懷人百首，聲韻格律，雅近晚唐（普寧鄭曉屏先生國藩語）。尤服膺白香山、袁隨園，無事不可入詩，無時不在吟詩，模山範水，追香課艷，其身世所歷朋從之好，一於詩薦。發之廣大融麗，語博情深，無愧於古（潮安王慕韓先生師愈語）。所居近龍泉巖，鄉先賢翁襄毅公萬達讀書處也，遊屐往還，日事題詠，久之輯成《龍泉巖遊集》十五卷，梓以行。自賦歸，即築潛園爲休養計，示無復出山意。晚年應聘主講鮀江華英中學，誨人不倦。民國十七年，避亂上海，遍攬京滬蘇杭之勝；其冬，以疾卒里第，春秋六十有一。先生性孝友，令祖父病痿痹，轉側須人，先生夜不交睫者累月，令祖父揮去，曰：『繞膝人多，若無苦。』先生潛施臥户外，達旦觀書，聞床蓐有聲，輒趨入。令祖父彌留際，顧視先生曰：『祝若多孝子賢孫，以若之事我者事若。』先生奉母至老，色養如孺子。侍人寬和，不立崖岸，雖甕牖窮檐，亦言笑款接，殷勤盡禮。律身嚴謹，自奉淡泊，吟詠之外，別無聲貨賄之好。卒之翌年，葬蓬洲西郊龍泉巖之麓墓園，大埔溫丹銘先生廷敬、潮安王慕韓先生師愈表墓，遺詩稿盈尺，存於家。（據陳宗鑑《先府君潛園老人事略》）

蔡雲程先生曰：蓬洲爲澄海之名區，居桑浦山之南，位梅花嶺下，介於潮、澄、揭三邑之間，帶海負山，地氣清淑。自昔家多殷富，代鍾賢豪；其民風淳厚，文教昌明，由來久矣！明季翁襄毅公萬達，文經武略，勛業炳耀於史冊，實掘起於蓬洲也。蓋地靈則人傑：或垂紳正笏於朝，經濟安邦；或砥礪氣節居於野，振興名教。比比皆是，罄竹難書。清末以還，尤推潛園老人事親孝、與士信、表彰前哲、勤勤興學而以先覺爲任；且能文功詩，深具忠愛，足爲嶺表典範。

潛園老人事略詳其於哲嗣陳宗鑑先生所撰乙文，與鄭國藩、王師愈、溫廷敬等所撰之傳記、墓表，不事贅述。惟先生所遺詩稿盈筐，竟於戰禍□□之中，而能完整無恙，其裔孫仰周兄保護祖先手澤之功大矣！余意，此固爲私家之珍藏，實乃鄉邦之至寶，際此橫流滔滔，時局動蕩，若能使其出公之於世，不獨可永保傳之奕葉，且可弘揚先賢德業，以勵勸懲。仰周兄以余言爲是，乃出珍若拱璧之祖遺手抄詩稿，檢選其與吾潮歷史文獻有關者，先行於高雄市潮汕同鄉會會訊發表，徐圖再作專集之印行。賢孫若仰周兄者，可爲楷模矣！

潛園詩集小識

蔡義韌雲程，饒平

蓬洲爲澄海之名區，居桑浦山之南，位梅花嶺下，介於潮、澄、揭三邑之間，帶海負山，地氣清淑。自昔家多殷富，代鍾賢豪；其民風淳厚，文教昌明，由來久矣！明季翁襄毅公萬達，文經武略，勛業炳耀於史冊，實掘起於蓬洲也。蓋地靈則人傑：或垂紳正笏於朝，經濟安邦；或砥礪氣節居於野，振興名教。比比皆是，罄竹難書。清末以還，尤推潛園老人事親孝、與士信、表彰前哲、勤勤興學、而以先覺爲任；且能文功詩，深具忠愛，足爲嶺表典範。

潛園老人事略詳其哲嗣陳宗鑑先生所撰乙文，與鄭國藩、王師愈、溫廷敬等所撰之傳記、墓表，不事贅述。惟先生所遺詩稿盈筐，竟於戰禍□□之中，而能完整無恙，其裔孫仰周兄保護祖先手澤之功大矣！余意，此固爲私家之珍藏，實乃鄉邦之至寶，際此橫流滔滔，時局動蕩，若能使其出公之於世，不獨可永保傳之奕葉，且可弘揚先賢德業，以勵勸懲。仰周兄以余言爲是，乃出珍若拱璧之祖遺詩稿，檢選其與吾潮歷史文獻有關者，先行於本刊發表，徐圖再作專集之印行。

——以上錄自陳衍彤所輯《祖父龍慶公事跡》

故福建府經歷歲貢生陳芷雲先生傳

鄭國藩曉屏，普寧

君諱龍慶，姓陳氏，字曰芷雲，先世著籍海陽，甲寅之亂，君父避地澄海蓬洲所，因兩籍焉。君幼聰穎，讀書數行俱下。未弱冠補博士弟子員，尋進上舍生給廩餼，負笈穗垣呂香譜門，文譽日噪。握管爲應制文，深淺入時，書賈數刊入文壇幟中，爲招徠助。前後七赴秋闈，頻得復失，自念文章憎命，遂援例以府經歷分閩。先是徐花農學使蒞潮，命舉文行兼優備歲薦，君師呂香譜適司鐸海陽，以君名上，獲貢成均。時君年正壯，志氣甚銳，謂騰達可立致也。及秋闈屢報罷，乃知得之不得果有命矣，遂以一官小就。既詣閩，見時局蜩螗，非末秩所能爲力也，復棄去。與臺灣丘滄海、梅縣楊季岳、大埔何士果，設嶺東日報社啟民智，口誅筆伐，以振聾發聵爲己任，嶺東風氣之開，君有力焉。中日戰後，清廷知非育才無以救國，既屢詔天下興學矣，潮人溺科舉見，遲遲未應，君首奮起，言當道，廢寶蓮庵爲校舍，創辦瀹智兩等小學，兼師範講習所。好事者譜尼姑怨曲刺之，君不顧也。歐風輸入，男女平等之說，震動一時，君復倡辦毓秀女子師範，翊贊坤化，其勇於爲義如此。君本能詩，既絕意科舉，益耽吟詠，裁箋選韻，酬唱無虛日，詩筒遍海內，曾賦懷人百首，聲韻格律雅近晚唐，尤服膺元白，謂其天趣勝也，晚境愈趨平易，幾於灶婦都解。愛女麗春卒，君悼以詩，征和四方，梓成《傷春集》。五子宗錦蚤世，唁和益眾，手自輯校，號《奪錦編》。所居近龍泉巖，鄉先賢翁襄毅讀書處也，遊屐往還，日事題詠，久之裒成巨帙。君才素捷，每有作援筆立就，時人比之斗酒百篇，然亦往往傷率。自賦遂初，築潛園爲修養計，示無復出山意，更號潛園老人。民國十八年，以疾卒，年六十有六（整理者案：鄭氏此說，系按民俗積閏所得），蔔葬蓬洲西郊，大埔溫廷敬、潮安王師愈爲之表墓。子七，宗鑑、純俟、宗鎧、宗鍔、宗錦、宗鈺，俱以才顯，宗鎧（整理者案：應爲宗鑑）尤蜚聲軍政界間。孫十餘十人，亦多能讀楹書云。

鄭曉屛曰：君以詩名於時，著作等身，既歸道山，積稿盈尺也。性孝，父贈武功將軍病痿痹，轉側須人，君夜不交睫者累月，贈公揮去曰：『繞膝人多，若無苦。』君潛施臥具户外，達旦觀書，聞床榻有聲，輒趨入。贈公彌留際，顧視君曰：『祝若多孝子賢孫，以若之事我者事若。』今君諸子循家法，果無忝所生也，誰謂天道不可知哉。曩哲嗣宗鎧（整理者案：應爲宗鑑）宰博羅，承亂離後，撫綏安集，有良吏聲，亦可謂能顯親揚名矣。君滄桑飽歷，憂時感事，一發於詩，未嘗矢志括囊，學幽人之貞吉也，儻所謂匪隱匪仕者歟。

——録自《似園老人佚存文稿鈔録》二〇一三年影印本，整理者標點

與陳芷雲書　饒鍔純構，潮安

芷雲先生閣下，惠贈令嗣衡父君《閩南遊記》一冊，循環展誦，爲之感嘆無已。鍔窮巷鯫生，孤陋迂拙，自度終無用於世，獨自幼酷嗜學問文章，欲於古人精神之所憑寄，一意探求，以期自振拔於流俗，又深懼齒長力衰，終無所就用，輒閉户覃思，塊然獨處，日與古人爲徒，不願與鄰里小兒角逐。乃先生過聽虚譽，惠然躬臨敝廬，時復抵書存問，媵以詩篇，今又以令嗣鴻著見貽，其所以獎掖而策勵之者，至再至三。鍔何人，斯而先生寵愛之忱惓惓然，至於如此，豈以鍔爲可教而欲進之必期於有成耶。夫縱遊四方，周覽宇内江山之勝，斯固鍔平生之志而未逮焉者也。然曩時亦嘗薄遊吳下，登虎丘，遠望靈巖、鄧尉諸山，訪吳故宫，又嘗蕩舟西湖，攬錢氏所經營尋南渡君臣宴酣遺跡，斜陽憑弔，追昔撫今，於以發爲歌詠，藉抒慨慕。歸後匆匆略爲編次成《吳越遊草》《西湖遊記》各一卷，自審無殊絶之筆，足以攄發幽思，故此二卷者微，特不敢禍之梨棗，且甚秘之，不欲示人。今於先生乃不禁躍躍然直陳無諱，誠以先生虚懷善誘，鍔雖不肖，何敢終自秘，惜不稍一貢，其愚譬如骨鯁在喉，不傾吐之於我心終不快也，原稿當俟異日呈正，俾得抉其瑕疵，幸甚。閩南向稱瀕海山水之區，而武夷之峰尤爲約有勝，鍔昔嘗欲往遊，後牽於事，不果，及今思之，心猶懸懸。而木棉古庵、馬口廢城，素所慕而不克至者，今讀衡父是書，恍乎若接幾席而親履其境也。此書所紀山川、景物、風俗、沿革，甚該且要，而於叢雜猥瑣之事，人人所不經意而忽之者，衡父竟能道之津津不覺冗還。衡父可謂善於爲記矣。因嘆先生嚳國靈光，爲群流領袖，而令嗣諸君復能淵源家學，並工詞翰。自鍔眼中所見，

嶺東風流文采之盛，未有過於今日蓬洲陳氏一門也。當明之季，汾湖之濱，有葉紹袁天寥其人，仕至貴州僉事，子女群從，咸富文藻，閨門雍雍，有唱斯和，天寥嘗集其所爲詩文曰《午夢堂集》。是書，鍔嘗購而讀之。今先生以勝國參軍，退處林下，跡其行誼，出處實有類於天寥。而潛園著述，以鍔所知，刊者已有數種，所謂小蓬萊叢書，當與《午夢堂集》並垂不朽，決無可疑。顧天寥當國變後，兒女死喪相繼，憔悴憂傷，卒遁逃於釋氏，視先生諸子方以英俊年華，揚眉瞬目，其發名成業，正未可量，而先生亦因是得優遊泉石之勝，高臥南窗，雍容翰墨，長爲後生矜式，其晚節榮悴，相去爲何如哉。斯則天寥所萬萬弗及，而鍔所爲嘆羡者也，因先生愛我意之所觸不覺爾縷至此，伏維亮察。不宣。饒鍔頓首。

——錄自《饒鍔文集·天嘯樓集》卷二，香港：天馬出版有限公司二〇一〇年影印本，整理者斷句標點